Ronso Kaigai
MYSTERY
201

無音の弾丸

The Silent Bullet
Arthur B. Reeve

アーサー・B・リーヴ
福井久美子［訳］

論創社

The Silent Bullet
1912
by Arthur B. Reeve

目次

主要登場人物

クレイグ・ケネディ……………………コロンビア大学の教授。専門は化学
ウォルター・ジェイムソン……………《スター》紙の記者
バーニー・オコーナー…………………ニューヨーク市警察の警視

無音の弾丸

カー・パーカー…………………………ブローカー企業の経営者
ジョン・ダウニー………………………パーカーの秘書
ジェイムズ・ブルース…………………パーカーの共同経営者
パーカー夫人……………………………パーカーの妻
フィービー・ラネージュ………………舞台女優

金庫破りの技法

ジョン・グレアム・フレッチャー……鉄鋼会社の経営者
ジャック・フレッチャー………………ジョンの甥。大学教授
ヘレン・ボンド…………………………ジョンの孫娘

探偵、細菌の謎に挑む

ジョン・ビズビー……………………石油王
イーヴリン・ビズビー………………ジョンの遠い親戚
ジェイムズ・デニー…………………ジョンの弁護士
ブリジェット・ファロン……………ビズビー・ホールの元料理人
レスリー博士…………………………衛生局の局長

死を招く試験管

ジェイムズ・グレゴリー博士………X線治療の専門家
ハンティントン・クロース夫人……社交界の人気者
ハンティントン・クロース…………クロース夫人の夫
ローレンス……………………………ハンティントン・クロースの弁護士
フランシス・ターキントン…………裕福な男と離婚したばかりの女性
マリー…………………………………クロース夫人のメイド

地震計をめぐる冒険

ヘンリー・ヴァンダム………………元銀行家
メアリー・ヴァンダム夫人…………ヘンリーの妻
メイ・ポッパー夫人…………………霊媒師

ハワード・ファリントン……ポッパー夫人のマネージャー
ジェイムズ・ハンソン医師……検視課の内科医
マリーナ……手品店の経営者

ダイヤモンドの合成術

アンドリューズ……グレイト・イースタン生命保険会社の副社長
ソロモン・モロウィッチ……宝石商
ソーントン医師……モロウィッチのかかりつけ医
カーン……モロウィッチ商事の共同経営者
アンリ・ポワサン……電気炉製造業者

瑠璃の指輪

ジョン・テンプルトン……弁護士
ローラ・ウェインライト……ジョンの婚約者
マリアン・ウェインライト……ローラの妹
スカイラー・ヴァンダーダイク……ローラの元夫。ジョンの幼なじみ
ラポート嬢（ラルストン夫人）……ヴァンダーダイクの愛人
ウェインライト夫人……ローラとマリアンの母親
ホイットニー……地方検事

自然発火

トム・ラングリー……………ケネディとジェイムソンの友人
ルイス・ラングリー…………トムの叔父
ジェイムズ・ラングリー……ルイスの兄
ジェイムズ・ジュニア………ジェイムズの息子
イザベル・ラングリー………ジェイムズの娘
グレイス・ラングリー………トムの妹
ハリントン・ブラウン………トムの遠い親戚
パトナム医師…………………ルイスのかかりつけ医
ダニエル・クラーク…………ルイスの弁護士

殺意の空

ノートン………………………ジャイロスコープの開発者
ドゥランヌ……………………ノートンに特許侵害で訴えられている男
ジョレット……………………フランス人の整備士
ロイ・シンクレア……………アメリカ人の整備士
ハンフリーズ…………………パイロット
ラマー博士……………………黄色い家を借りている男

黒手組
ジェンナーロ……………………イタリア人のテノール歌手
アデリーナ………………………ジャンナーロの娘
ルイージ…………………………イタリアン・レストランの店主
チェーザレ………………………銀行家。ジェンナーロの義父
フランチェスコ・パオリ………逃亡中の殺人犯
ヴィンチェンツォ………………薬局の店主

架空の楽園
ゲレーロ氏………………………革命組織（フンタ）の代理人
ゲレーロ嬢………………………ゲレーロ氏の娘
トレオン…………………………革命組織（フンタ）のメンバー
メンデス夫人……………………革命派の女性

難攻不落のドア
ダンフィールド上院議員………ヴェスパークラブの経営者
パーシヴァル・デロング………ヴェスパークラブの常連客

無音の弾丸

クレイグ・ケネディの理論

「どの大学にも犯罪科学という学問がないのはなぜか。それが私にはずっと不思議でならなかったんだ」

　クレイグ・ケネディは夕刊紙を置いて、ぼくの煙草を自分のパイプに詰めた。大学時代に相部屋で暮らしたぼくたちは、金欠も含めて何でも共有してきた。クレイグが化学の教授、ぼくが《スター》紙の記者となった今も共同生活は続いている。経済的に楽になったこともあり、ぼくたちは大学からさほど遠くないハイツでこぎれいな独身者用のアパートを見つけた。

「犯罪科学の教授がどうして必要なんだ、クレイグ?」ぼくは椅子の背にもたれかかりながら、異を唱えた。「ぼくは警察本部で番記者をやったことがある。だがなクレイグ、あそこは大学の先生が来るところじゃない。犯罪はしょせん犯罪だ。犯罪捜査は生え抜きの刑事に任せておけばいい。大学の教授が社会学だの何だのを論じるのは構わない。だが犯罪捜査では足手まといになるだけだ」

「それはどうかな」とケネディが反論した。その目鼻立ちの整った顔から、何やら重要な話を切りだそうとしている気配が伝わってきた。「犯罪捜査には科学が役に立つはずだ。その点においては、ヨーロッパはずっと先行している。私はパリの犯罪捜査の専門家を十人ほど知っているが、彼らに比べれば、私たちはまだまだ遅れている」

「だとしても、大学の教授がどこで役に立つんだ?」

「いいかい、ウォルター」ケネディは熱弁を振るいはじめた。「行動力のある実践的な教授が現れてから、まだほんの十年ほどだ。お上品な学者はもう時代遅れだ。今や労働争議で仲裁役を務めるのも、通貨改革を行うのも、関税委員会の先頭に立つのも、農地や森林を保護するのも大学教授という時代。あらゆる分野に教授がいるんだ――だったら、犯罪の教授がいてもおかしくはないだろう？」

それでもぼくが疑わしそうに首を振ると、彼は慌てて要点に移った。「大学は、もはや純粋な学問の修養の場というかつての理想からかけ離れてしまった。ほとんどの大学は生命の厳然たる事実を解き明かそうと取り組みはじめた――一つの分野を除いて。犯罪の扱い方は古くさいままだ。統計を調べ、動機を究明し、犯罪を防止するために理論づけしようとする。だが、科学を駆使して容赦なく犯罪者を特定するかというと――いやはや。まったく進歩していない」

「きみはきっとこの実に興味深いテーマで論文を書くに違いない。ま、せいぜい励んでくれよ」

「いいや、こっちはいたって真剣だよ」と彼が言い返した。どうやらぼくの考えを改めようと決意をかためているようだ。「言った通りだよ。私は科学を駆使して犯罪を究明するつもりだ。科学物質の存在を突き止めたり、未知の病原菌を追跡したりするのと同じようにね。だが成功を収める前に、ウォルター・ジェイムソン、きみを助手に任命するつもりだ。この仕事にはきみが必要なんだ」

「ぼくに何をしろと？」

「そうだな。まずは新聞業界で言うところの、特ダネだかネタだかを取ってきてほしい」

ぼくは作り笑いを浮かべておいた。新聞記者は何かが起きるまでは動じないものだ――だがひとたび何かが起きようものなら、一斉に駆け出してそれを追究する。

数日後、ぼくたちは再びこの話題について議論することとなった。

無音の弾丸

「小説では、探偵は必ずといっていいほど大きな間違いをする」とケネディが言った。犯罪と科学についてはじめて話し合った後のある晩のことだ。「どの探偵も決まって警察を敵にまわす。だが、そんなことは現実ではあり得ない――自分の首を絞めるようなものだ」

「確かに」ぼくはうなずいて新聞から目を上げた。ウォール街の大手ブローカー、カー・パーカーアンド・カンパニーの倒産と、カー・パーカーの奇妙な自殺に関する記事を読んでいるところだった。

「あり得ないね。警察が新聞社を敵にまわせないのと同じぐらいにね。スコットランドヤードも、クリッペンの殺人事件でそれに気づいたところさ」

「ジェイムソン。私が思うに、犯罪科学の教授は警察に協力するべきだ。対抗してはいけない。警察は邪魔にはならない。しかも、なくてはならない存在だ。今や、成功の秘訣は組織力にあると言っても過言ではない。犯罪科学の教授は、工学部の教授と同じように、顧問技師みたいになればいいんだ。たとえば、きみが読んでいるそのウォール街の事件。組織と科学が手を組めば、その事件の真相を究明できるだろう」

きみの意見を理解できるほど警察が賢ければいいがなと、ぼくは皮肉った。

「賢い人もいるさ。昨日、西部にある都市の警察署長が〈プライス殺し〉の件で私のところに捜査官を寄こしてきたんだ――あの事件のことは知ってるだろ?」

その事件のことは知っていた。市内に住む裕福な銀行員が、ゴルフクラブへと続く道路で殺されていた事件だ。動機も犯人も、誰にも思い当たるふしはなかった。手がかりは結局何の役にも立たず、容疑者の数も多すぎて特定するどころではなく、迷宮入りかと思われた。

「捜査官は血痕がべったりついたハンカチの切れ端を持ってきたんだ」ケネディは続けた。「しかもそれは殺された銀行員のものではないという。つまり、とっくみあいのときに犯人がけがをしたということだ。だが、手がかりとしては何の役にも立たなかった。で、私はどうしたと思う？」

「捜査官から話を聞いた後、犯人はゴルフ場で働いているシチリア人か、ゴルフクラブの黒人ウェイターではないかと思ったんだ。詳しい話を省くと、血痕を検査することにしたんだ。きみは知らないかもしれないが、カーネギー研究所が人間の血液と動物の血液を短時間で詳しく調べられる検査方法を開発したんだ。彼らはその検査方法を基に動物界を再分類し、進化論に驚くべき事実を付け加えたんだ。さて、きみにとっては退屈な話だろうから詳細は話さないが、おもしろい発表が一つあった。ある民族の血液が、猿とチンパンジーのある種族の血液と良く似た反応を示したんだ。他方で、別の民族の血液がゴリラの血液と同じような反応を示したという。もちろんそれ以外のことも発表されたが、とりあえずここでは関係ない」

「私はその検査を試してみた。ハンカチについていた血痕はゴリラの血液と同じ反応を示した。もちろんゴリラが犯人であるはずがない――「モルグ街の殺人」とは違うからね。ということは、犯人は黒人のウェイターだ」

「でも」ぼくは話をさえぎった。「そもそもあの黒人には完璧なアリバイがあって――」

「ところが、夕食のときにこんな電報が届いたんだよ。『おめでとう。あなたの電報をジャクソンに突きつけたら、白状したよ』」

「すごいな、クレイグ。脱帽だよ。次はカー・パーカーのこの事件を解決するんじゃないか」

「依頼が来たらね」彼は素っ気なく言った。

その晩ぼくは何も言わずに、セントラル・ストリートの薄汚いエリアで異彩を放つ警察署の新しい建物へと向かった。慌ただしそうな雰囲気だったが、警察本部にはすんなりと入れた。ぼくの提案を聞いた本部のバーニー・オコーナー警視は、口の端にくわえていた葉巻をそろそろと口の反対側へと移動させた。

「ジェイムソン」警視がようやく口を開いた。「その大学教授は本当に頼りになるのか?」

ケネディに対するぼくの率直な意見を話した。それからプライスの殺人事件の話をして、電報のコピーを見せた。それが決め手となった。

「今夜その教授を連れてきてくれないか?」

ぼくは電話をかけ、研究室にいたクレイグにつながった。クレイグは一時間後には警察署にいた。

「ケネディ教授。実に不可解なんですよ、このカー・パーカー事件というのは」警視は早速事件の話を切り出した。「このブローカーはメキシコ産のゴムに目をつけたんです。申し分のない投資先に見えたからです――ラバートラスト社と同じ地域にプランテーションがありますからね。彼はまた、沿岸航路にも参入していました。彼の同僚は、アメリカからメキシコまでを結ぶ鉄道計画に大きく関わっています。汽船と鉄道はゴムと石油と銅などといった資源の輸送に使おうというのでしょう。彼らは自分たちの管理下にある二社の信託会社からお金を借りて、ここニューヨークで株式を買いあさっていました。すでにご存じかもしれませんが、おいしい戦略です。さらに、〈システム〉と呼ばれる資本家集団と競合関係にあったとの記事も既にお読みかもしれませんが。

そこへ株価が暴落しました。かの信託会社が危ないとの噂がまたたく間に広まり、両社共に取り付け騒ぎが起きました。〈システム〉は市場を下支えすると大々的に宣言しました。しかし、それでも取り付け騒ぎは収まりません。今日の事件を受けて、さらに解約が殺到するのか、信託会社が持ちこたえるのかは誰にもわかりません。事件が起きたとき、市場が既に閉まっていたのは不幸中の幸いでした。

事件当時、カー・パーカーは、かの戦略の協力者たちと一緒にいました。取締役会室で重要な会議を開いていたのです。パーカーは突然立ち上がると、窓に向かってよろよろ歩いて倒れました。医師が駆けつけた頃には、すでに息をしていませんでした。騒ぎにならないよう、箝口令が敷かれ、彼は自殺を図ったと公表されました。しかし新聞は自殺説を疑っています。我々もです。うちの検視官は検視審問までは黙っているつもりのようです。というのもね、ケネディ教授、現場に最初に到着した部下が、カー・パーカーが殺された証拠を発見したからです。

で、ここから信じられない話になるのです。当時、両隣のオフィスに続くドアは両方とも開いていました。どちらのオフィスにも人が大勢いました。いつもと同じようにタイプライターを打つ音、相場受信機がデータを印字する音、会話のざわめきが聞こえていました。事件の一部始終を目撃した人はいくらでもいるのですが、銃声を聞いた人も、硝煙を見た人も、物音を聞いた人もいないんです。武器も見つかりませんでした。しかし、ここに三十二口径の銃弾があります。今日の午後、死因を調査した警察医がパーカーの首のなかからこれを取り出して警察に提出したんです」

ケネディは弾丸を手にすると、しばらくの間指で注意深く角度を変えて観察した。男の首の骨に当たったのか、弾丸の一部がつぶれている。その反対側は無傷で滑らかなままだ。彼は必需品である拡大鏡を使って弾丸をくまなく調べた。ぼくはケネディの顔をまじまじと見た。彼が恐ろしく集中しているのが見て取れる。

「これは実に興味深い」ケネディは何度も弾丸の向きを変えながら、ひとりごとを言った。「この弾丸はどこに当たったんでしたっけ？」

「首の肉厚なところです。耳の下のやや後方で、襟元のすぐ上です。出血は多くはありません。おそらく脳底に当たったのでしょう」

「襟や髪には当たらなかったんですか？」

「ええ」

「警視、犯人はきっと見つかりますよ。実験室でこの弾丸を調べれば証拠が出るはずです。そこから犯行がつかめるでしょう」

「いかにも小説みたいな話ですなぁ」警視は疑わしげに首を左右に振って、語尾を伸ばした。

「かもしれません」ケネディがニヤリとした。「さて、警察にやっていただきたい仕事がたくさんあります。私は犯人の手がかりを見つけるだけですが、警察には総力をあげてサポートしていただかないと。では、警視。パーカーのオフィスへ行って、現場を案内していただけませんか？　きっと何かが見つかるはずです」

「もちろんですとも」と警視が答え、五分後には警察車両に乗って現場へと向かった。

事件現場のオフィスでは本部から派遣された一人の警官が見張りをしていた。別のオフィスではパーカーの秘書と数人のアシスタントが感情を抑えながら黙々と仕事をしている。事件が起きたその晩もウォール街の各社では人々が働いていたが、このオフィスはまさに仕事に追われる状況にあった。

後にぼくが聞いた話では、この秘書がその確固とした粘り強さを発揮したおかげで、未亡人はわずかながらもパーカーの遺産を受け取ることができた。だが、この秘書が会社のクライアントのためにいくら確保したのかは、誰にもわからない。いずれにせよぼくは紹介された瞬間から、この秘書、ジョン・ダウニーに好印象を抱いた。少なくとも彼は、売れば何百万ドルにもなりそうな秘密ですら口外せずに守り続けそうな、信頼できる秘書に見えた。

警視に気づくと、警官は帽子の縁に手を触れて敬礼し、ダウニーが慌ててこちらにやってきた。ダウニーは殺人事件にひどく困惑すると共に、ぼくたちと同じぐらい真相を突き止めたがっていた。

「ダウニーさん」口火を切ったのはケネディだ。「この痛ましい事件が起きたとき、あなたは現場に居合わせたんですね？」

「はい。会議机のちょうどここに座っていました」ダウニーは椅子に座った。「こんな風に」

「さてと。パーカー氏が撃たれたときの様子を憶えていますか？　そうだな。そのとき彼がどう振舞ったか実演していただけませんか？」

「彼はテーブルの上座のこの席に座っていました。共同経営者のブルース氏は、パーカー氏の右隣に、私は左隣に座っていました。出席者リストは警視が持っています。部屋の右側のドアは開いていました。部屋にはパーカー夫人と女性が何人かいたのですが――」

「パーカー夫人？」ケネディが話に割り込んだ。

「はい。多くのブローカー企業と同様に、当社にも夫人室があるんです。クライアントには女性も大勢いらっしゃいますからね。おもてなしの一環です。あのときは、ドアは開いていたと思います――すべてのドアがね。密談ではありませんでしたから。ブルース氏はちょうど夫人室へ向かったところでした。会社の支援をお願いしようと思ったのでしょう——クライアント、特に不安な女性をなだめるのが上手ですからね。ブルース氏が部屋に入る直前、ご婦人たちが部屋を横切って窓に向かうのが見えました。解約者の列を見に行ったのでしょう。近くの信託会社から伸びる解約者の列が交差点まで達していましたからね。私は注文書を書き終え、テーブルの下のこのボタンを押してボーイを呼びました。注文書を左隣のオフィスへ届けてもらおうと思ったんです。パーカー氏は特別便で手紙を受け取ったところでした。非常に困惑しているように見えました。いえ、手紙の内容はわかりません。パーカー氏は突然椅子から飛び上がると、足下をふらふらさせて、後頭部を片手で押さえました。こんな風によろめきながら歩いたかと思うと、ここに倒れたんです」

「それから?」

「私は慌てて助けに行きました。あたりは大騒ぎでした。後ろで誰かがこう言いました。『ボーイ、ここだ。テーブルの書類をすべて私のオフィスに持って行ってくれ、混乱で紛失すると困る』ブルース氏の声だったと思います。次の瞬間には誰かが『どいてくれ。パーカー夫人が気を失った』と言いました。とはいえ、注意を払う余裕はありませんでした。私は『電話で医師を呼ばなくていい。五階の開業医を呼んできてくれ』と指示しているところでしたから。それから、パーカー氏をできるだけ安静にさせました。私にできることはそれぐらいでした。彼は何かを言いたそうでしたが、話せませんでした。体が麻痺していて、喉を動かせなかったのです。でも、最後にかろうじて言葉を聞き取ることができました。『彼女に伝えてくれ、スキャンダルは信じないと。私は信じないと』しかし、それを伝える相手の名前を言う前に、またしても彼は意識を失いました。医師が駆けつける頃には、すでに亡くなっていました。その他のことはあなたもすべてご存じかと思います」

「どこかの方角から銃声が聞こえませんでしたか?」ケネディが訊ねる。

「いいえ」

「弾はどこから飛んできたと思いますか?」

「そこがどうにもわからないんですよ。私にはオフィスの外から発射されたとしか思えません。損失を被った客が腹いせにやったんじゃないかと。しかし、取締役室でも婦人室でも誰も銃声を聞きませんでしたし、外でも銃声を聞いた人は一人もいないんです」

「手紙はどうですか?」ケネディは、さらりと話題を変えた。この事件の重要な鍵は無音の弾丸の謎にあるとぼくは考えていたのだが。「落ち着いた後、その手紙を読みましたか?」

「いいえ。実はあなたに言われて状況を再現するまで、すっかり失念しておりました。手紙のことは何も知りません。あのときも、さほど気には留めていなかったと思います」

「パーカー夫人は意識を取り戻した後、どうされましたか?」

「激しく泣いておられました。あれほど悲しそうな人は見たことがありません。夫人が意識を取り戻す頃には、パーカー氏は既に息を引き取っておられましたから。夫人が車で帰ると言うので、ブルース氏と私はエレベーターまでお見送りしました。駆けつけた医師も、できるだけ早く帰宅した方がいいとおっしゃって。すっかり取り乱しておいででした」

「彼女は何か言ってませんでした?」

ダウニーは言い淀んだ。

「隠すとためにならないぞ、ダウニー」警視が言った。「エレベーターに乗る前に、パーカー夫人は何を言ったんだ?」

「何も」

「隠すな。言わないと逮捕するぞ」

「事件については何もおっしゃいませんでした。それは確かです」

突然ケネディは身を乗り出すと、ズバリと突いた。「それなら手紙に関することですね」

ダウニーは目を見開いたが、すぐには反応できなかった。何かを逡巡した後、ようやく口を開いた。

「何の話かは私にはわかりませんが、みなさんにお話しするのが私の義務でしょうね。パーカー夫人は『彼は知っていたのかしら』とおっしゃったんです」

「他には何も？」

「何も」

「オフィスに戻った後はどうしましたか？」

「婦人室へ行きましたが、誰もいませんでした。椅子の上に婦人もののジャケットが無造作に置いてありました。ブルース氏が手に取って『パーカー夫人のだ』とおっしゃいました。それから急いで丸めると、使いの者を呼びました」

「それをどこへ届けさせたんでしょうか？」

「パーカー夫人のところかと。住所は聞こえませんでした」

次にぼくたちは、ダウニー氏の案内で各オフィスを見てまわった。ケネディは、婦人室に立って、開いたドア越しに取締役室を念入りに見ている。彼は殺人者になったつもりで、会議席に着いていたパーカー氏からは見えない角度に立った。だが、パーカー氏の隣の人からは見えてしまう。彼の正面には通りに面した窓があり、後ろにはジャケットがかかっていた椅子が置いてあった。

ぼくたちはパーカーのオフィスだけでなく、ブルースのオフィスも調べた。ケネディは手紙を探したが、どちらのオフィスでも見つからなかった。ケネディはブルースのゴミ箱の中身をひっくり返し、びりびりに破られた紙片を苦労してつなげたが、手がかりになりそうなものは何もなかった。あきらめて紙片を戻そうとしたとき、ゴミ箱の内側に何かがくっついているのに気づいた。湿った紙のように見えたが、よく見ると実際にその通りだった。

「妙だな」ケネディは湿った紙を広げながらつぶやいた。それから注意深くそれを包んでポケットに入れた。オコーナーが帰り支度をしていると、「警視、あなたの部下を数日ほどお借りしたいんですが？」とケネディが訊ねた。「今夜市外に行って、やってもらいたいことがあるのです。帰ってきてからも協力をお願いすることになるかと」

「結構ですよ。ライリーがうってつけでしょう。本部に戻ったら、ライリーに申し伝えます」

それから、翌日の遅くまでケネディを見かけなかった。その日は《スター》紙にとっても忙しい一日となった。朝は金融市場の暴落を予測しながら出社した。しかし、証券取引所が開く十時まであと五分というところで、ブロード・ストリートの金融担当記者からニュース電報が送られてきた――「〈システム〉が故カー・パーカーのパートナー、ジェイムズ・ブルースに、鉄道株、汽船株、ゴム会社株を同社に売却するよう圧力をかけた。この条件が満たされれば、〈システム〉は無制限に市場を下支えすると約束した」

「圧力だと！」編集長が、植字室に電話をかけながらぶつぶつ言った。急遽第一面に数行の赤字の見出しを挿入して、特ダネの第一報でライバル紙を打ち負かそうというのだ。「ブルースは二週間前からこの取引をまとめようとしていたじゃないか。〈システム〉はいつも情報を操作しようとしやがる。

うちの記者がネタを入手する前に情報に手を加えるし、離婚裁判だの悲劇だのといった記事に大衆の関心を引きつけようとする——ああ、ジェンキンズか。特ダネだ。一面の見出しを変えてくれ——原稿はすぐに送る——急げ」

「パーカーの事件はやっかいだと思いますか?」

「まったくだ。抜け目のない女の投資家グループが、カー・パーカー社を通して投機をやっていた。そのなかに赤毛の女がいるんだよ。何度も離婚していて、今のは何番目かの夫らしい。女はあまりブローカーのオフィスに来ないが、リーダー的な存在らしい。女はいわゆる有閑婦人の投機家グループの一人で、奔放に浮名を流している。ブルースは女の言いなりだそうだ。彼女の一番新しい獲物なんだよ。名前と日付と場所について確証が得られるまで記事にするつもりはないが、かなり確かな筋からの話だ。その話によると、彼女の夫は〈システム〉の寄生虫で、それで彼女も〈システム〉に協力しているんだよ。だから夫は女がやっていることに満足しているんだ。彼らは赤毛の女にブルースを誘惑させ、ブルースが女の言いなりになると、今度はブルースにパーカー夫人と関係を持つよう仕向けたんだ。話せば長い話だが、まだ続きがある。問題は、この狡猾なルートを使って〈システム〉がパーカー夫人からゴム投資計画に関する内部情報を引き出そうとしたことだ。パーカー氏が事業のパートナーたちにすら話さなかった情報だぞ。実に注意深く練られた計画で、計画に関わった連中は真っ青になっていることだろう。マキャベリばりの策略家であるこの赤毛の女の正体がわかれば——どんな暴露話が書けることやら! おや、ニュース記事の残りが電送されてきたぞ。何てこった。信頼できる筋によると、ブルースが取締役に就任するそうだ。どう思う?」

なるほどそういうことか——ブルースはパーカー夫人とねんごろな間柄で、おそらくそこからパーカー氏の秘密を聞き出していた。つまり誰かが不倫関係を暴露する手紙を寄越し、パーカーは手紙を不審に思い、隣に座っていたブルースが手紙を見て急いで婦人室へ向かい、それから銃撃。だが、銃を撃ったのは誰だ？　結局、この手がかりだけでは不十分だ。

　夕食の時間になってもケネディはアパートに帰ってこず、研究室に問い合わせたが無駄だった。かくしてぼくはそわそわしながら待った。間もなくドアのベルが鳴ったので出てみると、茶色い包装紙で覆われた大きめの荷物を抱えたメッセンジャーが立っていた。

「ブルース氏のお宅はここですか？」

「いいや、まさか。その人は――」そこでぼくははっと口をつぐんで言い直した。「もうすぐ帰ってくると思う。荷物は渡しておくよ」

「電話で注文のあった荷物を届けに上がりました。使いの方から伝言があります。『見つけるのに手間がかかりましたが、これだと思います』とのことです。料金は四十セントです。ここに署名を」

　盗っ人みたいだなと思いながら、ぼくが帳面に署名すると、メッセンジャーは帰っていった。これはどういうことなのか、ぼくにはわからない。

　そのとき、鍵を開ける音がしたかと思うと、ケネディが入ってきた。

「きみの名前はブルースだっけ？」

「どうして？」ケネディの目が光った。「何か届いたのか？」

　ぼくは荷物を指さした。ケネディはすぐさま飛びついて、荷物を開けた。なかにはポンジー（薄地の綿織物）の女性用ジャケットが入っていた。ケネディはそれを持ち上げて照明にかざした。右側のポケットには焼け焦げた跡があり、何かが貫通したような穴が空いていた。その意味に気づいて、ぼくは息を飲んだ。

「どうやって手に入れたんだ?」ぼくはようやく驚きの声を上げた。

「組織はこういうところで役に立つんだよ。警察に頼んで、事件の日の午後にパーカーのオフィスから配達注文を受けたメッセンジャーに当たってもらったんだよ。宛先もすべて調べてもらった。そしてブルースのアパート宛ての荷物が見つかったんだ。パーカー夫人の自宅宛ての荷物はなかった。残りはすべてビジネスがらみの用件で、疑わしいものはなかった。私は、この荷物は消えたジャケットに関係しているに違いないと思った。試してみる価値はありそうだったから、ダウニーに頼んでブルースの使用人に電話してもらったんだ。使用人は相手がダウニーと知って、何も怪しまなかった。ダウニーは、昨日ブルースの家に届いた荷物に入っていたジャケットのことを知っているふりをした。そして、荷物をこの家に送ってくれと頼んだんだ。策略はうまくいったようだ」

「待てよ、ケネディ。君はまさか彼女が――」ぼくは口をつぐみ、あ然として、焦げ跡のあるジャケットを見た。

「はっきりしたことは言えない――今のところはね」ケネディはぶっきらぼうに言った。「そうだ。パーカーが受け取った手紙についてわかったことがあれば、教えてほしい」

ぼくは今朝編集長が話してくれたことを伝えた。ケネディはわずかに驚いただけだった。

「そんなことだろうと思ってたよ。単なる噂とはいえ、確認できて良かった。その赤毛の若い女がひっかかるな。正体ははっきりしないが、何の情報もないよりはマシか。一体何者だろう。ああ、そうだ。研究室に行く前に、一緒に繁華街をぶらぶらしないか? 新鮮な空気を吸って、心を落ち着けたい」

一番近い劇場のそばまで来たとき、ケネディはぼくの背中を叩いた。「わかったぞ、ジェイムソン。女は女優だ。間違いない」

「誰のことだ？　何の話をしてるんだ、ケネディ？　気は確かか？」

「赤毛の女だよ。女優に違いない。ミュージカル「フォリーズ」で主役をやっていた赤毛の女性を憶えているかい？　〝メリー、メリー、へそまがり〟って歌ってる子だ。芸名は確かフィービー・ラ・ネージュ。あの娘がこの事件に関わっているなら、今夜の舞台には出ないだろう。切符売り場で訊いてみよう」

フィービーは今日の舞台には出ていなかった。だが、彼女が休演するからといって事件と関わりがあるとは言えないのではないかと、ぼくは言った。

「ウォルター。まったくきみは探偵にはなれないね。直感力が足りない。もっとも、私も直感力が優れているとは言えないけれど。私ももっと早く気づけただろうに。フィービーの夫はアドルファス・ヘスだと知ってたかい？　〈システム〉のなかでも病的なまでの株取引のギャンブラー。二と二を足すだけで、一瞬ですべてがわかったよ。フィービーは赤毛の女、すなわち夫がどっぷりはまっている〈システム〉の手先でもある――悪くない仮説じゃないか？　彼女も容疑者リストに加えておこう」

「彼女が撃ったんじゃないのか？」ケネディが同意してくれるものと半ば期待しながら、ぼくは訊ねた。

「どうかな。真実の前に先入観にまみれた仮説を立てるべきじゃない。事件の全容はもう推理してある。正しいかもしれないし、間違っているかもしれない。いずれにせよ、フィービーは一枚嚙んでいる。私の推理が間違っていたら、また推理し直すだけだ。たいしたことじゃない」

帰りがけに研究室に寄ると、警視の部下、ライリーがいた。ジリジリしながらケネディを待っていたようだ。

「どうだった？」ケネディが訊ねる。

「あの凶器と同種のリボルバーの購入者リストができました。工場から出荷されたリボルバーを販売しているスポーツ用品店と銃砲店は、すべて当たりました。これで一日もあればほとんどの銃を押収できるでしょう——隠されたり破棄されたりしていなければ」

「ほとんどでは足りない」とケネディが言った。「すべてでなくては。もしも——」

「リストにはあの名前がありました」ライリーは小声で言った。

「そうか。ならいい」ケネディの表情が明るくなった。「組織の力を使ってそんなことを捜しだすなんて、大したもんだよ、ライリー。実はもう一つやってほしいことがあるんだ。このリストに挙げた全員の自宅の机を調べて便箋のサンプルを取ってきてほしい」ケネディはいわゆる〈容疑者のリスト〉をライリーに渡した。なかには今回の事件で名前が挙がった人がほとんど含まれていた。

ライリーはけげんな表情でリストを見た後、あごをさすりながら考え込んだ。「難しいですね、ケネディ教授。これほど多くの家やアパートに入るとなると。捜索令状を使わずに調べてほしいんですよね？　やはりね。となるとどうやって自宅に入ればいいのか？」

「きみはかなり男前だな、ライリー。場合によってはメイドを口説き落としてはどうか。その地区を担当する警察官に探させるとか——誰か適任者がいるだろう。いずれにせよ、便箋を手に入れる方法はいくらでもあるさ」

「レディキラー役なら私にお任せください」ライリーがにやりと笑う。「その種の仕事で駆り出されると、私はいつもモテモテですからね。朝までにいくつか手に入れておきます」

ライリーがネクタイを整え、袖で帽子のほこりをはたいて出て行こうとすると、ケネディが口を開いた。「入手したサンプルを朝一番で持ってきてほしい。数点でも構わないから」

「さてと、ウォルター。今夜はこれで失礼するよ」とクレイグは言った。「やることがたくさんあってね。帰宅は今夜遅くか、あるいは午前様かもしれない。だが、謎は解けたと思う。明朝ライリーから便箋のサンプルが届けば、明日の夜にはきみたちをここへ招待して、驚くべき事実を立証するよ。忘れるなよ。明日の夜は予定を丸々空けておいてくれ。特ダネだ」

翌日の夕方、ぼくがケネディの研究室に到着すると、なかは明々と照明が灯っていた。〈ゲスト〉が次々と到着したが、みな気が進まなそうだ。検視官から〈招待状〉が届いたため、来ざるを得なかったのだろう。ケネディ教授は彼らを丁重に迎え、学生相手のときと同じ要領で、それぞれに席を割り当てた。警視と検視官はやや後方に座った。他はパーカー夫人、ダウニー、ブルース、ぼく、フィービー・ラ・ネージュの順で、狭くて居心地の悪い学生用のアームチェアに腰を下ろした。

ようやくケネディの準備が整った。彼は授業の実験で使う長方形の平机を前にして立った。「みなさん」彼は改まった様子で口を開いた。「これから実に奇怪なものをお見せします。ご存じのように、警察と検視官はこの難解な事件に頭をかかえ、せめて要所だけでも明らかにしてほしいと私に依頼されました。テーマこそ違いますが、この種の犯罪を追跡することは科学的な真理を探究することと何ら変わりません。まずはそのことから話させていただきます。人間の秘密を暴露することは、自然界の秘密を暴露することに似ています。どちらも数々の調査によって解明されるからです。犯罪を捜査する方法は、科学的な真理を発見する際に用いる方法と同じであり、またそうあるべきでもあります。この種の犯罪では、二種類の証拠を確保しなければなりません。まずは状況証拠をそろえたうえで、動機を捜し出す必要があります。私は事実を集めました。しかし動機を省いたままで、残りをただの事実で固めても決定的ではありません。誰も納得させられませんし、有罪を証明することもできません。言い換えると、状況証拠がまず容疑者を指し示すだけでなく、容疑者からも、その推理を裏付ける証拠を入手しなければならないということです。この不幸な事件の真実を突き止めるために、みなさま一人ひとりのご協力をお願いします」

ケネディは話をやめると、急いでテーブルの端に小さな垂直の的を立てはじめた。その間も室内には緊張感が漂っていた。まるでいつ爆発するかわからない火薬庫の上に座っているみたいだ。私などは緊張のあまり、ケネディが再び話しはじめるまで、的がパテのようなもので何層にも塗り固められたものだと気づかなかったほどだ。

ケネディは三十二口径のピストルを右手で持って、的に照準を定めた。それからテーブルにあった目の粗い手織りの布地をつかむと、それで銃口をゆるく覆った。ケネディが引き金を引くと、弾丸は布を貫通し、的にのめり込んだ。ケネディはナイフを使って弾丸をほじくり出した。

「鉛の弾丸が布を貫通すると、大抵の場合、その弾丸に生地の織り目が残ります。織り目はくっきり残るときもあれば、かすかなときもあります。警視ですらそのことをご存じなかったのではないかと思います」

ここでケネディはきめ細かいバチスト布地を手に取って、ピストルで撃ち抜いた。

「申し上げたとおり、たとえ人体の奥深くに食い込んだとしても、一度布を貫通した弾丸には布の織り目が残ります。痕跡が完全にまたは部分的になくなるのは、弾丸が骨かかたい何かに当たってつぶれた場合だけです。その場合でも、つぶれたのが弾丸の一部だけなら、つぶれなかった箇所には織り目の跡が残ります。綿ビロードかここにある手織りの布地のような太い縦糸を使った布地は、弾丸にしっかりと跡が残りますが、一インチ幅に百本も糸を重ね着した場合も、それぞれの布地の跡が弾丸に残ります。もっとも、それは今回の事件とは関係ありませんが。さて、ここに女性用ジャケットから切り取ったポンジーの布地があります。これを銃で撃ち抜いた後、その弾丸を、先ほど他の布地を貫通させた弾丸と、パーカー氏の首に埋もれていた弾丸と比べます。パーカー氏に致命傷を負わせた弾丸に残っていた跡は、ポンジーの布地の跡と完全に一致しました」

この新事実でみなを驚かせた後、ケネディは少し間を置いてから次へと話を進めた。

「次にもう一つ実験を行います。この事件ではある手紙が登場します。撃たれたときに、パーカー氏が読んでいた、または読み返していた手紙です。その手紙は入手できませんでした――少なくとも内容がわかるような形では。しかし、ゴミ箱のなかから濡れた紙の塊、パルプ状の紙が見つかりました。紙は細かく切り刻まれ、ふやけていました。おそらく口のなかでかみ砕いたか、水につけたのでしょう。オフィスには洗面台と水道がありましたからね。インキは流れ落ちて、判読できない状態でした。これは不自然だと思い、私はすぐに例の手紙の残骸だと推測しました。通常なら、何の手がかりにもならないただのゴミと思われるでしょう。しかし今の科学はどんなものも無価値だと見逃すことはありません。

顕微鏡で調べたところ、ちょっと変わったボンド紙でした。この紙の繊維の顕微鏡写真をたくさん撮りましたが、どれもみな同じでした。さて、ここに紙の繊維の顕微鏡写真が何百枚とあります。多くはボンド紙です。私がこのテーマを研究したときに撮りだめた写真です。ご覧のように、手紙の繊維に似た写真は一枚もありません。よってこの紙質は珍しいものだと結論づけられます。警察の協力を得て、今回の事件で関係者として挙げられた方々の便箋のサンプルを入手しました。これらが便箋の繊維の写真です。私がゴミ箱から拾い上げた紙の塊の繊維と同じものが一枚だけありました。今回の事件では、この便箋の持ち主が誰なのかを言うまでも――」

部屋全体の緊張感が高まった。そのとき、ぼくの隣に座っていたラ・ネージュ嬢がしぶしぶと身を乗り出した。そして絞り出すようなかすれ声でささやいた。「やらされたんです。嫌だと言ったのに。でも、後戻りできない関係になってしまって。みすみす彼を失うわけにはいかなかったの。あの女に彼を取られたくなかった。パーカーさんにすべてを打ち明けて、止めてもらうのが一番速いと思ったの。私はある男を夫よりも愛してしまった。その男とある男の妻との関係を止めるには、この方法しか思いつかなかったのよ、ケネディ教授。それで私は――」

「落ち着いてください」ケネディはなだめるような口調で彼女の話を遮った。「さあ落ち着いて。起きたことは仕方がありません。真実は明らかになりますから。さあ、気を確かに」呵責の嵐が収まって、全員が表面的には落ち着きを取り戻すと、ケネディは続けた。「この事件で一番大きな謎、すなわち銃の発射にまつわる謎についてまだ話していませんよ。犯人は銃器をポケットのなか、コートのひだに隠し持っていたのでしょう」彼はジャケットを取り出し、高く掲げて弾痕を見せた。「こうして犯人は――男か女かどちらとは言いませんが――誰にも見られずに銃を撃ったのです。その後、銃器をどこかに持ち去るなり隠すなりして、この重要な証拠を隠したのです。これは無煙火薬を詰めた弾薬筒ですが、犯人はこれと同じような弾薬筒を使った可能性があります。銃弾を発射する際に煙が出なかったそうですから。そしてジャケットで覆って閃光を隠したのでしょう。しかしこのジャケットはおろか、厚い毛布を使っても銃声を消すことはできません。これをどう考えればいいのでしょうか？　方法が一つだけあります。なぜ誰もこれを使わないのかと私はたびたび不思議に思っていました。実を言うと、私はこれが起きるのを待っていたのです。日中のどこであろうと誰にも見つからずに人を撃つことができる発明品があるのです。撃鉄を起こすときのカチッとする音、ブンッというかすかな音、それから弾丸が空気を切り裂く音をごまかせるだけの雑音さえあればね。この小さな装置はハートフォード在住の発明家が考案したものです。私が先ほど使った三二口径リボルバーの銃口に、これを取り付けます。さてと、ジェイムソン。そこのタイプライターの前に座って何かを打ってくれないか――何でもいいから、キーをたたき続けてくれ。警視は部屋の隅にある偽の相場受信機のスイッチを入れてください。これで準備が整いました。銃を布で覆います。この部屋のなかで、私が銃を発射した瞬間を正確に言い当てられる人はいないはずです。私がみなさんのうちの一人を撃ったとしても、この秘密を知らない人は、私が犯人だとは思わないでしょう。これで銃撃が起きたときの状況をある程度まで再現できました。これが事件の鍵だと確信した私は、すぐにハートフォードの発明家に使いを送りました。その警察官は、このサイレンサーという名の器具を仕入れたニューヨークの販売業者の全リストを入手してくれました。さらに、業者からこの器具を購入した人もすべて洗い出してくれたのです。武器はまだ見つかっておりませんが、彼は今頃捜索令状を片手に、容疑者が銃器を隠しそうな場所をくまなく捜査しているでしょう。実はこの事件の関係者が、先頃三二口径のリボルバー用サイレンサーを購入しておりまして。カー・パーカーが射殺されたときには、銃とサイレンサーを持ち歩いていたと思われます」

ケネディは勝ち誇ったように結論づけた。声は甲高く、目がギラギラしている。だが心拍数が上がった者は一人もいないようだ。この部屋にいる犯人はおそろしく冷静な人間なのだろう。ケネディがしくじったのではないかと、ぼくの心に不安がよぎった。

「このような期待外れの結果も予想済みです」ケネディは少し間を置いた。「準備してありますとも」

彼がベルを鳴らすと、隣接する部屋のドアが開いた。ケネディの教え子の大学院生が部屋に入ってきた。

「ホワイティング、記録は取れたか?」

「はい」

「実を言いますと、みなさんが座っている椅子のアームの下には配線が敷かれておりまして、みなさんの感情に急激なまたは不自然な動きがあれば、そのデータは自動的に隣室の測定器に送られるのです。たとえみなさんと向き合っている私の目でわからなくても、椅子に置いた手に力が加わるなどして感情は外に現れるものです。この検査は、さまざまな心理実験で使われています。椅子から腕をどける必要はありませんよ。検査はすでにすべて終了しております。結果はどうだった、ホワイティング?」

学生が隣の部屋でメモしたことを読み上げた——弾丸に跡を残す実験でジャケットを見せたとき、パーカー夫人が激しい感情を示した。ブルース氏も同じような反応を示したが、他の出席者からは通常の感情しか読み取れなかったという。パーカーに手紙を送った人物を特定する話をしたときは、ラ・ネージュ嬢の記録結果が特に目立つ動きを示したが、ブルース氏も同じように興奮した様子が見られた。パーカー夫人とダウニーの反応はごくわずかだった。これらの記録はすべて、自動記録用のペンが罫紙《けいし》の上でカーブを描いたものだ。学生はただ、線がカーブしたときに、講義室で何が行われていたかをメモしたに過ぎない。

「無音の銃について話したときは――」ケネディが前屈みになって記録紙を見ると、学生が該当する箇所を指し示した。ぼくたちは彼の言葉を聞き漏らすまいとして身を乗り出した。「ラ・ネージュさん、パーカー夫人、ダウニー氏の曲線はごく自然なものと言えそうです。これら三人からは好奇心で何かを見つめているだけで、恐怖心はありません。ブルース氏の曲線には激しい動揺が見られ……」

すぐ脇でカチリという金属音が聞こえたので、ぼくは慌ててそちらを振り返った。バーニー・オコーナー警視が手錠を持って背後から現れるところだった。

「ジェイムズ・ブルース、おまえを逮捕する」

金庫破りの技法

「今夜の《スター》紙の記事のなかで、一番不思議な事件は何だと思う？　きみがその記事を言い当てられない方に葉巻一箱を賭けようじゃないか」ある晩、ぼくが新聞を四～五紙ほど抱えて帰宅すると、ケネディが言った。《スター》紙に掲載されていない記事を、他社がすっぱ抜いていないかをチェックするのがぼくの習慣なのだ。

「もちろん知っているさ。ぼくは新聞記事を書いた十人ほどの記者の一人なんだから。答えはショー殺人事件の裁判だ。これ以外には考えられないね」

「残念だね、ウォルター。葉巻をいただくとしようか。二面には、誰もが何十回と読んでそうなありきたりな話が並んでいるが、そのなかに裏がありそうな話があるじゃないか。ジョン・G・フレッチャーの奇妙な突然死に関する短い記事だ」

ぼくは笑い出した。「クレイグ。脳卒中による突然死じゃないか。こっちは殺人容疑の裁判、しかもあの殺人事件の裁判だというのに。きみにはがっかりだよ。まったく」

「本当に単なる脳卒中だと思うかい？」部屋のなかを歩きまわりながら、ケネディは疑問を口にした。その間ぼくは、ごく平凡なニュースを騒ぎ立てるケネディを見て、首をひねった。ケネディは新聞を取り上げて、ゆっくりと声に出して記事を読みはじめた。

鉄鋼王ジョン・G・フレッチャーが突然死

金庫破られるも、多額の現金は無事

老齢の慈善家であり鉄鋼会社の経営者でもあったジョン・グレアム・フレッチャー氏が、ロングアイランドのグレート・ネック、フレッチャーウッドにある自宅の書斎で死亡しているのが今朝、見つかった。書類や多額の現金が保管されていた書斎の金庫が何者かによって開けられていたが、今のところ何も紛失していないという。

フレッチャー氏は毎朝七時に起床していた。今朝は九時になっても起きてこなかったため、不審に思った家政婦がドアに耳を押し当てたが、物音はしなかったという。鍵のかかっていないドアを開けると、かつての鉄鋼王が寝室とその隣にある書斎との間で息絶えた状態で床に倒れているのを発見した。ただちにかかりつけの医者であるW・C・ブライアント医師が呼ばれた。

同医師が遺体を調べたところ、顔がかすかに変色していることが判明。死因は脳卒中によるものと診断された。死亡時刻は遺体が発見される八〜九時間前と推測されている。

フレッチャー氏には二人の遺族がいる。大学で細菌学の教授を務める甥のジャック・G・フレッチャーと、孫娘のヘレン・ボンド嬢だ。フレッチャー教授は今朝授業を終えて間もなくこの痛ましい出来事を知り、ただちにフレッチャーウッドに駆けつけた。ショックで言葉にならないとのコメントを発表した。ボンド嬢は、数年前からリトルネック在住の親戚フランシス・グリーン夫妻の元で暮らしており、現在はショックで打ちひしがれているという。

「ウォルター」ケネディが新聞を下に置いた。さらに議論をふっかけてくるのかと思いきや、単刀直入に切り出してきた。「金庫から紛失したものがある」

ぼくの好奇心はかき立てられたが、ぼくが口にする前にそれを察知したケネディがたたみかけてきた。

「きみが来る直前に、グレート・ネックからジャック・フレッチャー教授が電話をかけてきたんだ。きみは知らないかもしれないが、故フレッチャー氏が、予防医学を専門とする先進的な学校を設立するために、多額の遺産を寄付するとの噂が大学関係者の間であったんだよ。ただし、甥のジャック・フレッチャー教授が学部長に就任することが唯一の条件だった。だが、その遺言状が金庫からなくなったと教授が言うんだ。それも、唯一の紛失物だそうだ。あの動揺ぶりからすると、まだ何か電話では話せないことがありそうだ。『車をそちらへ向かわせているから、その車でこちらに来てほしい、そして助けてほしい』とのことだった――何をどうするのかは言っていなかったが。彼を放ってはおけない。きみにも一緒に来てほしいんだ、ウォルター。真相を突き止めるまで、この事件について新聞記者にかぎまわらせないとわかってもらうために。わかるだろう?」

数分後に玄関のベルが鳴った。使用人が、車が到着したと伝えてきた。ぼくたちは急いで車に向かった。運転手は無関心な様子でシートにもたれかかり、ぼくたちを乗せた車は猛スピードで街を通り抜けて川を渡り、グレート・ネックへ向かった。

ケネディからはこの冒険への熱意のようなものが伝わってきた。ぼくは何度も「疑りすぎだ」と注意しそうになったが、ケネディの謎めいた横顔を見ては口をつぐんだ。ロングアイランドのひっそりとした大邸宅で、どんな謎が待ち受けているのだろうか？

フレッチャーウッドは港に面した実に美しいところだった。門を入ると、長い私道が玄関まで続いている。車寄せのところでフレッチャー教授がぼくたちを出迎えてくれた、ぼくを邪魔者扱いするどころか、歓迎してくれるのを見て、ぼくはうれしくなった。どうやら彼は、今にも押しかけてきそうな記者たちの前に、新聞記者のやり方を熟知した人間が立ちはだかってくれることに、むしろ安心感を覚えたようだ。

彼はその足でぼくたちを書斎へ案内し、ドアを閉じるやいなや、待ちかねたように話し始めた。

「ケネディ」いても立ってもいられない様子でフレッチャー教授が切り出した。「金庫の扉を見てくれ」

ぼくたちは金庫の扉を確認した。扉のダイヤル錠はドリルで穴を空けて壊されていた。ずっしりと重くぴたりと閉じる扉だ。最先端の技術を駆使して生みだされた最高級の小型金庫だった。にもかかわらず誰かがこれをまんまとこじ開けたのだ。破られないはずの錠を破ったこの巧妙な金庫破りは、一体誰なのか？　並の腕と頭脳の持ち主ではこの〈作業〉を遂行できないはずだ。

フレッチャーは金庫の扉を開けて、なかの金庫室を指さした。金庫室のスチール扉は鉄梃《かなてこ》でこじ開けられていた。教授はその中からスチール製の箱を取り出し、書斎の机に置いた。

「金庫には大勢の人がさわったのか？」クレイグが真っ先に質問した。

フレッチャーが満面の笑みを浮かべた。「大丈夫だよ、ケネディ。きみが前に一度指紋の話をしていたことを思い出してね。さわったのは私だけだし、端しかさわらないよう気をつけた。遺書はこの箱に入っていて、箱はいつも鍵がかかっていた。なのに遺書はなくなった。遺書だけだ。他は何も手をつけられていない。だが、箱から何の手がかりも見つからないんだ、指紋さえもね。昨夜のようなジメジメと暑い夏の晩には、誰だってこのスチール製の箱に指紋を残しそうなものなのに。そう思わないか、ケネディ？」

ケネディはうなずきながら、こじ開けられた箇所を調べた。やがて低い口笛が響いた。クレイグはテーブルに近づくと、置いてあった白いメモ帳を破き、その上に二、三の小さな破片を置いた。

「スチール扉の端のひん曲がった箇所についていた」そう言うと、すぐさまポケットから拡大鏡を取り出した。「ゴム手袋のものではないな」半ばひとりごとのようにつぶやく。「何てこった。片面に指紋のような線が何本かある。だが反対側はなめらかだ。これでは手がかりにならないな。いや、待てよ――そういうことか。まさかアメリカの犯罪者があの手口を知っていたとはな」

「手口って？」

「きみも知っての通り、最近の刑事たちはやたら指紋照合装置を使いたがるだろ？　そこで、ヨーロッパの先進的な犯罪者たちはまず、指紋を残さないようゴム手袋をはめたんだ。ところがゴム手袋をしたままでは指を動かしにくい。私が去年の秋頃パリにいたとき、警察を手こずらせた男の話を聞いたんだ。そいつは指紋を残さない。残すときは、何か良からぬ意図があるときだった。男は液状ゴムを開発して、それを手に薄く塗ったんだ。これならゴム手袋と同じように指紋がつかないし、指を自由に使えるからこまかい作業もできる。フレッチャー。この事件の真相はわからないが、並の犯罪ではない気がする」

「公表された人たち以外に親戚がいるのだろうか？」フレッチャーが使用人を呼びに部屋を出て行くと、ぼくはケネディに訊ねた。

「いや。それはないだろう。フレッチャーと、そのまたいとこで婚約者のヘレン・ボンド、この二人だけだ」

ケネディは再び書斎を調査しはじめた。ドアから出入りを繰り返し、すべての窓を調べ、さまざまな角度から金庫が見えるか検証した。「こっちが故フレッチャー氏の寝室だ」そう言ってドアを指さした。「彼が眠っていたところに、怪しげな音がしたか、あるいは採光窓から入ってきた書斎の明かりで目を覚ます。突然目を覚ました彼が、ドアを開けて書斎に入ったとする。金庫を破ろうとしている盗っ人を目撃するだろう。まぁ、この部分を推理するのは簡単だな。問題は侵入者は誰かということだ」

ちょうどそのとき、フレッチャーが使用人たちを連れて戻ってきた。使用人たちへの聞き込みは時間がかかって退屈だったが、一つだけ手がかりらしいものが見つかった。執事が、書斎の窓が施錠されていたかどうか確信が持てないと言ったことだ。庭師は飲み込みの悪い愚鈍な男だったが、一つだけ手がかりとなりそうな事実を提供してくれた。邸宅は表は本道に面しているのだが、今朝、入り江側の人通りのない道に面した裏門が開いていたというのだ。裏門はめったに使われず、ごくふつうの掛け金をかけるだけだった。門を開けた人物が、掛け金をかけ忘れたに違いない。庭師は、掛け金が外れているのを不審に思いながら門を閉めたが、そのときに道に泥の跡が残っていたという。車が停まっていたのだろうか。

使用人たちが下がった後、フレッチャーが少し出かけてきてもいいかと訊ねた。入り江の向こう側に住んでいるグリーン家を訪れたいのだという。「ボンドさんが叔父の死にすっかり参ってしまって」と彼は言った。「精神的に非常に不安定なんだよ。車が必要になったら、叔父のを使ってくれ。ここにあるものは何でも使っていいから」

「ウォルター」フレッチャーが立ち去ると、クレイグは口を開いた。「今夜のうちに市街地に戻りたい。それからきみにやってほしいことがある」

間もなくぼくたちは見晴らしの良い道を通ってロング・アイランド・シティを目指して急いだ。その間に、ケネディは今後の計画を話した。

「きみの新聞社へ行って、フレッチャー一族に関する記事をすべて洗い出してくれ。ヘレン・ボンドの経歴についてもだ――社交界での活動状況、親しい人は誰か、海外旅行をしたことがあるか、婚約したことがあるかなど、重要そうな手がかりはすべてだ。私はカメラを取りにアパートへ行き、それから研究室へ行って大型の装置を準備するよ。フレッチャーウッドへ持っていきたいんだ。コロンバス・サークル駅で会おう。十時半はどうだ？」

こうしてぼくたちは別行動を取った。ボンド嬢のことを調べた結果、彼女はいつも流行に敏感な人たちと付き合い、昨夏はグリーン一家とヨーロッパで過ごし、特にスイスとパリに長く滞在していたことがわかった。ぼくが調べた限り、彼女は婚約を報じられたことはないが、スチール王のまわりにはつねに大勢の資産家や外国人貴族が出入りしていることがわかった。

クレイグとは待ち合わせの時間に落ち合った。彼がさまざまな道具を持ち込んだせいで、帰り道を急ぐ車内がせまくなった。三十分ほど後にはぼくたちはグレート・ネックの近くまで来た。

そのままフレッチャーウッドに向かうと思いきや、クレイグは電力会社の発電所の前で「止めてくれ」と運転手に指示した。そして発電所に行って、昨晩の電力の使用状況を記した記録を見せてもらった。

罫線入りの紙には、電力量を測る自動記録装置によって不規則な曲線が描かれていた。曲線は電力の送電量の増減を表していた。送電量は日没後に急カーブを描いて伸びているが、九時以降は照明が消されていったためか、徐々に下降線を描いていた。だがその不規則な下降曲線は、十一時と十二時の間に一度不自然に上昇した形跡があった。

このようなことはよく起こるのですかとケネディは訊ねた。電力会社の社員たちによると、電力供給量を示す曲線は通常十二時、すなわち電力の供給停止時間まで下降曲線を描き続けるのだそうだ。とはいえ、今回は特別だとは考えていないようだ。「ま、どこかのお屋敷に来客でもあったんでしょう」訊かれもしないのに現場主任が答えた。「家中を案内する際に、明かりをすべて灯したのでしょう。正確にはわかりませんが、送電量は多くはなかったはず。大量だったら、誰かが気づいたはずですからね。暗い明かりを灯したのでしょう」

「なるほど」とケネディが言った。「今夜の同じ時間帯に同じことが起きるか見ておいてもらえませんか」

「わかりました」

「今夜発電所を閉めた後に、記録紙をフレッチャーウッドまで持ってきてほしいのですが？」クレイグは、現場主任のシャツのポケットに紙幣を一枚滑り込ませた。

「これはどうも。伺いますとも」

フレッチャー邸の書斎でクレイグが装置を組み立て終えたのは、十一時半近くだった。次に彼は書斎のシャンデリアの電球をすべて取り外し、ソケットに緑色のケーブルを取り付け、それをドリルのような小さな器具につなげた。次に彼はドリルをフェルトの塊で覆って、金庫の扉に押し当てた。

ドリルがタタタタと鈍い音を立てた。寝室へ行ってドアを閉めると、ぼくの耳では聞き取れることがわかった。だが、耳が遠くなおかつ睡眠中の老人なら、その音で目を覚ますことはめったにあるまい。十分ほどでクレイグは、金庫のダイヤル錠の上、金庫破りが空けた穴の反対側に小さな穴を巧みに空けてみせた。

「きみが正直な人間で良かったよ」とぼくは言った。「でなければ、きみを警戒してただろう――昨夜のアリバイを証明しろと迫ってたかもしれない」

ぼくのジョークを無視して、彼はまるで生徒たちを前に金庫破りの妙技を教えるかのように話しはじめた。「さて、電力会社の今夜の送電記録が昨夜と同じような曲線を描いていたら、この方法を使ったのだと証明できる。それを確認したかったから、私は昨年パリからこっそり持ち帰ったこの装置を試すことにしたんだ。おそらく老人は眠っておらず、物音を聞いたに違いない」

次に彼は金庫の内側の扉をぐいと開いた。「この扉をチェックして、鉄梃を使った形跡を調べれば何かわかるだろう、この私の新しい器具を使えばね」

書斎で彼はテーブルに二本の垂直の支柱を立て、その上に〈検力器〉と呼ばれる目盛盤を取り付けた。二本の支柱は後ろでしっかりと固定されていて、まるでミニチュアの断頭台みたいな形をしている。

「これは私の機械探偵でね」クレイグが誇らしげに言った。「かの名捜査官ベルティヨンが開発した装置だ。彼からこの装置の複製を作る許可ももらった。見ての通り、圧力を測る装置だ。まずは普通の鉄梃を使って、この扉の傷と同じような傷をつけるのにどれだけの圧力が必要か見てみよう」

クレイグは、金庫の扉を外した後、検力器を取り付けてしっかり固定した。それから鉄梃を力一杯押しつけた。スチール扉に接続していた計器の針は大きく振れて、怪力にしか出せないような数値を指し示した。実験でスチールについた跡と金庫破りがつけた跡を比べると、そんなに圧力をかける必要はないことが一目でわかる。扉の錠は飾りのようなもので、スチールもさほど頑丈ではなかったのだ。メーカーは、外側の金庫さえ頑丈にしておけば攻撃をかわせると考えたのだろう。

クレイグは実験を繰り返し、徐々に圧力を弱めていった。そしてとうとう強盗がスチール扉につけたのと同じような傷跡をつけることに成功した。

「なるほどね。これをどう思う？」彼は驚きの声を上げて考え込んだ。「子どもにもできそうだな」ちょうどそのときに電力供給停止時間がきて、明かりが消えた。クレイグは石油ランプをつけると、椅子に座って黙り込んだ。間もなく発電所の現場主任が送電記録を持ってやってきた。記録紙には昨夜と同じような曲線が描かれていた。

しばらくしてフレッチャー教授の車が敷地内に入ってきた。教授は心配そうな表情を浮かべて、ぼくたちのところに来た。「あまりに突然の出来事に、ヘレンはすっかり打ちのめされていたよ」肘掛け椅子に腰を下ろしながら、弱々しく言った。「衝撃が大きすぎたんだ。あまりにかわいそうで、強盗に入られたとは到底言えなかったよ」それからふと思い出したように、彼は訊ねた。「ケネディ、新しい手がかりはあったか？」

「そうだな、重大な手がかりはない。強盗の動機や詳細を推理するために、強盗がどんな手順を踏んだのかを再現しただけだ。信頼できる手がかりが出てくれれば、大きく進展できるからね。まちがいなく頭のいい強盗だよ。ダイヤル錠を壊すために電気ドリルを用意して、照明から電源を取って実行したんだから」

「へぇ」教授が驚きの声を上げた。「本当なのか？　これは手強そうな相手だな。おもしろい」

「ところでフレッチャー」とケネディは言った。「明日、きみの婚約者を紹介してくれないか。ぜひお目にかかりたいんでね」

「もちろんだよ。だが、話題にはくれぐれも注意してくれよ。叔父が亡くなったことに、ヘレンは心底ショックを受けているんだから――私を除いて唯一の身寄りだったんだ」

「わかった。ああ、それから、こんなときに私に紹介されたら彼女は変に思うかもしれない。私のことは神経科医か何かだと紹介してくれ――強盗捜査にからんでいるとは言わないでくれ。もっとも、きみはまだ強盗のことを彼女に伝えていないようだが」

翌朝早々にケネディは外へ出た。というのも、昨夜は事件の詳細を再現しただけで終わったからだ。彼はカメラを手に裏門のそばにしゃがみ、レンズを下に向けて道の写真を撮った。それから二人で門の近くの森林や道を調査したが、めぼしいものは何一つ見つからなかった。

朝食を終えたぼくは、即席の暗室を作ってフィルムを現像した。その間、クレイグは「手がかりを探す」とだけ言って、海岸沿いの裏道へ向かった。正午前に戻ってきたが、物思いにふけっている様子だったので、ぼくは何も言わずに道路の写真を渡した。彼は写真を手に取ると、書斎の床に一列に並べた。写真にはわずかに隆起した泥の線が二本写っていて、どちら側にも丸い跡が規則的に並んでいた。丸いしみは形がはっきりしたものもあれば、中心部がつぶれているものもある。物事の対称性を考えれば、ここにしみがあるだろうと思う場所で、しみがないことがあった。床に一列に並んだ写真を見るうちに、それが車のタイヤ跡だとわかった。そして突然、庭師が語ったことを思い出した。

次にクレイグは、今朝の捜査の成果を取り出した。数十枚の白い紙が慎重に三つの束にまとめられていた。彼は白い紙を束ごとに書斎の床に一列ずつ並べた。彼が何をしようとしているのかが、ぼくにもだんだんわかってきた。四つん這いの姿で並べられた紙をざっと見渡しては写真と比べるケネディは、いかにも頼もしそうに見えた。ついに決断を下した彼は、二列に並んだ紙をかき集めて捨てた。そして三列目の紙を少し移動させて写真と並行に並べた。

「見てくれよ、ウォルター。このくぼみと形の特徴を。写真にも同じものがある。この二つは符合しているんだよ。ほら、この紙にはくぼみが欠けている箇所がある。写真にもこのくぼみはない」

まるで何かに熱中する小学生のように、彼は車のタイヤに取り付けられた滑り止めの金具の小さくて丸い跡を見比べた。アスファルトの道路にこびりついた泥や油、あるいは未舗装路の土に残った形跡から、ぼくは同じような跡を何度も見たことがあった。タイヤの跡から手がかりをつかむなんて、一度も考えたことがなかった。なのにぼくの目の前では、クレイグが淡々と写真に写った跡と紙についた模様を見比べて、共通点を洗い出している。

作業する彼を見つめながら、ぼくは彼の天才的な発想に感銘を受けずにはいられなかった。「クレイグ。それは自動車のタイヤ紋じゃないか」

「さすがタブロイド紙の記者だな」ケネディはおもしろそうに言った。「〈指紋システムで車を割り出すのに成功〉――きみのことだ、日曜版の特集記事の見出しをどうしようか考えているに違いない。当たりだよ、ウォルター。ベルリン警察はすでに何度もこのシステムを使っていて、かなりの成果を上げている」

「待てよ、クレイグ」ふと気づいてぼくは大声を上げた。「その紙のプリントはどこで手に入れたんだ？　誰の車だ？」

「ここからさほど遠くないところさ」ケネディはもったいぶった様子で言った。誰かに嫌疑がかかるようなことは言うまいと警戒しているようだ。だが、好奇心を抑えられなくなったぼくは、機会があれば、同じ方法でフレッチャー邸の車庫にあるすべての車のタイヤ紋を取ろうと思った。

ケネディはそれ以上話そうとはせず、ぼくたちは黙って昼食を食べた。グリーン一家と昼食を取っていたフレッチャーがケネディに電話をかけてきて、「午後にボンドさんを紹介したいが、都合はいいか?」と訊ねた。

「じゃあ、前にきみに話した装置、彼女の精神状態を測定する装置を持っていってもいいかい?」とケネディは訊ねた。オーケーの返事をもらったらしく、ケネディは満足そうに「じゃあ」と言って電話を切った。

「ウォルター、助手として一緒に来てくれないか。私は神経科医のケネディ医師で、きみは同僚のジェイムソン医師ということにしよう。私たちは重要な患者のカウンセリングを行うという設定だ」

「そんなやり方がフェアだと思うのか?」ぼくはむきになって言った。「医者だと信じ込ませて相手の警戒心を解き、誰かの不利になるような証言を引き出そうなんて。それがきみのねらいなんだろうが、ぼくはその道徳観が、というか道徳観の欠如が気に入らないね」

「落ち着けよ、ウォルター。私は間違っているかもしれない。その可能性はなくもない。でも、最後にはこのやり方を理解してもらえる気がする。私に必要な唯一の手がかり、犯人につながる手がかりを、ボンド嬢から手に入れる方法があるんだ。道徳観だと? 私がやろうとしていることは、きみが言う道徳観のもっとも高尚な形かもしれないんだ。仮にフレッチャーの話が本当で、この事件のせいでボンド嬢の心が壊れそうになっているとしたら? 別々に暮らしていた叔父が死んだからといって、なぜそんなにショックを受けるんだ？　彼女はこの事件の何かを知っているし、私たちにはそれを知る必要がある。一人で抱えていては、彼女の心が蝕まれてしまう。私がやろうとしていることは最善の選択だ――彼女にとってもね。この事件に葉巻を一箱賭けたが、それにディナーもつけるよ」

ぼくはまたしても引き下がった。というのも、これまでのケネディの捜査を見て、彼を第一級の探偵だと確信していたからだ。そして一緒にグリーン家に向かった。クレイグは、医師が持ち歩く長方形の黒いカバンのなかに何かを入れて持っていった。

フレッチャーは、車寄せのところでぼくたちを出迎えてくれた。ひきつった顔と神経質そうに体をゆらす様子からも、相当堪えているようだ。ボンド嬢はさらに深刻な状況なのだろう。間もなく夕方という午後遅い時間帯だった。フレッチャーの案内で客間を通って、湾を見渡せる縁側を歩いていると、スイカズラの香りが漂ってきた。

ぼくたちが部屋に入ると、ボンド嬢は籐椅子にもたれかかるように座っていた。彼女が立ち上がってあいさつしようとすると、フレッチャーはやさしくおしとどめた。そしてぼくたちを彼女に紹介しながら、「患者はお医者さんの前で無理しなくてもいいんだよ」と話しかけた。

フレッチャーは実に申し分のない人物で、ぼくも好感を抱いていた。と同時に、この男がいかにしてヘレン・ボンドのような女性を射止めたのか不思議でもあった。ぼくからすれば、彼女は〈現代的な〉女性の理想像ともいえる存在だった――背が高くてたくましいのに、男っぽいわけではない。ぼくが真っ先に思ったのは、このタイプの女性が〈神経〉をやられるとは思えないということだった。クレイグが言ったように、彼女は何か心に重くのしかかるような秘密を隠しているに違いない。その外見からは、彼女の心の状態は予想できない。黒っぽい髪と茶色の大きな瞳、日に焼けた顔や腕は、神経衰弱のイメージからはほど遠かったからだ。たくましい強さを持ちながらも、本質的には女らしい人なのだろうと直感した。

入り江の向こうの丘に沈もうとしている夕日が、彼女の日に焼けた肌に溶け込んだ。威厳がある女性なのに不自然なほどぴりぴりしていたが、それも夕日のおかげでやや覆い隠されていた。その笑顔には違和感があった。無理やり笑みを浮かべるその表情を見ると、自制心の弱い女性だったら到底耐えられないような精神的苦痛を耐えているように思われた。

ケネディに促されてフレッチャーが退出すると、ぼくも一緒にこの場を去りたいものだと思った。これほど感受性の強い女性がすでに容赦なく自分を責めているのに、さらに追及されるところを見なければならないとは。

ケネディがどんな策略を練っているのかは知らないが、彼ならうまくやってのけると確信した。偽医者に扮したケネディはいかにも本物らしく軽い問診を行い、ぼくを彼の助手だと見せかけるために、ぼくに雑用を指示した。そしていざ黒鞄を開ける瞬間も、「銀色の医療器具も、うさんくさい薬も持っていませんよ」と言って相手を安心させた。

「あなたの精神状態をテストするために、簡単な質問に答えていただくだけですよ、ボンドさん。専門家が言うところの、反応速度を見るテストと心拍数の検査です。どちらもおおげさなものではありませんから、リラックスしてください。重要なのは、患者が取り乱さずに平静を保つことです。検査が終わったら、絶対安静かニューポートでの休暇か、どちらかをお勧めすることになるでしょう」

ケネディが、彼女のすらりと伸びた前腕に長めのゴム手袋をぴたりとはめ、その上から大きくてごわごわした革製のカバーをかけると、彼女はけだるそうに笑みを浮かべた。ゴム手袋と革製のカバーとの間には目盛りがついたガラスチューブが通っていて、なかには液体が入っていた。かねてからクレイグは、「目盛りには血圧の変化が正確に現れるのだ、まるで被験者の心のなかを覗いたみたいに、移りゆく感情を読み取ることができるのだ」と語っていた。実験心理学者たちは、この器具を体積変動記録器《プレチスモグラフ》と呼んでいたと思う。

さらに〈連想する時間〉を測定する装置もあった。この装置の肝となるのが非常に正確なストップウォッチ機能で、その役割はぼくが担うことになった。要するに質問されてから彼女が答えるまでの時間を測ればよくて、あとはケネディが自分の質問と彼女の答えを記録すると共に、ぼくが測った時間をメモしてくれる。これらの装置は、ちょうどぼくたちが大学生の頃にアメリカで使用されるようになったため、ぼくたちにとってはなじみのある装置でもあった。ケネディは決して自身の専攻分野だけに視野をせばめたりはせず、他の分野での重要な発見や方法論についても最新の動向を追っていた。おまけにぼくも、電子式分秒測時器《クロノスコープ》、体積変動記録器《プレスチモグラフ》、脈波計《スフィグモグラフ》をはじめとした心理学の新しい装置に関する記事を読んでもいた。クレイグは、いかにも日常的な業務であるかのように淡々と作業を続けた。

「さて、ボンドさん」とケネディが言った。その声には安心感と説得力があったため、ぼくたちが手短に準備する間も、彼女は不安を感じなくなったようだ。「これは子どもの言葉遊びみたいなものです。ルールは簡単です。私が単語を一つ言います――たとえば「犬」とか。その言葉を聞いて、最初に頭に浮かんだ言葉をすぐに教えてください。たとえば「猫」とかね。私が「リード」と言ったら、「首輪」と答えるとかね。わかりましたか？　ばかばかしいとお思いかもしれませんが、検査が終わる前に、これが実に効果的だとわかってくると思いますよ。あなたのような神経症の患者には特に効きますからね」

ボンド嬢は、彼の言葉に悪意を感じなかったようだが、ぼくは違った。そのときばかりは抗議したくなったが、喉がつかえたみたいに思うように声が出せなかった。

ケネディが検査をはじめた。ぼくは結局あきらめて黙って見守ることにした。時計と器具にできるだけ集中しようとしたが、ボンド嬢の心地良い低い声を耳にするたびに心を揺さぶられた。

検査の過程について、すべては記さないでおく。というのも質問はたくさんあったし、特に前半の質問は無意味なものばかりで、後にくる〈抜き打ち検査〉のためのウォーミングアップに過ぎなかったからである。突然、退屈な質問を繰り返していたケネディの様子が一変した。ボンド嬢がすっかり無防備になって油断したときに、すべてが一瞬で変化した。

「夜」とケネディが言うと、「昼」とボンド嬢が答えた。

「車」「馬」

「入り江」「ビーチ」

「道」「森」

「門」「フェンス」

「小道」「灌木」

「ポーチ」「家」

ここでためらいが見られたが、ぼくの思い違いかもしれない。

「窓」「カーテン」

今度ははっきりとわかった。だが、言葉は息つく間もなく次から次へと繰り出された。休憩もなかった。彼女には自分を立て直す余裕はなかった。先ほどと明らかに反応速度が変わったことに気づくと共に、彼女に同情し、この冷酷で科学的な尋問をいまいましく思った。

「パリ」「フランス」

「カルティエ・ラタン」「学生」

「ごろつき」クレイグは、ごろつき《アパッチ》という言葉をフランス風に「アパッシュ」と発音した。「待って、先生。何も思いつかないわ――ああ、レ・ヴァッシュがあったわね。でも、この質問は外しませんか。何秒も無駄にしちゃったから」

「いいでしょう。それでは再開しますよ」クレイグはいかにも無頓着そうな態度を取っていたが、彼女の返事に興味を抱いたようだった。というのも、「レ・ヴァッシュ」には雌牛の他に警官という意味もあったからだ。

誘導尋問にかこつけて無慈悲に相手をもてあそぶことにかけては、どんな弁護士もケネディには及ぶまい。彼は予想もつかないような質問を容赦なく浴びせ続けた。

「シャンデリア」「照明」

「電球」ケネディはこの言葉を強調して言った。

「ブロードウェイ」まるで頭に思い浮かんだ言葉を隠すために、別の言葉を探し出してきたかのように彼女は答えた。

「金庫」「金庫室」

視野の端っこの方で、計器の針の位置から心拍数がかなりの数値に達しているのが見えた。反応速度はますます遅くなり、慎重になっているように思えた。ケネディは容赦なく言葉を発し続け、ぼくは心のなかで彼を罵った。

「ゴム」

「タイヤ」

「スチール」

「ピッツバーグ」と彼女はでたらめに答えた。

「金箱」

「……」

「錠」

「……」またしても答えはなかった。彼は次から次へと言葉を並べ立てた。ぼくは興奮と同情で緊張しながらも、前のめりになっていた。

「鍵」

沈黙。だが血圧が上がったのがわかった。

「遺書」

その言葉が彼女の口からこぼれ落ちた途端、果敢に抵抗する姿勢は崩れた。悲痛な声を上げると、彼女は慌てて立ち上がった。「いいえ。いいえ、先生。違うんです。違う」彼女は両腕を広げて大声を上げた。「どうしてそんな言葉ばかり選ぶのですか？　まさか——」ぼくが彼女を支えなかったら、彼女は卒倒していただろう。

計器の針を見ると、興奮のあまり彼女の心臓が激しく打っていて、恐怖で今にも止まりそうなのがわかった。ケネディはどう出るか？　と思いながらも、ぼくはできるだけ早く彼を止めることにした。

ボンド嬢と出会った瞬間から、ぼくは彼女に魅了されていたのだ。もしもぼくがフレッチャーだったら。おまけに、苦難に見舞われたこの女性を、ほんのひとときでも助けられることに後ろめたい喜びを感じずにはいられなかった。

「まさかあなた、あなたは誰一人として、ジャックですら夢にも思いつかないことを考えてるんじゃないでしょうね？　ああ私、頭がおかしくなりそう！」

ケネディは即座に立ち上がって、彼女に近づいた。その目を見れば答えは明らかだった。彼が知っていることを悟ったボンド嬢は、青ざめて身震いして後ずさった。

「ボンドさん」ケネディが緊張した面持ちで口を開いた――さまざまな感情でゆれているような低い声だった。「友人を守るために嘘をついたことがありますか？」

「はい」彼の目を見すえながら、彼女は答えた。

「私も嘘をつけますよ」。ケネディは緊張を解かずに続けた。「友だちが真実を話してくれればね」

そこではじめて、堰が切れたように彼女の目から涙がこぼれ落ちた。そして激しくしゃくり上げながら打ち明けた。「誰も信じてくれないし、わかってもくれないわ。私が彼を殺したと、人殺しだと言われるわ」

その間ずっと、ぼくは困惑しながら黙って立っていた。どういう意味だろうか？

「大丈夫ですよ。みんなにはわかりっこないんですから」

「わかりっこないって？」

「そうです。最後に正しいことを行えばね。遺書はお持ちですか？　それとも破り捨ててしまいましたか？」

この問いが決定打となった。

「はい。いえ、違います。ここにあります。たとえその遺書が私の心を焼き尽くそうとも、破り捨てるなんてとても」

彼女はドレスの胸元から手紙を引っ張り出すと、恐ろしげに投げ捨てた。

ケネディがそれを拾い上げ、遺書を開いてさっと目を通した。「ボンドさん、ジャックはこの内容を一語たりとも知らないはずです。ジョン・フレッチャーの机のなかから偶然にこれが見つかった、他の書類に紛れていたと彼に伝えますよ。ウォルター、きみの紳士としての名誉に誓って証言してくれないか、この遺書が故フレッチャー氏の机のなかにあったと？」

「ケネディ先生、何とお礼を申し上げればいいのやら」感極まったように言うと、彼女はへなへなと椅子に倒れ込み、紅潮した額を両手で覆った。

「この遺書を見つけた経緯を教えてください。そうすればあなたとフレッチャーが結婚しても、私は余計な疑いを抱くことなくあなたと友人づきあいができるでしょう。フレッチャーに接するのと同じようにね。すべてを話せば気も楽になりますよ、ボンドさん。なんならジェイムソン医師に席を外させましょうか？」

「いいえ。ここにいてもらってください」

「では、私が知っていることをお話ししましょう。昨年夏にグリーン一家とパリで過ごしたときに、あなたはピラールというごろつき《アパッチ》の存在を知ったに違いありません。彼は世界でもっとも有名な金庫破りに数えられる人物です。そしてあなたはピラールを探し出した。そして彼から、合成ゴムを指に塗る方法、電気ドリルの使い方、旧式の鉄梃の使い方を教わった。強盗があった日、あなたはグリーン家の小型の電気自動車を運転して、夜十一時十五分頃にフレッチャーウッドの裏道を通ってやってきた。鍵のかかっていない窓から書斎に侵入し、シャンデリアの電源コネクターにドリルを接続した。零時になると電源が落ちるため、あなたは慌てて作業をしなければならなかった。同じ理由で、もっと遅い時間、みんなが熟睡している時間にやることは不可能だった」

ケネディがよどみなく再現していく話は実に不可解で、にわかには信じられなかった。ボンド嬢は魅了されたかのように彼に見入っている。

「あの日の晩、ジョン・フレッチャーはまだ起きていた。そして、あなたが立てた音をたまたま聞きつけたんだ。書斎に入って来た彼は、寝室からもれる光で犯人を見てしまった。怒った彼はあなたを怒鳴りつけたが、興奮し過ぎて老齢の体に堪えた――そして脳卒中を起こして突然床に倒れたんだ。あなたが近づいてみると、彼はすでに亡くなっていた。にしても、なぜあなたはそんな愚かなまねをしたんですか？　彼の遺書の中身や条件を知っている人がいて、最後には見つかると思わなかったんですか？　相手があなたの味方ならいいが、敵かもしれないのに。中身を知っている人が他にいるのに、遺書を破棄してどんなメリットがあると思ったんですか？」

この女性がヘレン・ボンドでなかったら、ケネディが容赦なく彼女の経緯を次々と暴露し終える前に、取り乱していただろう。だがヘレンは、何時間も秘密を隠し続ける緊張感から解放されたせいか、もうこれで終わりにして真実を話したがっているように見えた。

実のところは何だったのか？　秘密の愛人がいて、その人のために何としてでも遺産がほしかったのか？　あるいは自分の評判よりも守りたい人がいるのか？　それにケネディはなぜフレッチャーを退出させたのか？

彼女はうつむき、感情を抑えようとして胸を上下させながら呼吸していた。ついに彼女がゆっくりと顔を上げて、穏やかな目で私たちを見つめたが、ぼくはまさか彼女が自分から話すとは思っていなかった。

「そんなことをしたのは、ジャックを愛しているからです」

ケネディもぼくも何も言わなかった。ぼくはというと、この堂々とした女性の虜になっていた。たとえ間違っていようとも、賞賛と驚きの感情を覚えずにはいられなかったのだ。

「そうよ」彼女がうわずった声で言った。「変に聞こえるかもしれないけれど、自分のためにやったんじゃないの。私は心の底からジャックを愛していたし、その気持ちは今も変わらない。彼に抱くような尊敬の念と愛情を、他の誰にも感じたことはないわ。大学での彼の仕事にも満足しているし。でもね、ケネディ先生。それでも私はジャックとは違うんです。新しい学校の学部長の収入で、妻の私に何ができると思いますか？　あの遺書によると、私への財産分与はほんの一部に過ぎません。でも、私には何百万ドルものお金が必要なんです。幼い頃から何不自由なく育てられてきましたから。私はずっと遺産をあてにしていました。これまでずっと、ほしいものはすべて与えられてきたのです。でも、結婚すると状況は変わります。自分のお金が必要になるのです。大金が必要なんです。たくさんお金があれば都会と地方に別荘を一軒ずつ所有して、ヨット、自動車、服も買えるし、召使いも雇えますから――仕事があなたの一部であるのと同じように、私にとってもこれらは生活に欠かせないものなのです。どうしても必要なの。それがみんな手からこぼれ落ちてしまった。確かに、この遺言通りになれば、ジャックは新しい学校に満足したことでしょう。他に選択肢がなければ、私も気にしなかったでしょう。私は他の資産家たちからも結婚を申し込まれているのです。でも、私はジャックと結婚したいですし、ジャックも同じ気持ちです。でもね、知的で質素な生活がどんなに私を不幸にするか、そして私の不幸が最終的に彼にどう影響するか、彼には予想もつかないでしょう。実のところ、叔父によるこの偉大で情け深い慈善的行為は、結局は私たちの愛と生活を損なうものだったのです。どうすればいいのでしょう？　私の生活も愛情も破滅していくのを黙って見ているのか、それとも好きでもない男の財産を目当てにジャックとの婚約を解消するのか？　『ヘレン・ボンドはそんな女じゃない』と自分に言い聞かせました。そして知り合いの優秀な弁護士に相談したんです。仮にと前置きして話をしたうえで、絶対順守の遺書を作るためのアドバイスをもらいました。そして、遺産を寄付する際に遺書に入れてはいけない但し書きや条項を教えてもらいました。それこそが私が知りたかった情報でした。私はそのような条項を叔父の遺書に書き込むつもりだったんです。叔父の筆跡を練習し、叔父の手書きにしか見えない筆跡で、その条項を書けるようになりました。条項のなかに入れる単語を、叔父の手書き文章のなかから一つずつ抜き出して練習したのです。それから私はパリへ行き、あなたの推理通り、叔父の金庫と同じタイプの金庫から物を盗み出す方法を教わったんです。神に誓って言います。私はただ遺書を手に入れ、改ざんして元に戻したら、あとは叔父が気づかないことを祈るつもりだったのです。そして叔父が亡くなったら、その遺言の内容に異議を申し立てる予定でした。裁判所の判断を仰ぐか、法廷外で話し合うかして、私が相続するはずだった遺産をすべて手に入れたかったのです。私はすべてを計画しました。学部も私が、いえ私たち二人で設立するつもりでした。ただの学部、まだ存在すらしていない学部への寄付金が五千万ドルから三千万ドルに減ったからといって、どんな違いがありますか？　差額の二千万ドルは、たとえその半分でも、私にとっては人生や愛情に匹敵する重みがあるのです。

みんなの注目を遺書からそらし、強盗の仕業に見せかけるために、金庫からお金を盗む計画でした。その日の晩に遺書を改ざんして、朝になる前に金庫に戻そうと思っていました。でも、そうはいきませんでした。もう少しで金庫が開くというときに、叔父が書斎に入ってきたんです。その怒りように私は心底怖じ気づきましたし、叔父が床に倒れた瞬間から今まで、私は冷静に考えられなくなりました。現金を盗むのを忘れ、遺書を持ち逃げすること以外、計画をすっかり忘れてしまいました。ただ遺書を盗んで廃棄しなければとしか。こんなに動揺していては、遺書を書き換えることなどできません。さあ、これですべてお話ししました。あとはあなたのお慈悲にすがるだけです」

「ご安心ください。ジェイムソンも私も信条がありますから、この事件を忘れることにします。ウォルター、フレッチャーを探してきてくれ」

フレッチャー教授は、石畳の道をもどかしそうに行ったり来たりしていた。

「フレッチャー」ケネディが口を開いた。「ボンドさんには今夜ゆっくり休んでもらってくれ。極度に緊張したせいで神経が参っているだけだから、自然に治るだろう。とはいえできるだけ速く転地療養した方がいいだろうね。それではボンドさん、私はこれで。お体に気をつけて」

「ありがとうございます、ケネディ先生。ジェイムソン先生」

ぼくはいそいそとグリーン家を出た。

それから三十分後、うれしそうな演技をするケネディに急かされながら、ぼくは再びグリーン家に向けて車を走らせていた。二人が屋根付き廊下にいたところに、ぼくたちは前触れもなくどかどかと現れた。

「フレッチャー、フレッチャー」ケネディが大声で呼んだ。「これを見てくれ。フレッチャー氏の机の後ろからブリキ製の容器が見つかった。なかにこんなものが！」

フレッチャーは遺書をつかむと、玄関ホールから差し込む明かりを頼りに急いで目を通した。「あ
あ、良かった。思っていた通り、これで学部を設立できる」

「本当に良かったわね！」とヘレンが小声でつぶやいた。

かくいうぼくも思わず本心をつぶやいていた。「またしても新聞ネタがボツになった」

探偵、細菌の謎に挑む

細菌の毒素や抗毒素の化学構造に関する講義を行うために、ケネディは熱心に原稿を書いていた。

「いやはや」ケネディはそうつぶやくと、万年筆を置いて葉巻に火をつけた。火をつけるのはこれで百回目ぐらいか。「現代の犯罪者たちがこんなチャンスを見落としているなんて、不思議で仕方がないよ。こんなに精巧な方法がたくさんあるのに、どうして拳銃だのクロロフォルムだの青酸カリだのにこだわるのだろうか?」

「おいおい、やめてくれよ」困惑しながらぼくが言った。「他に方法が思いつかなかった場合はともかくとして、そんなものを使われたら困るよ。ぼくの仕事はどうなる? 《スター》紙にどうやってセンセーショナルなニュース記事を書くんだ? 『猛毒を持つ病原菌が点線で示したルートで侵入。抗毒素は×印で示した箇所で効力を発揮した』とでも? ははは。クレイグ、それじゃあタブロイド紙のネタにならないよ」

「私からすれば、これほどセンセーショナルな話はない。人間の体に銃弾を撃ち込むよりもずっと衝撃的だ。銃を撃ったり、喉をかき切ったりするなど馬鹿でもできるが、最先端の方法を取り入れるには頭が良くなくてはね」

「そうかもしれないけどさ」そう言うとぼくは読書に戻り、ケネディもせっせと講義用の原稿を書きはじめた。この会話を紹介したのは二つの理由からだ。一つは、奇妙な偶然によってこの会話が今回の話に関係してくるからだ。もう一つはこの会話からケネディの飽くなき研究心が垣間見えたからだ。

彼が化学だけでなく細菌にも関心を持っていたとは。そして今回持ち込まれたのは細菌にまつわる事件だった。

　それから十五分ほど経った頃、玄関の呼び鈴が鳴った。玄関のドアを開けると、驚いたことに、ベールをかぶった細身で魅力的な女性が立っていた。いつもは鈍感なぼくだが、その女性が病的な興奮状態にあることに気づいた。

「ケネディ教授はいらっしゃいますか?」彼女は不安そうに訊ねた。

「ええ」ぼくは書斎のドアを開けた。

　彼女はケネディに歩み寄って、同じ質問を繰り返した。

「私がケネディです。どうぞおかけください」

　ぼくたちのアパートに女性が来ることなどめったにないため、ぼくは席を外すのも忘れて、いそいそと家具の位置を直したり、煙草のよどんだ臭いを追い出すために窓を開けたりした。

「イーヴリン・ビズビーと申します」彼女が先に口を開いた。「ケネディ教授は実に巧みに難事件を解決なさると伺ったのですが」

「いやあ、それほどでも」ケネディはまんざらでもなさそうだ。「あなたに入れ知恵したのは誰ですか?」

「カー・パーカーの事件の噂を聞いた友人からです」

「ちょっといいですか?」二人の会話にぼくが割って入った。「邪魔してすみません。ちょっと外出してきます。一、二時間ぐらいで戻りますから」

「待って、ジェイムソンさん――確かお名前はジェイムソンさんでしたよね?」

ぼくは驚きながらもうなずいた。

「できればここにいて、一緒に話を聞いてほしいんです。あなたとケネディ教授は一緒に捜査すると伺ったものですから」

彼女のおせじに今度はぼくが赤面した。

「グレート・ネックのフレッチャー夫人が教えてくれました。詳しくは知りませんが、ケネディ教授はフレッチャー夫妻のために尽力されたそうですね。それはともかく、今回は私の相談で来ました。他にはもう頼るあてはないものですから。ケネディ教授が解決できなければ――誰にも解決できないでしょう」彼女は少し間をおいてから続けた。「先日、私の後見人の死亡記事をお読みになったことと思いますが？」

確かに、ぼくたちはその記事を読んでいた。南カルフォルニアの石油王、ジム・ビズビーが腸チフスを発症して、ベル医師の私立病院であっけなく亡くなったことを知らない者がいるだろうか？　ジムはリバーサイド・ドライブの豪華なマンションからこの病院に担ぎ込まれたのだった。当時、ぼくとケネディはそのことを話し合った。ぼくたちは二十世紀の人工的な環境について語り合った。「もはや誰も家を持たなくなった。みんなアパートに住んでいる」とぼくは言った。おまけに病気になっても、かつてのように自宅で療養する人などいない――死ぬために特別に部屋を借りる人もいるぐらいだ。葬儀を行う場も借りるようになった。墓を借りないのが不思議なぐらいだ。これらもまた、二十世紀によって打ち砕かれた伝統の一部なのだ。実のところ、ジムの死因については知らなかったが、謎めいたところなど何もなかった。金で買えるものに囲まれて孤独に死んでいった偉大な男――二十世紀初頭の人工的な巨大都市という環境を考えれば、そんな死にざまは特殊でも何でもない。

彼が後見人となっている娘の記事も読んだ。この美しきイーヴリン・ビズビー嬢は、彼の遠縁にあたるというわけだ。部屋のなかの熱気と自身の興奮で彼女がベールを上げると、ぼくたちは身を乗り出した。ケネディですら毒素の講義のことなどすっかり忘れてしまったに違いない。

「ビズビーさんの死には不可解なところがあります」彼女は不安そうにささやいた。「調査する必要があると思います。女がやみくもに騒いでいるだけと思われるかもしれませんが、でも、実はフレッチャー夫人にしか話していないことがあるのです。ご存じかもしれませんが、私の後見人は夏をニュージャージー州のビズビー・ホールという別荘で過ごしていたのですが、一週間ほど前に突然こちらに帰ってきました。ビズビーさんが夏の終わりを待たずに帰ってきたのは気まぐれからだろうと、みんなは思いました。でも、そうじゃなかったんです。その前日に、別荘の庭師が腸チフスに罹りました。だからビズビーさんは翌日に帰ることにしたのです。ところが出発する日の朝、今度は召使いが病に倒れました。ビズビーさんはどんなに驚いたことか。すぐさま車でニューヨークに向かい、ニューポートにいる私に電報をよこしました。それで私が合流して、一緒に〈ルイ十五世〉という名の彼のマンションへ帰ったのです。でも、それで終わりませんでした。ビズビー・ホールの使用人たちが次々と病に倒れ、五人が臥せりました。そしてついに、ニューヨークにいたビズビーさんが犠牲になりました。今のところ私は大丈夫です。でも、私もいつ倒れるかわかりませんよね？　あまりに恐ろしくて、帰宅してからまだ一度もアパートで食事を取っていません。お腹がすくたびにホテルへ行って食事するのです――しかも毎回ホテルを変えています。水は部屋でガスレンジで沸騰させたものしか飲みません。消毒薬と殺菌剤を大量に使いますが、それでも不安で。専門家に相談しましたが、まだ恐怖心が収まりません。ビズビーさんが亡くなって終わったと思ったのですが、そうではありませんでした。先週ビズビー・ホールからこちらに移ってきた使用人が、今朝病で倒れました。医師からはまたもや腸チフスだと診断されました。次は私の番でしょうか？　怖がるほどのことではないのでしょうか？　どうしてニューヨークでも腸チフスが起きたのでしょうか？　ビズビー・ホールで収まらなかったのはどうしてなのでしょう？」

これほど恐怖におののく人を見たことがない。しかも敵は、死をもたらす目に見えない恐怖なのだ。この魅力的な女性、イーヴリン・ビズビーがこれほどおびえるのも無理はない。彼女の話を聞きながら、このような恐怖が続くのはどんなにつらいことかと思った。病に執拗に追われるのはどんな気持ちだろうか？　これが目に見える敵だったら。彼女の笑みが見られるのなら、ぼくは喜んで戦いを挑んだだろう。だがこの敵には知識と忍耐で立ち向かうしかない。ぼくは何の策も思いつかないまま、ケネディを見た。

「腸チフスをばらまいた犯人に心当たりはありますか？」とケネディは訊ねた。「実を言うと、私もすでに二つの仮説を立てています――一つは自然にまん延した説、もう一つは実に邪悪な人間による犯行説です。さあ、知っていることをすべて話してください」

「ビズビーさんの遺言により、私は百万ドルの遺産を受け取ることになっていました。ところが今朝、ビズビーさんの弁護士、ジェイムズ・デニーさんから、新しい遺言が作成されていたと聞きました。私が相続する金額は百万ドルのままです。ところが、残りはビズビー氏がかねてから関わっていた慈善事業に寄付される代わりに、ビズビー機械工業学校の信託基金の設立に使われることになったのです。デニーさんはその基金の唯一の理事でもあります。生前に後見人が何に関心を持っていたのか、私はよくは知りませんが、こんなに心変わりするなんて妙だと思いました。おまけに新しい遺言には、私が子どもを持たずに亡くなったら、私が相続した百万ドルもこの学校に寄付すると書かれているのです――しかも学校の所在地は明記されていません。すべてが怪しく思えてなりません」

「なぜ怪しいと思うのですか？　他に怪しいと思う理由は何ですか？」

「ああ、何と言えばいいのかしら。結局のところ、女の馬鹿げた直感なのかもしれません。でも、この数日間ビズビーさんの病気について何度も考えたんです。あまりに奇妙ですからね。ビズビーさんはとても慎重な方でした。おまけに裕福な人は腸チフスにはめったにかからないですし」

「彼の死因が腸チフスだったことを疑う理由はありますか？」

彼女はためらった。「ありません。でも、ビズビーさんをご存じなら、やはりおかしいと思われたでしょう。伝染病を恐れていらっしゃいましたから。マンションと別荘がいい例です。どんな療養所よりも清潔だと思います。ご友人からも〈無菌生活〉と呼ばれるような暮らしをされていらっしゃいました。私の思い違いかもしれません。でも、私にも及ぶような気がしてなりません。どうかこの事件を調べてください。何もおかしいところはない、自然にまん延したのだと証明していただければ、私も安心できます」

「任せてください、ビズビーさん。明日の晩、こっそりとビズビー・ホールに伺いたいと思います。いかがでしょう。手紙を書いていただければ、それを持って調査に行けるのですが？」

ケネディが引き受けると、彼女は感謝の言葉を述べて帰っていった。その言葉に込められた彼女の表現しきれない思いを、ぼくは一生忘れないだろう。

その後、ケネディは片手で両目を覆って一時間ほど考え込んだ。が、突然勢いよく立ち上がった。

「ウォルター。ベル医師の私立病院へ行こう。あそこの看護婦長とは知り合いなんだ。何かわかるかもしれない」

東洋のぶ厚い敷物が敷かれ、洗練されたマホガニー製の家具がある待合室で待っている間、ぼくは先ほどの会話を思い出した。「そうか、ケネディ。きみの言う通りだ」思わず声が大きくなった。「彼女の言う通り、これが細菌を使った犯行ならこれほどセンセーショナルなことはないな——実に邪悪と言うしかない。普通の人間には決してできない悪行だ」

そのとき、看護婦長が入ってきた。制服にはしみ一つなく、清潔で明るい雰囲気の女性だった。彼女は協力を惜しまなかった。病院側には隠すものなど何もなかったのだ。ぼくはジム・ビズビーの死は薬が原因ではないかと疑っていたが、その疑いは晴れた。彼の体温の測定記録と看護婦長の誠実な受け答えには説得力があった。彼が腸チフスに罹っていたことと、これ以上調査を続けても収穫はないことは明白だった。

アパートに戻ると、クレイグは旅行に最低限必要なものをスーツケースに詰め込みはじめた。「明日から数日間ビズビー・ホールへ行く。ウォルター、都合が合えば一緒に来てほしい。手を貸してほしいんだ」

「白状すると、ぼくは行くのが怖いよ、クレイグ」

「怖がる必要はないさ。私はまずガバナーズ島の陸軍駐屯地へ行って、腸チフスの予防接種を受けてくる。それから、ワクチンが効きはじめるまで数時間ほど待ってから行くつもりだ。私が知る限り、ニューヨークで腸チフスの予防接種が受けられるのはここだけだからね。ワクチンは三回接種するのがベストだけど、普通に予防するなら一回だけでも十分だから、ぼくたちも一回で十分だろう」

「本当かい？」

「ほぼ確実だ」

「わかったよ、クレイグ。ぼくも行くよ」

翌朝、陸軍駐屯地へ行ったぼくたちは、すんなりと腸チフスの予防接種を受けることができた。ちょうど陸軍で腸チフスの予防接種が行われていたのだ。すでに国中の何千人もの兵士たちがワクチンを接種しており、予防効果はてきめんだった。

「一般市民も予防接種を受けにくるんですか?」クレイグが軍医のキャロル少佐に訊ねた。

「多くはありません。予防接種をやっていることはあまり知られていませんからね」

「予防接種を受けた人の記録はありますか?」

「名前だけなら。予防接種を受けた一般市民にワクチンが効いているか追跡することはできません。でも、あなたがたのようにこちらに来ていただければ、喜んで予防接種を行いますよ。陸軍医療部隊では、陸軍に良いことは市民生活にも良いはずだと考えております。ごく少人数の一般市民で、なおかつワクチン代を負担していただけるなら、軍は喜んでワクチンを接種します」

「その記録を見せていただけますか?」

「構いませんよ。読むのに時間はかかりませんよ」

ケネディは短いリストにざっと目を通した後、ノートを取り出してメモを取ってからリストを返却した。「ありがとう、少佐」

ビズビー・ホールは壮麗な屋敷で、メートル単位よりもキロメートル単位で測った方が良さそうな大きな敷地の真ん中に建っていた。クレイグは屋敷に滞在させてくれとは頼まず、近隣の宿を予約した。食事も宿で取ることになった。その日遅くに到着した僕たちは、ワクチンの副作用のせいで眠れぬ夜を過ごした。だが、朝には二人とも元気を取り戻した。いわゆる〈要注意段階〉を無事に乗り越えたのだ。少なくともぼくはこれでほっと一安心した。

ビズビー・ホールで腸チフスが流行ったことは町中の噂になっていた。間もなく、クレイグがぼくに何をしてほしいのかわかった。町内や郡内で腸チフスを発症した人やそれに関する噂をすべて洗い出してほしかったのだ。ぼくは地元の週刊紙の編集部を拠点にし、そこの編集者に協力してもらった。あちこちの通信記者から編集部宛に送られてきた手紙をすべて読ませてもらったのだ。子牛や子馬が誕生した話だの、フェンスや納屋が新設された話だの、彼の弟が誰と日曜を過ごしたかといった話だのを読み飛ばしつつ、まもなくこの地域でチフスを発症した患者のリストをまとめた。リストは短いもので、おまけに患者は広範囲に散らばっていた。ケネディの指示に従って患者を追跡したところ、どの患者もビズビー・ホールでの流行とは無関係だとわかった。それ以外は、特に何も見つからなかった。

その間も、ケネディは忙しく働いた。採取した物を検査するために、顕微鏡、スライド、試験管、化学薬品、その他諸々を持ってきていた。彼にはいちいち説明する時間がなかったため、ぼくにはよくわからない。彼はあちこちの井戸や水槽から採取した水と、牛から搾った牛乳を検査した。また、外部から持ち込まれた食べ物を追跡しようとしたが、ほぼ皆無だと判明した。というのもビズビー・ホールは自給自足でまかなわれていたからだ。彼はありとあらゆるものを調べてまわった。

その晩ケネディと会ったとき、彼が戸惑っているのがわかった。その戸惑いは、ぼくの報告を聞いても払拭できなかったようだ。

「今日の作業でいくつか発見はあったが、一つだけやり残したことがある」一日の作業報告をし合った後で、ケネディが言った。「ジム・ビズビーは自分のところの井戸の水を飲まなかったようだ。彼はニューヨーク州に山をもっていて、そこから良質のわき水が出るそうだ。そのため、そこでくみ上げられた水を瓶につめて運ばせ、いつもそれを飲んでいたらしい。ホールにあった未開封の瓶の水を何本も検査したが、不純物は見つからなかった。チフス菌が混入した形跡もなかった。と、そこでこんなものを調べても仕方がないことに気づいた。調べるべきは空になった瓶だ、ってね。だが、空瓶は一本もなかったんだ。施設に返送するために、昨日貨物駅へと運ばれたそうだ。まだ駅にあればいいが。車で現地に向かって、瓶がまだ残っているか見にいこう」

貨物駅の駅長はちょうど帰るところだったが、ぼくたちがビズビー・ホールから来たと知ると、瓶を調べることを許可してくれた。瓶はコルク栓をして木箱に収められており、きちんと保管されていた。駅の明かりと拡大鏡を頼りに、ケネディは木箱の外側をくまなくチェックして、瓶が木箱に収められた後開けられた形跡がないのを確認すると、満足そうな表情を浮かべた。

「今夜、何本かお借りできないでしょうか?」ケネディが駅長に言った。「明日きちんとお返しすると約束します。必要なら所定の手続きを取りますから」

駅長はしぶしぶ了承した。心づけを渡したのが効いたようだ。クレイグとぼくは大きな瓶が並んでいる木箱をそっと運んで荷台に載せると、ホテルの部屋へ戻った。ぼくたちが車で運んできた何本もの空の五ガロン瓶をホテルの上階へ運んでいると、見物人が集まってきた。だがぼくは、クレイグに対するまわりの反応など、とうの昔に気にしなくなっていた。

その日は遅くまで部屋で作業をした。クレイグは長い針金の先に小さなコットンをつけて瓶に挿入し、瓶に残っていた水分を注意深くぬぐいとった。それから寒天をのせたガラスのスライドの上にその水分をしたたらせた。寒天で培養すると、細菌の増殖が速まるのだ。それから、持参した培養器にスライドを固定させてアルコールランプをつけると、人肌の温度で一晩そのまま放置した。

作業の間中、ケネディは瓶に触れないよう細心の注意を払っていた。ぼく自身は、こんなものにさわるなどまっぴらご免だった。神経質になるあまり、何に触れるにもためらうほどだった。空気感染しないと知りながら、息をするのも怖かった。だが、クレイグが触れないのは感染を恐れているからではない。駅の薄暗い明かりで確認したときに、瓶に指紋らしきものがついていることに気づき、興味を抱いたからだった。むしろ、それがあったからこそケネディは瓶をきちんと調べようと決意したのだった。

「瓶についている指紋を浮かび上がらせよう」そう言うと、クレイグは部屋の明るい場所へ移動して調査を進めた。「これは〈グレーパウダー〉と呼ばれる、水銀と白亜でできた粉末だ。このかすかな指紋に振りかけた後、ラクダ毛のブラシで軽くはたく。そうすると、かすかな指紋もくっきり見えるようになる。仮にきみが乾いた親指を紙に押しつけても、目に見える指紋は残らない。でも、その箇所にグレーパウダーを振りかけてブラシをかけると、指紋がくっきり浮かび上がるんだ。蠟《ろう》のようなやわらかいものについた指紋は、印刷機のインクを使えば、指の隆起や指紋のパターンを浮かび上がらせることができる。他にもいろんな材料があるんだよ。指紋に関する科学は発達してるからね」

「研究室にある拡大撮影カメラを持ってくれれば良かったよ。でも、普通のカメラでも何とかなるさ。とりあえず指紋を撮っておけば、写真は後から拡大できるからね。朝になったら指紋の写真を撮るから、きみはフィルムを現像してくれ。今夜、浴室を即席の暗室に仕上げて準備を整えておけば、明日の朝一番に作業に入れる」

その言葉通り、ぼくたちは朝早くに起きた。いなかでは苦もなく早く起きられる。都会育ちの人間にとっては、うるさいことこの上ないからだ。同じ朝五時でも、いなかの喧騒に比べれば、都会のそれなど墓地のように静かだ。

クレイグはフィルムを使い切り、ぼくは十枚ぐらいのネガを現像した。ぼくが現像している間、ケネディはスライドの寒天培地を調べるために、いそいそと顕微鏡と試験管を調整していた。

シャツの袖をまくって現像作業に没頭していると、隣の部屋から何やら叫び声が聞こえてきた。と、突然バスルームのドアが開いた。

「おいおい、ケネディ。フィルムをダメにする気か?」

ケネディは慌ててドアをバタンと閉じた。「やったぞ、ウォルター！　ついに見つかったんだ。スライドの一枚に細菌のコロニーがあったんだ」

興奮のあまり、酸性薬剤が入った容器をあやうく落としそうになった。「そうかい」ぼくは平静を装いながら言った。「ぼくも一つ発見がある。今のところ指紋はすべて同じ人物のものらしい」

ぼくたちは朝食もそこそこに、急いでビズビー・ホールへ向かった。クレイグは地元の文房具屋でスタンプ台を購入した。ゴム印に使うようなやつだ。ビズビー・ホールに着くと、彼は使用人全員すべての指紋を採りはじめた。

かの有名なゴールトンが生みだした指紋確認法のおかげで、犯罪者をやすやすと追跡できるようになったと批評家たちは言うが、採取した指紋と写真の指紋を照合する作業は根気がいるし難しくもあった。とはいえ何とか二人ですべてを照合し終えた。というか、ぼくの意見を聞きながら、実際にはクレイグがやったと言うべきか。まったくクレイグの器用さときたら、机上の知識に収まらない。

ふと、ぼくたちは途方にくれて黙って顔を見合わせた。ビズビー・ホールで採取した指紋は、どれも写真の指紋と一致しなかったのだ。クレイグが呼び鈴を鳴らすと、女中頭がやってきた。献身的な老女で、腸チフスを恐れもせずその職に留まり続けていた。

「ビズビー氏の滞在中にここで働いていた召使いは、本当にこれで全員なのか」とクレイグが訊いた。

「いいえ、全員だなんて。今ここにいる使用人と会いたいとおっしゃったじゃないですか。ここを出ていった者が一人だけおります。料理人のブリジェット・ファロンです。出ていったのは数日前です。何でもニューヨークへ戻って別の仕事に就くのだとか。厄介ばらいできて、せいせいしたですよ。腸チフス騒ぎの後、あの娘は飲んだくれてましたからね」

「ウォルター、どうやらニューヨークに戻らなければならないらしい。ああ、そうだ、ローソン夫人。邪魔して悪いね。ご協力に感謝するよ。ところで、ブリジェットはどこで雇ったんだい？」

「立派な紹介状を持ってきたんです。これがその紹介状です。私の書き物机に入っていました。ここへ来る前、あの娘はシェルター・アイランドのキャズウェル・ジョーンズ家で働いていたんです」

「この手紙をお借りしても？」クレイグはざっと目を通すと女中頭に訊ねた。

「どうぞ」

「ところで、わき水を入れた瓶の保管場所はどこだったのだろうか？」

「調理場です」

「ブリジェットが管理していたのでは？」

「ええ」

「先週、ビズビー氏がここに滞在している間に誰か来客は？」

「デニー弁護士が一度だけ夜にお見えになりましたが」

「なるほどね！　ニューヨークへ帰れば、謎は簡単に解けそうだな。クレイグ、正午発の列車に乗るぞ。もうここでやり残した仕事はない」

九番街で地下鉄を降りると、クレイグは急いでタクシーを捕まえ、ぼくと一緒に乗り込んだ。車は間もなく警察本部に到着した。

運良く、バーニー・オコーナー警視は本部にいた。抜け目のないクレイグが、カー・パーカー事件解明の手柄をほぼすべて警察本部に譲ったため、警視は好意的にぼくたちを迎えてくれた。クレイグは今回の事件の詳細をかいつまんで説明した。オコーナーは考え込んだ。このアイルランド人は、その正直そうな青い目を問いかけるように見開いていた。だが、クレイグが「手伝ってほしい」と言うと、オコーナーはこの事件を解明するために警察にできることなら何でもやってくれそうな様子だった。

「まず、警官を一人遺言検認判事のところへ派遣して、遺書の原本を手に入れてきてもらいたいんだ。原本は数時間ほどでお返しするよ——コピーを取るだけだからね。それから警官をもう一人。ジェイムズ・デニーという弁護士を探して出して、指紋を採ってきてほしいんだ——やり方はお任せする。それからもう一人警官を四番街の職業紹介所に派遣して、ブリジェット・ファロンという料理人の居場所を突き止めてほしい。彼女の指紋もほしい。逃げられると困るから、この女は拘留した方がいいだろう。ああ、そうだ、オコーナー、この事件を今日中にかたづけたいかい？」

「もちろんだ。どうすればいい？」

「ええと、そうだな。今は四時か。先ほど挙げた重要参考人を所定の時間内に見つけてくれれば、今夜種明かしができると思う——九時ってところだな。やり方はいつもの通り。全員を夜九時に私の研究室に連れてきてくれ。この話は明日の朝刊のトップ記事を飾ること間違いなしだ」

「ウォルター」急いでタクシーへ向かう道すがら、ケネディが言った。「このあいさつ状を持って衛生局へ行き、局長に渡してくれ。レスリー博士だ。わかるな？　博士に、ブリジェット・ファロンという名に聞き憶えがないか聞いてきてくれ。私は研究室へ行って装置の準備をする。ギリギリまで忙しくなりそうだから、きみは九時に来てくれればいい。その際には、このファロンなる女性の記録を持ってきてほしい。頼み込むなり、借りるなり、盗むなりしてね」

　何のことかよくわからなかったが、ぼくはあいさつ状を手にして、ケネディの言う通りにした。相手が衛生局の局長だったこともあって、面談中のぼくは緊張しっ放しだったことは言うまでもない。局長と話しはじめて間もなく、ぼくは突然すべてがわかった気がした。ケネディの意図がわかりはじめたのだ。局長はぼくより先に気づいていた。

　ぼくが知っていることをすべて話し終えると、局長が口を開いた。「ジェイムソンさん、よろしければケネディ博士に電話をかけて、私も是非とも今晩出席したいと伝えていただけないだろうか？」

「もちろんですとも」お使いで大きな成果を上げられたことでうれしくなった。

　局長にはうちに八時半に来てもらい、一緒に研究室へ行くことになった。物事は順調に進んでいるらしい。アパートでジリジリしながら待ち合わせ時間を待っていると、電話が鳴った。クレイグからだった。

「ウォルター、一つ頼みがあるんだ。局長が来たら、〈ルイ十五世〉に立ち寄ってビズビーさんも連れて行っても良いか訊いてくれ。ビズビーさんには、大事な話があると伝えてくれ。ああ、もう切らないと。すべて順調にいってるから」

　時計が九時を告げるやいなや全員が集まった。みな興味津々だ。衛生局の局長と警視は同じ政党に所属していることもあって、ファーストネームで呼び合いながらあいさつを交わした。ビズビー嬢は不安そうな様子、ブリジェットは不機嫌な態度、デニー弁護士はむっつりしていた。ケネディはいつものように氷のように冷静だ。ぼくはというと、落ち着けと自分に言い聞かせながら座っていた。

　部屋の端っこには、講義で立体幻灯機を使うときに用いるような、大きな白いシーツが張ってある。小さな階段教室のなかで一番高い位置にある最後列では、立体幻灯機がパチパチと音を立てていた。

「今夜は映画の上映会かね？」オコーナー警視が言った。

「いいえ」クレイグが言った。「いや、そうでもないか。映画とは違った感動を味わえるよ。さて皆さん、用意はいいですか。照明を消します」

　光源のカルシウムがまたもやパチパチと音を立てたかと思うと、スクリーンに四角い映像が映し出された。

　ケネディは、講師が授業で使うような小さな呼び鈴を鳴らした。「皆さん、まずは指紋の拡大写真をご覧ください」スクリーンに親指の拡大写真が映し出された。「これから指紋の写真を何枚かゆっくりとお見せします。これらの指紋はすべて同じ人物のものです。どれも、ビズビー氏がビズビー・ホールに滞在中、すなわちニューヨークに発つ前の二週間の間に使用されたわき水入りの瓶から採取されたものです」

「そしてこれから順にお見せするのが、ホールで働いていた使用人たちの指紋です——それからゲストの指紋も」クレイグは、口調をやや変えて付け加えた。「これらはどれも、瓶についていた指紋と明らかに別ものです」写真が次々と映し出された。「この一点を除いてね。この指紋は瓶の指紋と一致します。警視、これは複合型と呼ばれる指紋で、この例では、蹄状紋と渦状紋が組み合わさった形です」

あたりは静まりかえり、立体幻灯機が立てるパチパチという音だけが聞こえた。

「この部屋にこの指紋の持ち主がいます。この指に付着していたチフス菌が原因で、腸チフスが飲み水を介してビズビー・ホールに広まったのです」

「ではここで、レスリー博士に腸チフスに関する最新の発見について簡単にお話ししていただきます。局長、私の意図はおわかりですね?」

「もちろんですよ。名前を言ってもいいですか?」

「いえ、それはまだです」

「了解しました」レスリー博士が咳払いしてから話しはじめた。「この一、二年間で、腸チフスに関する実に奇妙で信じがたい発見がありました。チフス菌の保菌者《キャリア》がいることがわかったのです。腸チフス菌を体内に保有しているにも拘わらず、本人はチフスには感染せず、おそらく過去にも一度も発症したことがないのです。実に不思議な話です。彼らは行く先々でチフス菌をばらまきます。衛生局にはこのような症例の記録がたくさんあります。研究所の職員たちは、こうしたケースはまれではなく、わりに多いのではないかとの結論を下しました。私もある召使いの娘の例を知っています。この娘は過去五、六年の間に何軒かの家で雇われていました。どの家庭でもやがて腸チフスを発症しました。専門家が調査したところ、この一人の娘のために三十人以上が感染し、うち数人が死亡しました。同じような例は他にもあります。遠く離れたコネチカット州のある農家にチフス菌の保菌者がいたために、ニューヨークのハーレムで腸チフスが広まりました。この保菌者は、知らないうちにその農場で生産される牛乳を汚染していたのです。その結果、この都市で五十人以上が腸チフスを発症したのですよ。

さて、先ほどの召使いの話に戻りましょう。昨春、我々はこの娘を監視下に置きましたが、彼女の行動をずっと制限する法律がないため、娘は今も野放し状態です。確か当時のある日曜紙がこの娘の記事を掲載しました。彼女のことを〈チフス・ブリジェット〉と呼び、赤インクで大きく描いた彼女の絵を紙面に載せたのです――ぞっとするような恰好をして、炎の上でフライパンをかざしながら犠牲者の頭蓋骨を焼いている絵です。そのチフス菌の保菌者ですが――」

「すみません、局長。邪魔して申し訳ありませんが、もう十分にご説明いただきましたので。わかりやすく解説していただきありがとうございました」

クレイグは呼び鈴を鳴らすと、スクリーンに一通の手紙を写しだした。声を出して読まなかったが、その内容はこうだ。

「前略

この数か月間、ブリジェット・ファロンがシェルター・アイランドの我が家で働いていたこと、および私が彼女を信頼できる召使いで、料理人としても優秀だと評価していることをここに記します。

A・セント・ジョン・カズウェル＝ジョーンズ」

「ケネディさん、神に誓ってあたしは無実です」ブリジェットが金切り声を上げた。「逮捕しないでください。あたしは無実です。無実なんです」

クレイグはやさしく、しかし確固とした態度で彼女を椅子に座らせた。

再び呼び鈴が鳴って、ビズビー氏の遺書の最後のページがスクリーンに映し出された。遺書の最後には、ビズビー氏と証人の署名がある。

「これら二つの筆跡例を拡大してお見せします」そう言うと、ケネディは立体幻灯機の種板を交換した。

「ロンドン在住で多数の科学論文を執筆しているリンジー・ジョンソン博士は、先頃筆跡に表れる個性について新たな理論を展開しました。博士が言うには、ある特定の病に罹った人は、脈拍のリズムが独特になり、当人がどんなに抑えようとしても、ほんの短時間でも規則的に脈拍を打てないのだそうです。その特徴は脈拍を記録したグラフで確認できます。そのようなグラフは医療機関にある心拍計を使えば入手できます。脈拍計を患者の前腕に取り付け、脈拍から伝わる圧力と頻度を針に伝達して自動的に紙に記録させるという仕組みです。脈拍は、チューブに入った液体の上下運動を見るだけでもわかります。リンジー・ジョンソン博士は、脈拍計だけでなく、筆跡からもいくらか特徴を読み解くことができると言います。つまり、ある人の筆跡をかなりの大きさに拡大してスクリーンに投影すれば、わずかな曲線や震えからその人の特徴的な脈拍が見て取れるというのです。

それを証明しようと、博士はチャリング・クロス病院である実験を行いました。医師の要請に応じて、心臓と腎臓を患っている大勢の患者に、ふだんと同じように主禱文《しゅとうぶん》を書いてもらったのです。それを写真に撮って詳細を分析しました。それを大きく拡大してスクリーンに投影すると、患者ごとにそれぞれに特有の脈拍によって生じた不自然なねじれや突発的なゆれがはっきりと見えました。ジョンソン博士によると、通常は健康な患者の筆跡には脈拍の影響は表われないそうです。つまり、ある人物によって書かれたとされる文書に脈拍の影響が表われているのに、その人の通常の筆跡には脈拍の影響が見られない場合、その文書は偽造文書ということになります。

さて、ここに拡大投影した二つの筆跡からは、書き手が共に特定の心臓病を患っていることがわかります。さらに、二つの文書には、独特の書き癖のなかに同じような脈拍の影響が見られることも証明できます。さらに、ビズビー氏のホームドクターから、ビズビー氏が心臓病を一切患っていなかったとの確約を得ました。医師の宣誓供述書もここにあります。さらに、カズウェル＝ジョーンズ氏も、私宛ての手紙のなかで、いなかの別荘で腸チフスが発生したため、ブリジェット・ファロンの紹介状を書くのを断ったとおっしゃっています。また、心臓に関する病は一切患っていない、ともね。これら二つの文書に含まれている震える筆跡は、拡大すると一目瞭然なのですが、私はそこから両方共が偽造文書だとの結論に至りました。さらに私は、これらの偽造が同じ人物によるものだと考えています。感染してから腸チフスを発症するまでに、通常は数週間の潜伏期間があります。すぐに発症する病だったら注意深く捜査できるものを、これだけ時間がかかれば犯行をうやむやにしやすい。もう一つ。太った人、特に高齢の人がチフスに感染すると症状が重くなります。ビズビー氏は太っていて高齢でもありました。腸チフスに感染することは、彼にとっては致命的だったのです。これらのことを知っていたある人物は、ビズビー一家に腸チフスを巧みに持ち込む方法を探しました。おまけにその人物は、悪意を持ってこっそりとチフス菌をビズビー・ホールに持ち込む一か月前に、腸チフスの予防接種を三回受けているのです。万が一ビズビー・ホールを訪れるときに備えて、自分を守ろうとしたのです。私が思うにその人物は動脈瘤を患っており、さらには先ほどお見せした二つの文書を記し、いや偽造した人物であり、なおかつビズビー氏の死によって大金が転がり込む人物の一人であり、この国のどこか遠い地方に学校を建てると言われている人物でもあります——そういえば、同じような口実を使った事件がありましたね。有名な事件では、犯人には有罪判決が下され、今はシンシン刑務所で終身刑に服していますがね。レスリー博士、この聴診器を使ってこの部屋にいるみんなの心拍を確認し、動脈瘤を患っている人がいたら、私に知らせていただけますか」

ライムライトが放つパチパチ音が止まった。衛生局長が、一人ひとりに聴診器をあてていった。閉じ込められている牢獄を突き破って逃げようとするかのように、心臓がドクドクと高鳴る音が聞こえたような気がしたが、単なるぼくの思い込みだろうか？　いや、あれはキャンパスの私道に止めてある局長の車のエンジン音かもしれない。わからない。局長は黙って次々と診察していったが、聴診器から何がわかったのか、その行動からは読み取ることはできない。その緊張感たるや耐えがたいものだった。気づくと、ビズビー嬢の手がぼくの腕をつかんでわなわなと震えていた。ぼくは沈黙を破らないよう注意しながら、クレイグの講義机に置いてあった水の入ったコップを手に取り、ビズビー嬢に渡した。

今や局長は弁護士に向かって前かがみになり、心拍を確認しようと聴診器を調整していた。弁護士は、その頭を局長の手にゆだね、狭苦しい講義席でぎこちない姿勢でぐったりしていた。レスリー博士が聴診器をあてる時間はおそろしく長く感じられた。クレイグですら興奮していた。局長がためらっていると、ケネディはじれったくなったのか、手を伸ばして照明をすべてつけた。

部屋中が光で満たされて、一瞬物が見えなくなった。レスリー博士の大柄な体が邪魔で弁護士が見えない。

「博士、聴診器をあてた結果何かわかりましたか?」クレイグが身を乗り出して訊いた。その結果は、ぼくたちと同様にケネディも予想していないものだった。

「どうやらニューヨークの裁判所よりも神聖な裁判所が、この大胆な犯罪者に審判を下したようです。動脈瘤が破裂しています」

肩がずっしりと重くなるのを感じた。これでは《モーニング・スター》紙の記事にならない。世紀のスクープを逃してしまった。デニー弁護士の犯行が暴露され、天罰が下った後、ぼくは、そのショックから回復して安心して帰るイーヴリン・ビズビーを見送った。

死を招く試験管

「おや、一体どうしたんだ、グレゴリー？」ある晩、ぼくたちのアパートに神経質そうな背の高い男がやってくると、クレイグが驚きの声を上げた。「ジェイムソン、こちらはグレゴリー博士。医師だ。何かあったのか？　まさかX線にやられたんじゃないだろうな？」

医師は機械的にぼくと握手を交わした。その手は氷のように冷たい。「困ったことになった」ため息を漏らすと、彼は椅子にぐったりと座り込んでケネディに夕刊を放った。

第一面には、赤字で〈最新ニュース〉と四角く囲われた小さな欄がある。ケネディは、その欄内の見出しを読んだ。〈社交界の華、X線治療で一生消えない傷を負う〉

「本日申し立てられた訴訟により、恐るべき悲劇が明らかになった。ハンティントン・クロース夫人が、X線治療の専門家ジェイムズ・グレゴリー博士の治療によって怪我を負わされたとして、損害賠償を請求する裁判を起こしたのだ。数か月前、夫人は首のあざを取るために、X線を使った治療プログラムをはじめた。訴状によると、グレゴリー博士の過失により、クロース夫人はX線炎症——がん化の恐れがある皮膚病——を発症し、さらにはX線被曝の影響で神経衰弱に陥ったという。訴訟の申し立てと同時に、夫人は自宅を出て私立病院に入院。クロース夫人は社交界のなかでも引っ張りだこの人気者で、人々からは彼女の回復と復帰を望む声が上がっている」

「どうすればいいんだ、ケネディ?」グレゴリー医師が泣きついた。「先日、この件について相談したのを憶えているかい?——何かがおかしいって話しただろう? 夫人に施術を数回行った後、私は怖くなって、これ以上は続けられないと断ったって。訴状にある通り、夫人には皮膚炎の症状があったし、精神的にも参っていたからね。でもだよ、ケネディ。ぼくの治療を数回受けただけで、あんなにダメージを受けるなんて信じられないんだよ。それに今日の夕方職場を出る前に、夫人の夫の弁護士、ローレンス弁護士から電話がかかってきたんだ。ご親切にも、裁判でとことんまで争うと知らせてきた。私はもう終わりだ」

「彼らに何ができる?」

「何がだって? 専門家がどう証言しようと、美女に襲いかかった悲劇ほど陪審員の心に響くことはないさ。彼らは何だってできる。たとえ私が無罪放免になっても、彼らは私を破滅に追いやるだろう。たとえ裁判で勝っても、私はやぶ医者だと噂されるだろうよ」

「任せてくれ、グレゴリー」とケネディが言った。「きみのためにできるだけのことをするよ。私たちはちょうど夕食を取りに外出するところだったんだ。きみも一緒にどうだい? 食事が済んだら、きみの職場へ行って詳しく話そう」

「きみは本当にいい奴だな」医師がしんみりと言った。その顔に浮かんだ安堵の表情が、彼の気持ちを雄弁に語っていた。

「夕食が終わるまで、事件の話はなしだ」クレイグがきっぱりと言った。「きみが長い間この災難に頭を抱えていたことはよくわかった。だが、起きたことは仕方がない。次にすべきことはあたりを見まわして、置かれている状況を見極めることだ」

夕食が終わると、ぼくたちは地下鉄に乗ってダウンタウンに移動し、グレゴリーの案内でマディソン・アヴェニューのオフィスビルへ向かった。ビルのなかの広い何室かが彼の診療所になっていた。ぼくたちは待合室で腰を下ろし、この問題について話し合った。

「実に痛ましい事件だよ」とケネディ。「人が即座に殺される事件よりも痛ましいと言えそうだ。ハンティントン・クロース夫人は市内でも名高い美女だ――いや、だった、と言うべきか。新聞によると、彼女は皮膚炎で見る影もないほど変わり果てたそうだ。医師から見ても治る見込みはないのか」

グレゴリー博士はうなずいた後、傷跡のあるゴツゴツした自分の手を見つめた。ぼくも彼の視線の先を追わずにいられなかった。

「おまけに」クレイグは、まるで事件の事実を頭のなかで整理するかのように、眼をほそめて指先を重ね合わせた。「精神的にも参ってしまって、治るとしても何年もかかる、と」

「ああ」医師は淡々と答えた。「だが、私だっていつ神経炎を発症してもおかしくないんだよ。しかも私は毎日X線を五、六十回も使う。彼女は何日も間隔を置いて数回治療を受けただけだ」

「一方、私はきみをよく知っている。つい先日、この事件が明るみに出る前に、きみは私にすべてを話したし、今後の展開を恐れてもいた。クロースの弁護士が、長い間この件をきみにちらつかせていたことも知っている。おまけにきみは、市内でもっとも慎重なX線技師だ。この裁判できみが負ければ、アメリカの科学界屈指の才能が滅ぶことになる。と、この件はそこまでにして、きみがクロース夫人に行っていた施術を詳しく教えてくれないか」

医師は、隣のX線照射室へ案内してくれた。たくさんのX線管が大きなガラスケースに整然と並べられている。部屋の隅には手術台が置かれ、その上にはX線照射装置がぶら下がっている。部屋を見まわしただけで、ケネディの賞賛がお世辞でないことがわかった。

「クロース夫人には何回施術したんだい？」とケネディ。

「十二回は超えていない。日付と施術内容の記録があるから、すぐに渡すよ。だが回数的にも頻度的にも多くはないし、少なくともクロース夫人が発症したような皮膚炎が起きるほどではない。おまけにこれを見てくれ。私の装置は国内でもトップレベルの安全性を誇っているんだ。よけいな部位まで被曝しないよう、X線管を使うときは、この大きな鉛ガラスのカバーで覆う」

博士がスイッチを入れると、装置が音を立てはじめた。放電によって生じたオゾンのつんとする臭いが室内に充満する。鉛ガラスのカバーのなかで、X線管の内側が独特の黄色っぽい緑の光で覆われ、色味の異なる二色に分離した。これは陰極線だ。X線ではない。というのも、管の外に放出されるX線は人間の目では見えないからだ。博士から透視装置を手渡された。これを使えばX線を検知できる。密封された箱に穴が一つ空いているというシンプルな作りで、この穴をのぞき込んで見る。箱の反対側にはシアン化白金バリウムなどの塩類をコーティングした板が取り付けられている。X線が当たると塩類は光る、つまり蛍光発光するため、X線管と透視装置との間にある物体は、X線が貫通した物体の密度に応じて陰影ができる。

鉛グラスのカバーをどけると、X線管は目に見えない放射線を放ち、透視装置の向こう側が明るくなった。X線管と透視装置との間に手を掲げたところ、手の骨が見えた。だが、X線管に鉛グラスのカバーをかけると、透視装置はただの黒い箱となり、穴から覗いても何も見えなかった。ということは、カバーからもれ出る放射線はごくごくわずかだということだ。唯一の例外はカバーの底に空けられた穴で、ここを通ってX線はカバーを通り抜けて患部に照射されるようになっている。

「クロース夫人の皮膚炎は全身に広がっている。特に頭部と肩がひどいという」とグレゴリー医師が言った。「さて、この装置を見れば、この施術のせいで夫人がひどく被曝するなどあり得ないと思っていただけたのでは。これまでにX線で何千回と施術を行ってきたが、X線による皮膚炎を起こした人はいない——私を除いてね。私も十分に慎重を期しているが、年中放射線にさらされているからね。でも、患者はごくたまにしか浴びないのに」

どれだけ注意しているかを示すために、医師は施術台の真後ろにある個室を指さした。室内には鉛の厚いシートが張りめぐらされている。彼はできるだけこの個室から施術を行うようにしていた。小さなのぞき穴から患者とX線放射装置を見ると共に、鏡と蛍光板をうまく配置することで、鉛の板が張りめぐらされた個室から出ることなく、放射線が照射されている箇所を正確に知ることができるのだ。

「患者であれ技師であれ、これ以上安全に守る方法は思いつかないよ」とケネディが賞賛した。「ところで、クロース夫人はここへ一人で通っていたのかい？」

「いいや、初診のときはクロース氏も一緒だったが、それ以降はフランス人のメイドをお供に連れていたよ」

翌日、ぼくたちはクロース夫人に会いに私立病院へ行った。ケネディが面会を許可してもらうための口実を考えているのを見て、ぼくは《スター》紙のリポーターになりすまそうと提案した。ぼくの名刺にクレイグの名前を書いてクロース夫人に届けてもらったところ、しばらくして夫人の個室に通された。

夫人は安楽椅子に寄りかかっていた。無残になった体は包帯でぐるぐるに巻かれており、惨劇の痛ましさが伝わってきた。彼女の社会的地位と美しさが一瞬にして吹き飛んだのだ。

「ぶしつけをお許しください」クレイグが話しはじめた。「クロース夫人、私は善意からここへ伺ったのです。私たちはニューヨークの《スター》紙――」

「こんなにつらい思いをしているのに」クロース夫人はケネディの言葉を遮った。「新聞紙にまで追いかけられるなんてね」

「申し訳ありません、クロース夫人。しかし、あなたがグレゴリー医師を訴えたことは、今や知らない者がいないほどの大ニュースです。記事にするなと《スター》紙を止めることはできません。もちろん他紙もです。しかし、私にもできることがあります、クロース夫人。あなたと事件の関係者に、正当な判決が下るようにするつもりです。私が来たのは、タブロイド紙のジャーナリストとしてあなたの不幸をネタにするためではありません。信じてください。私は真実が知りたくて来たのです。ついでながら、私はきっとあなたのお役に立てますよ」

「あなたにできることは、せいぜいあの不注意な医者の訴訟を邪魔しないことぐらいよ。いまいましい医者だわ」

「でしょうね。ですが、もしも真犯人が他にいるとしたら？　それでもあなたはこの訴訟にこだわって、真犯人を野放しにしますか？」

　夫人は唇をかんだ。「私にどうしてほしいの？」

「ご自宅のあなたの部屋を見せていただき、メイドと話をさせてほしいのです。あなたの秘密をかぎまわるつもりは毛頭ありません。考えてもみてください、クロース夫人。私がこの一件の真相を突き止めて、あなたに不幸をもたらした原因を探り出したら？　これが過失によるものではなく、あなたは悪意に満ちた犯罪の犠牲者だと証明できるとしたら？　私に任せたいと思いませんか？　正直申し上げますと、私は今回の事件には何か裏があると思っています、あなたが思いもよらない何かがね」

「いいえ、それは違うわ、ケネディさん。原因はわかっています。私が美しさに執着し過ぎたのです。小さなしみですら消さずにはいられなかった。放っておけば、こんなことにはならなかったのに。夫は友人からグレゴリー医師を紹介され、それで夫は私を病院へ連れていったのです。夫からは自宅で静養しろと言われるのですが、私はここで入院している方がずっと快適なのよ。あの家には戻りたくない――あの部屋は気分が悪くて寝苦しく、その間も徐々に私の容姿は――」夫人は身震いした。

「あんなことは一生忘れられないわ。自宅で静養する方が体に良いと夫は言うけれど、そうは思わない。家には帰れません。今はまだ」彼女は疲れたように言い足した。「メイドと話したければ、どうぞご自由に」

ケネディは夫人の言葉を熱心にメモした。「ありがとうございます、クロース夫人。ご協力いただいたことを決して後悔させません。メイドあてに一筆書いていただけませんか？」

彼女は呼び鈴を鳴らして看護師を呼び、メモを書かせた後、それに署名した。それからけだるそうにぼくたちを見送った。

美を追究するあまりに生き地獄に陥った人との面談を終えた後、ぼくはすっかり落ち込んでしまった。これほど憂うつになったことがあるだろうか。クレイグが彼女の話し相手をする間、ぼくが取り込んだのは憂うつだけだった。グレゴリー医師だろうが誰だろうが、この一件に非がある者には相応の仕返しをしてやらなくては。

クロース夫妻の豪邸はマレーヒル地区にあった。メモを見せると、すぐにクロース夫人のメイドがやってきた。夫人が病院の看護師の世話に満足していたため、メイドは屋敷に残っていたのだ。

メイドは女主人の具合が悪くなっていくことに気づいていた。それもかなり前、夫人がX線治療をはじめた頃からだ。数日間家を空けたときに夫人は回復したかに見えたが、実際はそれはじまりに過ぎず、帰宅するや否や再び体調が悪化し、見る影もないほどひどくなってしまったのだという。

「グレゴリー医師、つまりかのX線の専門家は、この部屋で夫人を診察したことがあったかい？」とクレイグが訊ねた。

「はい、一、二回来ましたが、役に立ちませんでした」メイドはフランス語なまりで話した。

「他にも夫人に会いにくる客はいたのかい？」

「もちろんです、ムッシュ。上流階級の方はみなそうでしょう？　どういう意味ですか？」

「よく来る客が知りたいんだよ――たとえば、ローレンス弁護士は？」

「ああ、ローレンス弁護士。よく来ます」

「彼は、クロース氏が自宅にいるときに来たのかい？」

「はい、仕事で。それからご主人さまが自宅にいないときも仕事で来ます。弁護士ですから、ムッシュ」

「クロース氏はどんな風に出迎えるんだい？」

「弁護士ですから、ムッシュ」メイドは頑として繰り返した。

「いつも仕事で訪れていたのかい？」

「はい、いつも仕事です。ですがその、マダムは美人でしたから。弁護士さまは美人が好きかもしれません――でしょう？　グレゴリー医師の治療を受ける前です。マダムが治療をはじめてから、ローレンス弁護士はあまり来なくなりました。それだけです」

「きみはクロース夫人のためなら何でもできるかい？　夫人のために一役買ってもらえないだろうか？」クレイグは単刀直入に問いかけた。

「マダムのためなら命だって捧げます。マダムはとても良くしてくださったんです」

「命まで捧げろとは言わないよ、マリー。でも、彼女のためにできることがある――とても重要な仕事だ」

「やります」

「今夜はクロース夫人の部屋で寝てもらいたい。大丈夫だよ。夫人が療養所から帰ってくるまで、クロース氏はセント・フランシス・クラブに滞在しているからね。明日の朝、私の研究室まで来てほしい」クレイグは名刺を渡した。「そしたら次の指示を出すよ。ああ、そうだ。この家の誰にもこのことを話してはいけないよ。それからクロース夫人の部屋に入る使用人がいたら、その行動を監視しておいてほしい」

「さてと」とケネディが言った。「急いでやるべきことはもうないな」再び通りへ出ると、ぼくたちは住宅街へと歩き出した。数ブロックほど黙って歩いた。

「いや、あった」クレイグは何やら考え込んでいた。「ウォルター、きみにもできることがある。グレゴリー医師とクロース氏とローレンス弁護士のことを調べてほしい。いくつかわかっていることはあるが、新聞社のコネを使えば、いろいろ見つかるかもしれない。この三人に関するスキャンダルはすべて知りたい。クロース夫人のもね」それから意味あり気に付け加えた「女性関係の話もだ。言うまでもなく、何一つ記事にしてはいけないよ――当面はね」

ゴシップは山のように見つかったが、現時点で重要そうなものはほとんどなかった。セント・フランシス・クラブには友人がいたため、立ち寄ってさり気なくハンティントン・クロースの事件に触れてみた。驚いたことに、クロース氏はめったにクラブには来ず、自宅にも帰っていないという。病院へは妻の体調を確認するために、ほんの形式的に立ち寄るだけだそうだ。ぼくは《ソサイエティ・スクイブ》誌のオフィスへ行こうと思い立った。そこの編集者とは古くからの知り合いだからだ。編集者はいかにもゴシップ屋らしい皮肉っぽい表情を浮かべながら、ハンティントン・クロースのことを知りたければ、フランシス・ターキントン夫人にあたれと言った。ターキントン夫人は西部の大金持ちと離婚した女性で、社交界の男たちの注目を集めているのだという。特に彼女にご執心なのは、現在の社交界についていくのが経済的に難しい男たちだという。

「この災難が起きる前のことだが」編集者がまたしても、とっておきのゴシップを話そうとするかのような何とも言えない表情を浮かべた。「クロース氏の弁護士が、クロース夫人に熱を上げていたと、街中で噂になっていたよ。といっても、クロース夫人の名誉のために言っておくが、まだ確証はつかめていない――もっとも、うちはたいした根拠がなくとも社交界のニュースを書いてしまうがね」

編集者はさらに秘密めかした口調になった。どうやらぼくはなかなかの聞き役らしい。おまけに、あれこれ質問するよりも、黙って聞く方が情報を聞き出しやすいこともわかった。

「ローレンスとかいう弁護士のやり方は実にうさんくさくてね。クロース氏にターキントン夫人を紹介したのは、この男だったと思う。二人とも彼の依頼人でね。ターキントン夫人が離婚を申し立てたとき、ローレンス弁護士が弁護を引き受けて、かなりの慰謝料を勝ち取ったんだよ。彼の弁護士報酬は十万ドルに達したと言われている――成功報酬だからね。だが、一体何を企んでいるのやら」ここで彼は声をひそめた。「しかも、クロース氏はこの弁護士にかなりの借金があるらしい。ま、あとは好きなだけ調べてくれよ。ぼくが知っていることはすべて話した。スキャンダルのネタがほしかったらまた遊びにきてくれよ、ジェイムソン。《スター》のみんなによろしく伝えておいてくれ」

翌日、クロース夫人の召使いがケネディの研究室へやってきた。ぼくはちょうどケネディに調査結果を報告しているところだった。

召使いはげっそりと疲れた様子だった。昨夜よく眠れなかったと言い、もう実験はやりたくないとケネディに訴えた。

「今夜はきっとぐっすり眠れるはずだ。約束するよ、マリー」とケネディはなだめた。「でも、もう一晩クロース夫人の部屋で眠ってほしい。それから、屋敷に帰ったら午前中のうちにぼくを夫人の部屋へ案内してくれないか?」

マリーは了承した。一時間ほどした後、クレイグとぼくはマリーの手引きでクロースの屋敷にこっそり入った。クレイグは小ぶりなビヤ樽のようなものを抱え、ぼくは彼から手渡された包みを持っていった。二つとも入念に包まれていた。執事にはいぶかしげににらまれたが、マリーが簡単に説明して、おそらくクロース夫人の手紙を見せたのだろう。執事は何も言わなかった。

かの不運な女性が使っていた部屋に入ると、ケネディは包みを開けた。なかから出てきたのは携帯型の掃除機だった。ケネディはすばやく掃除機を組み立てると、フロアの隅々はもちろん、ベッドの下とその周辺も掃除機をかけた。さまざまなブラシを付け替えて、カーテン、壁、家具まで掃除機をかけた。特に念入りに吸い取ったのは、ベッドに隠れていた壁の幅木部分だった。吸い終わると、彼は掃除機のごみを注意深く鉛の箱に入れて密封した。

掃除機を分解してかたづけようとしたとき、ケネディがふと手を止めた。「やるなら徹底的にやらないと」そう言って掃除機を組み立て直した。「あらゆるところに掃除機をかけたと思ったが、ベッドのマットレスとその下の真鍮のワイヤーがまだだった。そこもやらないと。掃除ビジネスをはじめるのも悪くないな――探偵よりも儲かるだろう、賭けてもいい」

マットレスの上側と裏側はもちろん、真鍮のベッドの隙間や割れ目にもくまなく掃除機がかけられた。吸い取ったごみを注意深く箱に入れると、当惑するマリーを尻目にぼくたちは屋敷を出た。屋敷にいる間、あちこちのドアの鍵穴から誰かに見られているような気がしてならなかった。

「これでよしと」ケネディがうれしそうに言った。「やつらを出し抜いてやった。向こうもこんな事態は予想していなかったはずだ――少なくともこの段階ではね。詳しいことは訊かないでくれ、ウォルター。秘密を知らない方がいいだろうから。ただ、このローレンスという弁護士が抜け目のないやつだということだけは憶えておいてくれ」

翌日マリーが来た。前よりもげっそりして見える。

「どうした、マドモワゼル?」とクレイグが訊ねた。「夕べはよく眠れたかい?」

「ああ、まったくもう。眠れたかですって、ええ。でも今朝朝食を取っていると、旦那さまに呼び出されました。解雇だそうです。使用人の誰かがあなた方が来たことを告げ口したんです。旦那さまはとても怒っています。私はどうなるんですか? 奥さまは推薦状を書いてくれますか?」

「ウォルター、我々のことが相手にばれてしまったぞ」クレイグが苛立たしそうに言った。それから彼は、ぼくたちの調査のせいで犠牲になった不運な娘に気づいたのか、彼女に顔を向けた。「マリー、良い家を何軒か知っている。女主人のためにに尽くしたきみにつらい思いはさせないよ。数日間だけ待ってくれないか。仲間のところに身を寄せてくれ。きみの働き口を探すから」

娘は涙をぬぐいながら何度もお礼を言うと、帰っていった。

「まさかこんなに急展開するとはな」マリーが住所を置いて帰った後、クレイグは言った。「とはいえ、方向性は間違っていない。ところでマリーが来たとき、きみは何かを言おうとしてなかったかい？」

「かなり気になることがあってね。ぼくにはよくわからないんだが、《スター》紙に圧力がかかっているんだよ。このことを記事にするな、記事にするとしても最小限にとどめろと」

「特に驚かないけどね。圧力がかかっているというのは？」

「クロースの弁護士、つまりローレンスが今朝編集部に電話をかけてきたんだ——きみは知らないかもしれないが、彼は《スター》紙の幹部とコネがあるんだ。で、ジェイムソンとかいう《スター》紙のレポーターが何かを企んでいて、それをクロース氏がお気に召さないそうだ。おまけにそのレポーターはケネディという男を助っ人に雇っていると主張するんだ」

「妙な話だよ、クレイグ。奴らときたら、ネタを提供してくれたと思いきや、その二日後にはそのネタを記事にしたら法に訴えるぞと脅してくるんだから」

「実に不可解だねぇ」とクレイグは言ったが、その様子は戸惑うどころか、何かがわかったかのように見えた。

彼はコールボックスのレバーを三回引いて、電報配達人を呼び出した。それからぼくたちはしばらく黙っていた。

「もっとも、今夜には準備が整うだろう」と彼は言った。

ぼくは何も言わなかった。数分ほど経った後、電報配達人がドアをノックした。

「この二つの手紙を今すぐに配達してほしい」クレイグが電報配達の少年に言った。「これが手数料の二十五セントだ。探偵小説に夢中になって手紙のことを忘れてはいけないよ。受領証を持って早く戻ってきたら、さらに二十五セントあげよう。さあ、急いで」

少年が出発すると、ケネディはくだけた様子で言った。「クロース氏とグレゴリー医師宛ての手紙だ。今夜弁護士と一緒に来てほしいと頼んだ。クロースはローレンス弁護士を、グレゴリーはアッシュとかいう聡明な若い弁護士を連れてくるだろう。この手紙の文章なら、彼らも簡単には招待を断れないはずだ」

その後いったん別れた後に再びクレイグを探すと、彼はまだ研究室にいた。ちょうど細いワイヤーでできた二本の導線を奇妙な黒い小箱に接続しているところだった。

「それは何だい？」ぼくは疑わしそうに箱に目をやった。「時限爆弾か？　まさか容疑者を吹き飛ばすつもりじゃないだろうね？」

「何だっていいだろう、ウォルター。じきにわかるさ。時限爆弾かもしれないし、そうでないかもしれない——おそらくきみが聞いたこともない類のものだよ。へたに教えると、きみは目線や行動に出てしまうからね。置物みたいにしていてくれる方が助かるんだよ。そこのワイヤーを床の隙間に敷いてくれ。彼らに気づかれないよう、うまく敷くんだ。上にちょっとほこりをかけるとうまく隠せる」

クレイグは、椅子の後ろの床に黒い箱を置いた。そこを探さない限り、ほぼ見つからないだろう。その間ぼくは床にワイヤーを敷き、部屋の角に沿ってカーブさせてドアのところまで持ってきた。

「よし」そう言うと、ケネディはワイヤーを受け取った。「これを隣の部屋まで伸ばせば作業は完了だ。その間、きみはワイヤーがきちんと隠れているか確認してくれ」

その晩、六人の男たちがケネディの研究室に集まった。何が起きるか知らされていなかったおかげで、ぼくは至って落ち着いていた。他のみんなも同様で、例外はグレゴリー医師だけだった。彼は誰よりも神経質になっていて、アッシュ弁護士が何度も安心させようとしていた。

「クロースさん」ケネディが口を開いた。「あなたとローレンス弁護士はこちら側の席に、グレゴリー医師とアッシュ弁護士はその向かい側の席に座り、ジェイムソンに真ん中に座ってもらうのはいかがでしょうか。裁判で争う者同士が向かい合って座る方が好都合かと。というのも、私の話を聞いて、クロースさんもグレゴリー医師もそれぞれの弁護士に相談したくなるかもしれません。そんなときに隣に味方が座ってないと、困りますからね。では、準備が出来たらはじめましょうか」

ケネディは講義室のテーブルの上に鉛の小箱を置くと、改まった様子で話しはじめた。「この小箱のなかにはある物質が入っています。クロース夫人の部屋に掃除機をかけて吸い取ったゴミのなかから見つかったものです」

興奮で部屋の温度が上がるのを感じた。クレイグは両手に手袋をはめて、慎重に小箱を開けた。なかに入っていた試験管を親指と人差し指でつまむと、それを体からできるだけ遠ざけながら掲げた。試験管の底がまばゆく光っているのを見て、ぼくの目は釘付けになった。

試験管が掲げられると、グレゴリー医師はその弁護士と、クロース氏はローレンス弁護士とそれぞれ小声でぼそぼそと話し合った。というか、ケネディが証拠を見せている間ずっと彼らは小声で話し合っていた。

「どんな時限爆弾も、私が手にしているこの試験管ほど気づかれにくいものはありません。死を招くこの試験管の神秘性とその恐るべき破壊力は、読者を驚かせるのを得意とする小説家ですら想像力をかき立てられるでしょう。この物質の量が多いと、こうして手で持っているだけでも一生治らない火傷を負います。これを発見した人物が、亡くなる前に火傷を負ったようにね。もちろん少量なら、そんなに早く効果は表われません。試験管のなかのこの量なら、ばらまいた後に私が一定期間その近くにずっといれば、火傷を負う程度でしょう」

クレイグは次の言葉を強調するために、いったん間をおいた。

「私の手のなかにあるこれは、美を手に入れようとした女性が支払った代償なのです」

そこで彼はもう一度間をおいてから、話しはじめた。

「さてと。皆さんにお見せしたことですし、私の安全のためにこれを鉛の箱に戻します」

彼は手袋を脱いで話を続けた。

「今日海外電報を調べたところ、七週間前にあるアメリカ人が一ミリグラム当たり三十五ドルの臭化ラジウムを百ミリグラム注文し、この物質を扱う会社がその注文に応じたことがわかりました」

ケネディは慎重にそう話した。彼がその事例を明らかにしていく間、ぼくは興奮でぞくぞくした。

「同じ頃、クロース夫人はニューヨークのX線専門家のもとで治療プログラムを受けはじめました。ところで、これは科学界以外の人々にはあまり知られていないのですが、X線が人体に与える影響は、ラジウムの放射線とよく似ているのです。しかし、使うときに複雑な器具を必要としない点で、ラジウムの方が使い勝手がいいのです。おまけにラジウムは一定の放射線を出し続けるのに対して、X線は電流やX線管内の真空状態によって線量が若干変化します。といっても、体に与える影響には変わりありませんがね」

「ラジウムが発注される数日前、ニューヨークの新聞で次のような記事が掲載されたことを私は思い出しました。それを読み上げましょう」

「一九一三年十月×日、ベルギー、リエージュ——ラジウムを使った殺人事件というおそらく史上初の事件が起きたために、この学園都市には人々の注目が集まっている。ペランという名の裕福で高齢の独身男性が自宅アパートで亡くなっているのが見つかった。死因は当初脳溢血だと思われたが、詳しく調べたところ、皮膚に不自然な変色が見つかった。死体検分を行った専門家は、死亡した男性が長期間にわたってX線かラジウムの放射線にさらされていたとの見解を述べた。男性の隣の部屋には大学生が住んでおり、この大学生がX線かラジウムを意図的に悪用してペラン氏を殺害したのではないかと警察は見ている。学生は行方不明だという」

「さて、犯人はこの事件をまねたのではないかと私は考えております。いつか抜け目のない誰かが模倣するのではないかと思い、私は新聞のこの記事を切り取っておいたのです。私はクロース夫人の部屋を徹底的に調べました。夫人はこの部屋で不眠に悩まされ、その印象が強すぎて部屋には絶対に帰らないと主張していました。この記事を読んでいた私は、夫人の話を聞いて、ますますこの推理に対する確信を深めました。X線かラジウムかどちらかが、夫人の皮膚炎と神経過敏を引き起こしたのです。では、どちらなのか？　私は着実に進めなければと思いました。もちろん、クロース夫人の部屋やその近くでX線の装置を探しても無駄です。このような装置は隠せませんからね。となると？　ラジウムだ！　なるほど、これなら話は別です。そこで私は実験することにしました。クロース夫人のメイドに頼んで、夫人の部屋で寝てもらったのです。ごく短期間なら放射線に被曝しても支障はありませんが、影響はゼロではありません。一晩目にして、メイドはかなり神経質になりました。あの部屋に何日か泊まっていれば、深刻な症状にはならなくとも、皮膚炎の症状が出はじめたでしょう。何週間、何か月間と計画的に被爆し続ければ、死んでいたでしょう。

その翌日、私は何とかして夫人の部屋に入り、先ほど申しましたように、あちこちを掃除機で吸い取りました――使ったのは買ったばかりの新品の掃除機です。ですが、床とカーテンと家具から吸い取ったほこりからは放射線は検出されませんでした。と、最後にふと思いついてベッドのマットレスと真鍮のワイヤーの隙間などを掃除機で吸い取りました。そのほこりからはかなりの放射線量が検出されました。この分野に詳しい化学者に頼んでほこりを分別再結晶してもらったところ、塩化ラジウムが見つかりました。かくして私は、元々は誰かがロンドンから仕入れたラジウムのほとんどを回収しました。それは今や、この鉛の箱のなかの試験管に収まっています。

言うまでもなく、私がこの危険な物質を掃除機で吸い取った後、かのメイドはぐっすりと眠ることができました。次に会ったとき、彼女は元気そうでしたが、残念ながら私が犯人を出し抜いたせいで、彼女は不当な目に遭いました」

弁護士たちがそれぞれのクライアントに小声で話しかけたため、クレイグは間をおいた。「さて、この部屋にいる三人は、この箱のなかの試験管に入っている致死性物質をクロース夫人のベッドの金属部分に隠すことができました。三人のうちの誰かが、ロンドンの極秘の代理人を通して、〈イングリッシュ・ラジウム・コーポレーション〉にラジウムを注文したのです。その人にはそうせざるを得ない動機がありました。この危険な物質を使うことで得る物があった、ということです。

「先ほど申しましたように、試験管のなかのラジウムは、クロース夫人のベッドの骨組みにこっそり仕込まれました。すぐに命に危険が及ぶほどの量は使わず、ほこりと混ぜることでゆっくりと確実に作用するよう仕込んだのです。疑念を抱かれないようにするためです。同じ頃、クロース夫人はX線治療を受けて小さなしみを消さないかと勧められました――名前は申し上げませんが、その人物は彼女のプライドをくすぐったのです。疑惑の目が別の人物に向くよう仕組んだわけです。現実ではこれほど恐ろしい策略が計画または実行されたことはめったにありません。この人物は、利己的でさもしい目的のために、彼女の美しさを破壊しようと画策したのです」

クレイグはまたもや間をおいて、自分の言葉をみんなが飲み込むのを待った。

「さて、ここで警告しておきますが、みなさんの発言はご自身にとって不利に働く恐れがあります。弁護士を連れてきてくださいとお願いしたのはそのためです。私はこれから次の話をするために準備をしますが、その間皆さんは弁護士に相談していただいて構いません」

ケネディの説明が事件の核心に近づくにつれて、ぼくはますます引き込まれていった。とはいえ、ローレンス弁護士がいやに熱心に聴き入っているのにも気づいていた。

狡猾そうな顔に皮肉な表情を浮かべて、ローレンス弁護士はゆっくりと話した。「こうやって異例ともいえる方法で我々を研究室へ呼び出して、あなたに成果があったとは思えませんがね。その証拠では、グレゴリー医師が怪しいことに変わりはない。ケネディさん、あなたは頭が良いつもりのようですが、これらの証拠はグレゴリー医師にとって不利な状況証拠ばかりです――前よりも不利ですな。他方で、あなたが我々に不利な証拠を持っているとは思えません――あるいは、あなたがこれから提示する新しい証拠は、アッシュ弁護士かジェイムズに関することかもしれませんね」ローレンス弁護士は、あたかも陪審員に訴えるかのように、手でぼくを指し示した。

「容疑者からグレゴリーを除外したら、十二人の陪審員たちは、この事件にほとんど関係のない人を有罪にしてしまうかもしれません。犯罪科学の教授としての評判を維持したいなら、次の事件ではもっとうまくやらないとねぇ」

クロースは、ローレンス弁護士にならって冷笑を浮かべた。「私がここへ来たのは、美しい妻を傷つけた卑劣な犯人に関する証拠が見つかると思ったからだ。なのにX線だのラジウムだのといった退屈な講義ばかり。きみの話は本当かもしれないが、それは私の推測を裏づけたに過ぎない。施術によって問題が生じたのを見て、グレゴリー医師は妻を往診に来た。おそらく後始末をしに来たんじゃないか。つまり、自分のキャリアを傷つけそうな不利な証拠を消すために、女性患者を始末して過失をもみ消そうとしたんだ」

手厳しい批判を聞きながらも、ケネディはまったく意に介さない様子だった。「少しお待ちいただけますか?」とだけ言うと、ドアを開けて出て行こうとした。「お見せしたい証拠がもう一つだけあります。すぐに戻りますので」

ケネディは数分ほど戻って来なかった。その間、クロース氏とローレンス弁護士は口元を手で覆いながらひそひそと話し合っていた。二人の自信満々の様子から、ケネディの負けを確信しているように見えた。グレゴリー医師とアッシュ弁護士も同じように二言三言交わした。グレゴリー医師が何かを切に願う一方で、アッシュ弁護士はもっと前向きに考えようと励ましているのがわかった。

ケネディが部屋に戻ってくると、クロース氏はコートのボタンを留めて帰り支度をしていた。ローレンス弁護士は葉巻に火をつけているところだった。

ケネディは片手にノートを持っていた。「うちの速記者の文字は実に読みやすい。少なくとも私は読みやすいと思う。長年の経験のおかげでしょう。メモをざっと見ましたが、みなさんも将来、つまり裁判のときに興味を持ちそうな事実がたくさんありますよ。たとえばこの終わりのところ。ちょっと読んでみましょう。


『まったく、実に頭のいい男だな。でも、私に不利な証拠はないよな?』

『ありませんよ。あなたのためにラジウムを仕入れた代理人をでっち上げない限りは』

『そんなことはできまい。きみがダイヤモンド商人に扮して飛行機でロンドンに飛んだことに気づいた者はいない。おまけに、粗悪なダイヤモンドにラジウムを照射すれば品質が良くなると聞いて、ラジウムをいくらかストックしたいと主張したことも、誰にも嘘だとばれていない』

『とはいえ、やはりグレゴリー医師への訴訟は取り下げなければならないでしょう。この計画だけは台無しになりました』

『ああ、だろうな。ま、いいさ。私もようやく自由だ。妻も離婚に同意せざるを得ないだろうから、静かに決着をつけよう。あいつが悪いんだよ。離婚しようとあらゆる策を講じたのに、あいつときたら絶対にその手には乗らなかった。だからこんな方法を取らざるを得なかったんだ』

『ええ、これで有利に離婚を進められますよ。にしても、あのケネディとやらを黙らせる方法はないでしょうか?　たとえ彼が我々に不利な証拠を出せなくても、単なる噂であってもこんなことがターキントン夫人の耳に入ったら、不愉快に思われるでしょう』

『好きにして構わんよ、ローレンス。この結婚がどれほど重要かわかっているだろ?　これできみたちから借りた金を返せるんだ』

『何とかやってみます、クロースさん。もうすぐケネディが戻ってきますよ』」

クロースの顔はまっ青だ。「嘘つきめ！」怒鳴りながらケネディの方へ歩み寄った。「この大嘘つきが！　ぺてん師のゆすり屋め。きさまを刑務所にぶち込んでやる――グレゴリー、おまえもだ」

「ちょっとお待ち下さい」ケネディが穏やかにいさめた。「ローレンス弁護士、あなたの椅子の後ろに手を伸ばしてみてくれませんか？　何か見つかりましたか？」

ローレンス弁護士が黒い箱を持ち上げた。同時にぼくが床の隙間に敷いたワイヤーも引っ張り上げられた。

「この小さな装置はマイクロフォンと呼ばれるものです。この装置のすごいところは、音を千六百倍も拡大できるうえに、どこであろうと受信装置を置いた所までその音を伝達できることです。元々はろうあ者を支援するために開発されたものですが、法律目的で使わない手はありませんからね。この小さな装置さえあれば、鍵穴から盗み聞きする必要はありません。箱の中にはプラグがたくさん入っていて、そこから糸よりも細いワイヤーが伸びているのです。その近くをハエが歩こうものなら、駄馬の足音かと思うほど大きな音になります。マイクロフォンを部屋のどこか、たとえば喋っている人たちの近くに置くと、たとえ小声で喋っても、屋根の上から大声で罪を告白するぐらいの音量になるのです――今夜もそんな小声でのやり取りが何度かありましたよね、特に私が隣の部屋に速記のメモを取りに行った間にね」

「クロースとローレンス。おまえたちを共謀罪とその他の悪質な犯罪行為で逮捕する。間もなく警察が来る。やめろ、クロース。暴力に訴えても無駄だ。部屋には鍵がかかっている。それによく見ろ、四対二なんだぞ」

地震計をめぐる冒険

「刑事裁判所　検視課内科医　ジェイムズ・ハンソン医師」ケネディは手にした名刺を読み上げた後、その訪問者に顔を向けた。「どうぞおかけ下さい」

医師は礼を言うと、椅子に座った。「ケネディ教授、刑事部のオコーナー警視に勧められてこちらに伺いました。市の職員があなたに手助けを求めるなんて不見識ではないかと思ったのですが、何が何だかわからなくなってしまって。あなたがこの事件に関心を持たれるのではないかと思ったのです。あのヴァンダム事件のことです」

仮にハンソン医師が突如誘導コイルの電流を流し、ぼくがその柄を握っていたとしても、これほどの衝撃は覚えなかっただろう。ヴァンダム事件は巷でもっともセンセーショナルな話題で、ケネディとぼくも謎を解けずにいた。自殺か他殺か突然死か？　今のところ納得のいく推理はなかった。

「新聞の記事を読んだ程度の知識しかありませんが」伺うような目で見る医師に対して、ケネディが答えた。「これは友人のジェイムソンで、《スター》紙の社員です。我々はよく事件について話し合うのです」

「はじめまして、ジェイムソンさん」さり気なくぼくを紹介されたのを受けて、ハンソン医師が笑顔を浮かべた。「うちの裁判所と貴社との関係はずっと良好ですからね。本当ですよ」

「ありがとうございます、先生。ぼくのことも信頼していただければ」そう言うと、ぼくは差し出された手を握った。

「さて、事件についてですが」医師はゆっくりと話を続けた。「ここに美しい女性がいます。夫は銀行を退職したとても裕福な男性。それも名門の出でかなりの年上、おそらく七十代に近いと思われます。すでにご存じかもしれませんが、私の視点から見直していただくためにも、ざっと説明させてください。この女性はいたって健康で、お金にも不自由していませんでしたし、もう何年かして夫の遺産を相続すれば、アメリカでもっとも裕福な女性に数えられたことでしょう。ところがある晩彼女は、自宅の書斎でテーブルに突っ伏して意識を失っているところを、メイドによって発見されました。一度も意識を取り戻すことなく、翌朝亡くなりました。検視官が呼ばれました。同じ課の内科医として私は意見する立場にありました。かかりつけ医は死因は自然死だ、本人が気づかないうちに腎臓病を患っていて、それが原因で尿毒症性昏睡に陥ったのだと推測しました。何紙かの新聞は――《スター》紙もだったと思いますが――自殺をほのめかす記事を掲載しました。殺されたに違いないと主張する新聞もあります」

内科医は少し間をおいて、ぼくたちの反応を見た。言うまでもなく、ケネディはすでに先読みしていた。

「あなた方が保有している証拠物件のなかに、まだ公開されていないものはありますか？」とケネディが訊いた。

「まさにその話をしようと思っていました。まずは大まかに説明させてください。夫のヘンリー・ヴァンダムは老齢になってから、何と言いますか、風変わりな行動を取るようになりました。もっとも新聞社を驚かせたのは、霊媒師のメイ・ポッパー夫人とそのマネージャーのハワード・ファリントンへの入れ込みようでしょう。といっても、降霊術の真偽といった議論はこの事件とは関係ありません。

それについてはそれぞれの考えがありますし。今回の事件で関係があるのは、霊媒師とそのマネージャーの人間性だけです。というのもヘンリー・ヴァンダムは彼らの言うなりだからです」

その点を強調するために医師はいったん間をおいた。

「先ほど、マスコミに公開されてない事実があるかとお訊ねになりましたね。あります。そしてその事実こそが厄介なのです。事実があまりに矛盾しているため、かえって混乱を来しているのです。亡くなった女性のそばに小さな丸薬箱が見つかりました。なかにカプセル剤が三錠残っていました。ラベルには［就寝前に一錠］と書いてあり、薬剤師の名前と〈C・W・H〉というイニシャルが載っていました。イニシャルは適当に書いたもので手がかりにはならないと思います。薬剤師は、ヴァンダム家のメイドが処方箋を持ってきたので、その通りに処方したと言っています。処方薬は至って無害なものです――もっとも、〇・三グラムのキニーネと〇・〇一グラムのモルヒネが含まれていましたが。カプセルは六錠まとめて処方されました。

最初は、彼女が何錠かを一気に服用したのではないか、誤ってモルヒネ中毒に陥ったか自殺をはかったのではないかと思いました。でも、そんなはずはないと考え直しました。六錠のうち、なくなったのはわずか三錠でしたから。さらに、皆さんもご存じのように、モルヒネ中毒になると目の瞳孔が針先のように縮小し、ときには瞳孔が確認できないほど小さくなります。おまけに瞳孔は左右とも同じように縮小します。これはモルヒネ中毒によって昏睡状態に陥ったときにきまって見られる症状でして、この症状からその他の死因と区別できます。

他方で腎臓病によって昏睡に陥る場合は、一方の瞳孔は拡大し、もう片方は縮小します――つまり左右の瞳孔が非対称となるのです。ですが、今回の事件では瞳孔は共に正常か、やや拡大した程度で、おまけに左右の大きさは対称的です。胃の中からは長時間経過したモルヒネが若干量残っていたこと以外に、毒物らしきものは見つかっておりません。化学者のあなたなら、この証拠を前に、あえて証人台に立って死因はモルヒネ中毒だと証言する医師などいないことをおわかりいただけると思います。そんな証言では、ほんの駆け出しの毒物学者でも論破できるでしょう」

ケネディはうなずいた。「丸薬箱と処方箋はお持ちですか?」

「はい」そう答えると、ハンソン医師はテーブルに置いた。

ケネディは両方を念入りに調べた。「これらをお借りします。もちろん取り扱いには十分注意します。他に何か重要なことはありますか?」

「重要かどうかはわからないのですが」医師はためらいがちに答えた。「私の専門外のことですが、あなたは重要だと思われるかもしれません。どのみち奇妙なことですし。かのヘンリー・ヴァンダムは、この霊媒師の儀式にかなり興味を抱いていました、妻よりもずっとね。ヴァンダム夫人はやや嫉妬していたかもしれませんね。彼女も降霊術には関心を抱いていましたが、夫はそれこそポッパー夫人に心酔していましたからね」

「こんな奇妙な話があるのです。ラップ音だの物質化現象(霊が具体的な形で現れる現象)だのを信じるヴァンダム氏は、ポケットにノートを常備していて、霊を見たりラップ音を聞いたりするたびに、その時間と場所を記録しているのです。ヴァンダム夫人が意識を失った晩にも心霊現象が起きたそうです。ヴァンダム氏は既に床に着いていました——屋敷の別棟にある降霊会をやる部屋だと思います。氏の証言によると、ぐっすり眠っていたところに、何度かラップ音が聞こえてきて目が覚めたそうです。いつもの習慣で、ラップ音が聞こえた時間をメモしました。が、どうも不安になったので、支配霊に質問した

――と、ヴァンダム氏は主張しています。

『何だいジョン？　メアリーのことかい？』

ラップ音が三回鳴った。「イエス」という意味の信号だ。

『メアリーがどうしたんだ？　具合が悪いのか？』

ラップ音が三回激しく鳴ったため、ヴァンダム氏はベッドから飛び起きて、妻のメイドを呼び出した。『奥さまはまだお休みにはなられてはいません。書斎に明かりがついているので、今すぐ確認してきます』とメイドは答えた。が、間もなくメイドの助けを呼ぶ声とヴァンダム夫人が死にそうだと訴える声が屋敷中に響き渡った。


「それが三日前のことです。ヘンリー・ヴァンダム氏によると、その後も二日連続でまったく同時刻にラップ音で起こされた、支配霊から亡き妻のメッセージをもらったというのです。科学者として、私にはすべてが行き過ぎた妄想としか思えません。最初のラップ音も、ヴァンダム夫人の身に起きたことと偶然重なっただけかもしれませんし。とはいえ、何かの参考になればと思い、お話しした次第です」

クレイグは何も言わなかったが、いつものように椅子のアームに両肘を乗せて、指先で両目を覆っていた。「なるほど」彼が口を開いた。「ヴァンダム邸に入って、その心霊現象が起きた現場を確認したいのですが、必要な許可を取っていただけますか？」

「承知しました。ですが不気味な家ですよ。どの部屋にも霊の絵画や写真が飾ってあるし、ヴァンダム氏の部屋ときたら——気持ち悪いとしか言いようがありません」

「死体解剖を行ったのはあなたですね？　明日の朝研究室にお邪魔して、モルヒネの件を確認してもいいですか？」

「構いませんよ。いつがよろしいですか？」

「では、明日十時ちょうどに伺います。今は八時半か。今夜ヴァンダム氏に会えると思いますか？　ラップ音がするのは何時でしたっけ？」

「ええ、今晩ヴァンダム氏にお会いできると思いますよ。夫人が亡くなって以来、家から一歩も外に出ていないのですよ。彼が言うには、夫人が新しい世界になじんだら直接メッセージをくれるだろうから、それを今か今かと待っているそうです。どうやら二人はそんな約束を交わしていたらしい。それから、ラップ音が鳴るのは十二時半です」

「なら時間はまだたっぷりあるな。ヴァンダム氏に会う前に、研究室へ行って器具を取ってこよう。おっと、先生まで屋敷に出向く必要はありませんよ。一筆書いていただくだけで結構です。明日十時に伺います。——ああ、そうだ。私に教えてくれたことは誰にも言わないでください」

「ジェイムソン。これは途方もなく難しい事件になりそうだな」とクレイグが言った。ぼくたちは急ぎ足で大学に向かっているところだった。

「今のところ、ぼくは関係者全員を疑ってるよ。精神的に不安定だったために自殺したという《スター》紙の推測ですら、あり得ると思ってる」とぼくは言った。

「自然死もあり得るだろうね」とケネディが付け足した。「となると、かつてないほど大きな謎になるだろう。心霊現象も調べなければ。もっとも、今夜の調査でかなりの手がかりがつかめるだろう」

研究室に着くと、ケネディはガラスケースの鍵を開けて小さな器具を取り出した。器具は、二つの振り子が細いワイヤーで水平に吊されたみたいな形をしていた。それぞれの振り子のそばには大きなマグネットがついている。両方の振り子の先端には針がついていて、針はゼンマイ仕掛けで動く円筒型のドラムに接触していた。クレイグはぶつぶつ言いながら器具を調整したが、ぼくは黙ってそれを見守った。というのも、作業に新しい器具を使うとき、クレイグは作業が成功するまでカキのように口をつぐんでしまうことを、ぼくはずいぶん前に学んでいたからだ。

ぼくたちはすんなりと屋敷に通され、降霊会室でヴァンダム氏と会うことができた。公の場で度々見たことがあったため顔は知っていたが、風貌が驚くほど変わったようだ。ヴァンダム氏はそわそわしていて、かなり老け込んで見えた。

検視課の内科医が言った通り、屋敷のなかはカルトにまつわる品々でごちゃごちゃしていた――本、新聞、豪華な額縁に入った下手な絵画、露光過剰でぼやけてみえる写真。だが、ヴァンダム氏はこれらに絶対的な自信を持っていて、これらを賞賛したケネディをすっかり気に入ったようだ。

話題がラップ音に及ぶと、老人はラップ音がする場所と時間を教えてくれた。部屋の片隅にあるキャビネット、つまり戸棚から音が聞こえるという。ヴァンダム氏がラップ音とそのメッセージをかたく信じていることは明らかだった。

クレイグは部屋に関して気づいたことを注意深く書きとめ、怪しげな心霊写真を褒めちぎった。

「一番いいものは展示しないんだよ。貴重だからね。見たいかね？」

ケネディがいかにも見たそうな反応をすると、ヴァンダム氏は写真を取りに部屋を出て行った。クレイグはすぐさまキャビネットを開け、研究室から持ってきた機器を底板の片隅に置いた。そして席に戻ると、機器を入れていた箱を閉じて、そ知らぬ振りをした。

ケネディは、ヴァンダム氏が興味を持ちそうな話題で巧みに会話をリードした。ヴァンダム氏は時間を忘れるほど熱中していたが、クレイグはそうではなかった。もうすぐ十二時半だと意識していた。二人が話せば話すほど、ぼくはこの家と部屋の不気味な霊気を感じとった。実際一、二度ほど実体のない何かがかすめたと感じるほど、ぼくは敏感になっていた。今ではあれは単なる思い過ごしだと知っているが、いずれにせよ想像力が人に及ぼす錯覚のすごさがわかろうというものだ。

コン、コン、コン、コン、コン。

クローゼットから、こもったような音が五回聞こえた。まったく予期せずに音がしたため、飛べるものなら、ぼくは飛んで逃げただろう。階下からヘンデルがセントポール大聖堂のために作曲した時報のメロディが響いてきた。大広間の時計が三十分を告げているのだ。

クレイグはぼくの方へ身を乗り出すと、耳元でささやいた。「静かにしててくれ。手も足も動かすなよ」

老人はぼくたちの存在などすっかり忘れ、目を輝かせて訊いた。「ジョン、きみかい？」

コン、コン、コン。返事だ。

「メアリーのパワーはどうだ？　今夜は私と話せそうかい？」

コン、コン。

「彼女は幸せなのか？」

コン、コン。

「なんで不幸せなんだ？　彼女は何を望んでいるんだ？　代わりに教えてくれないか？」

コン、コン、コン。

するとと、少し間をおいて、ラップ音がゆっくりとだが明確に言葉をつづりはじめた。それがあまりに不気味で気持ち悪かったので、ぼくは固唾をのんだ。ラップ音が何度も鳴り響いた。アルファベットの語順で、文字を伝えているのだ。たとえば十九回鳴ったら〈S〉、八回鳴ったら〈H〉、五回は〈E〉といった具合だ。そしてついに文章が完成した。

「あなたは体調が悪い。もう一度薬を処方してもらって、と彼女が言っている」

「明日の朝そうすると伝えてくれ。他には?」

コン、コン、とかすかな音が返ってきた。

「ジョン、ジョン、まだ行かないでくれ」老人は必死に懇願した。ヴァンダム氏が〈ジョン〉を盲信しているのは明らかだった。おそらく三日前に妻の死を警告されたからだろう。「もう一つ答えてくれんか?」

聞き取りにくいかすかな音が返ってきた。コン、コン。

数分ほどの間、老人はトランス状態であるかのように、座ったまま物思いにふけった。それから徐々にぼくたちの存在に気づいたのか、大儀そうにラップ音で中断した話の続きを語りはじめた。

「そういえば写真の話をしていたのだったな」彼はゆっくりと言った。「妻は今でこそ変容中だが、間もなく写真が撮れるだろう。もうすぐだとジョンも請け合ってくれたからな」

そう言うと彼は、保管場所へ戻すためにお宝写真を集めはじめた。彼が部屋を出た途端、クレイグはキャビネットへ走り、装置を取ってくるとそれを箱のなかへ戻した。それから壁を軽く叩きはじめた。そしてついにあのラップ音に似た音を立てる箇所を見つけると、うれしそうな顔をした。古い封筒に慌ただしく家の間取りのその箇所を書くと、キャビネットのどの側のどの位置かをメモした。

ケネディはぼくを引っ張るようにしてアパートへ戻った――彼は例の装置を調べたくて仕方がなかったのだ。照明をすべてつけると、ケースから装置を取り出して、二つの回転ドラムにそれぞれ巻き付いていた罫線入りの紙を取り外した。二枚の紙をテーブルの上で伸ばし、しばらく満足そうな笑みを浮かべながら、こまかく検証した。

「ウォルター、犯行中の幽霊をとらえたぞ」そう言いながら、ケネディはぼくを振り返った。

彼は警察本部の刑事部に電話をかけると、オコーナー警視に朝一番で電話をくれと伝えてほしいと伝言を残した。その間ぼくは、紙に記録された上下に不規則にゆれる線を疑わしそうに見ていた。

二枚の紙に記録された線を満足そうに見つめながら、ケネディは淡々とした様子で煙草に火をつけた。「このジョンってやつは、血の通った幽霊だということがわかったよ。こいつはキャビネットの後ろの壁に歩み寄って、コンコンと壁を叩き、ヴァンダムの話を聞いて、何度か壁を叩き、ほしかった答えを聞くと慎重に歩き去っている。きみも気づいたと思うが、キャビネットは部屋の片隅にあり、片側が廊下に面している。幽霊は廊下にいたに違いない」

「だが、一体誰が？」

「まあそう慌てるな、ウォルター」クレイグは笑った。「こんなにわかったんだ。一晩の収穫としては十分じゃないか？」

幸いにも、その晩は疲れていたおかげで、ぼくの夢にはラップ音も「ジョン」も出てこなかった。

翌朝は早くにケネディが電話で話す声で目が覚めた。相手はオコーナー警視だった。

もちろんぼくにはケネディ側の話しか聞こえなかったが、聞いた限りではケネディは警視に何種類かのインクのサンプルを入手してくれと頼んだようだ。会話の前半を聞いていなかったこともあって、ケネディが突然電話を切ってこう言ったときは驚いた。

「ヴァンダムが今朝早くに薬を処方してもらったそうだ。オコーナー警視にすぐに薬を押収してもらう。こんなに速く動いて警戒されなければいいが。とはいえ、悲劇を繰り返すわけにはいかない」

「何が何だかわからないよ。最初は自殺を疑った。次は他殺。今は他殺か自殺かすらわからない。というか、何を疑えばいいのやら。ハンソン医師と同じだ。呆然とするしかない。ヴァンダム氏は、妻に会いたくなってカプセル剤を一気に飲もうとしたのか？」

「一錠で十分だよ、〈幽霊〉が決心すればね」クレイグが謎めいたことを言った。「繰り返すが、リスクは取りたくない。私の推理が間違っているかもしれないし。だからさらに進展して確固とした根拠を手に入れるまで、この件について話し合うのはやめよう。いずれにせよ、ヴァンダムが一錠目を飲む前に、オコーナーの部下が押収するだろう。〈幽霊〉は目的があってあのメッセージを発したんだよ。オコーナーの話では、ヴァンダムの弁護士が昨日屋敷に来たそうだ。おそらく新しい遺書を作成中だろう――もう完成しているかもしれない」

ぼくたちは黙って朝食を取ると、車でハンソン医師のオフィスへ向かった。ハンソン医師は満面の笑みでぼくたちを迎えてくれた。

「ようやく謎が解けましたよ。簡単でした」

ハンソン医師から分析結果を手渡されると、ケネディは真剣な面持ちでそれを読んだ。分析の結果算出されたモルヒネの推定摂取量には、かなり関心を示した。内科医は机の上に医学書を広げた。

「モルヒネ中毒を見極めるための絶対的な判断基準が、ものの見事に打ち砕かれました」そう言うと医師は、本のなかの印をつけた段落を熱心に読みはじめた。

左右の瞳孔の大きさが同一ではないとき、すなわち左右が対称的に収縮しないときは、麻薬中毒、すなわちモルヒネ中毒が原因ではないと考えられてきた。だが、テイラー教授が扱った症例のなかには、モルヒネ中毒でも左右の瞳孔が非対称的に収縮する例があった。

「ほらね。この論文を読むまでは、てっきり瞳孔が左右対称的に収縮することがモルヒネ中毒の典型的な症状だと思っておりました。ケネディ教授、私が思うに、今回の事件はモルヒネ中毒が原因かもしれませんよ」

「その医学書だけを根拠におっしゃっているのですか?」ケネディがいやに礼儀正しく訊いた。

「ええ、まあ」医師はしぶしぶ認めた。

「なるほど」ケネディは静かに言った。「テイラー教授が引用したその症例を調べれば、患者の片目が義眼だったことがわかったでしょうね」

「では私の推測は間違いで、夫人は中毒死ではなかったと?」

「いえ、そうは言っておりません。その根拠では鑑定に反論される、ということです。私にいくつか検査させていただけませんか? 事件の謎を解けると確信しております。このサンプルを研究室に持って帰っても構いませんか?」

検視課の内科医のオフィスを出たあと、驚いたことに、同じビルの廊下でオコーナー警視がぼくたちを待っていた。警視は駆け寄ると、ケネディに丸薬箱を渡した。なかではカプセルがカタカタと音を立てた。ケネディは注意深く箱を調べてから、なかを開けた。白いカプセル剤が六つ整然と並んでいるのを、彼は考え深げに見つめた。

「〈ジョン〉にとっては、このどれか一錠が何十万ドルの価値があるのか」物思いにふけりながらそう言うと、ケネディは箱を閉じて、それをベストの内ポケットのなかにそっとしまった。「そういえば、朝のあいさつもまだだったな、オコーナー。ここで長く待たせていなければいいが。インクのサンプルは手に入ったかい？」

「ああ。ここに持ってきたよ。今朝電話をもらってすぐに、それぞれの家に部下を派遣したんだ。これが薬剤師が使っているインクで、これがヴァンダム家の書斎から取ってきたもの、これが霊媒師のポッパー夫人のアパートから押収したもの、これがマネージャーのファリントンの家にあったものだ」

「ありがとう、警視。警察の支援がなかったら、どうなっていたことか」警視から四本の小瓶を受け取りながら、ケネディが感慨深げに言った。「科学に関しては問題ないんだ。だが組織があると、科学がスムーズに効果を発揮できる。この事件では速さが重要だからね」

午後の間ケネディはずっと研究室で働き続けた。その日の晩、ぼくがひとりで急いで夕食を取り終えた後に研究室へ行くと、彼はまだ作業をしていた。

「どうした、もう夕食を終えたのか？」ケネディは驚いて言った。彼はちょうど試験管のなかの液体をビーカーに注ぎ入れて、反応を見ているところだった。

「きみってやつは、事件に夢中になると食事どころじゃなくなるんだな。ぼくがここを出た後、昼食は食べたのかい？」

「いや、まだじゃないかな」ケネディはビーカーを見つめたまま、上の空で返事をした。「なあ、ウォルター、怒らないで聞いてくれよ。きみがいちいち食事だの睡眠だのと口出ししない方が、作業がしやすい。ところで、ちょっと手伝ってくれないか?」

「いいよ。ぼくもこの事件には興味があるからね。といっても、ぼくには何が何やらというところだけど」

「なら今夜霊媒師のポッパー夫人を訪問して、降霊術をやってもらってくれないか。特に、夫人がいつも降霊術をやる部屋の様子をよく観察しておいてほしい。その部屋をできるだけ忠実にこの研究室で再現するつもりだ。その後、明日の晩ここでごく内輪の〈降霊会〉をやってほしいと交渉してほしい。参加者は、サイキック現象を研究している大学教授が数名と、あとヴァンダム氏も来ると伝えてくれ。夫人を無理やり連れてくるのではなく、本人に参加したいと思わせてくれ。ついでにマネージャーのファリントンも注意して見ておいてくれ。彼にもポッパー夫人と一緒に参加してもらわないとね」

その日の晩、ぼくはアポなしでポッパー夫人の家に立ち寄った。夫人はこまやかな配慮ができて、外見的にも性格的にも魅力にあふれる女性で、おまけに快活で頭も良かった。ぼくが気づかないうちに夫人にしっかり観察されていたらしく、夫人はうまくぼくの注意をそらしては答えを出して、ぼくを驚かせた。言うまでもなく、ぼくは夫人の腕前にすっかり惑わされた。夫人の自動筆記たるや、かの歴史的な霊媒師のヘンリー・スレイドですら舌を巻いただろう。霊が自動筆記を通して教えてくれたことの多くは当たっていたが、正しいかを証明できない答えやあいまいな答えの方が多かった。とはいえ、支払った値段以上の価値はあった。ぼくは関心がある振りをする必要もなく、本心から研究室で降霊術をやってほしいと夫人にお願いした。

もちろんマネージャーのファリントンにもお願いしたが、彼をひと目見るなり、怪しい人物だという予感がした。ファリントンはずる賢そうな目をした男で、冷酷で強欲そうな顔をしていた。嫌悪感を抱いたせいか、ぼくはさっさと同意を取り付けた。アパートを出るときもあの男から目を離すまいと決意していた。

遅くまで科学分析に没頭していたのか、ケネディは夜遅くに帰ってきた。その様子から、満足のいく結果が得られたのがわかった。ポッパー夫人に降霊会をやってもらうこと、ファリントンも一緒に来ることを教えると、ケネディはさらに満足そうな表情を浮かべた。

二人で事件について話し合っていると、オコーナー警視から電報が届いた。例によっていたって簡潔な文面だ。『ファリントンとポッパー夫人はヴァンダム家の鍵を持っているとの召使いの供述あり。もっと早く知っていれば。屋敷は真っ暗だ。今夜は人の出入りはない』

クレイグは腕時計を見た。一時十五分だ。「今夜は〈幽霊〉は出ないよ、ウォルター」ケネディは疲れた様子で寝室へ向かった。「すぐに薬を押収して正解だったようだ。メイドが薬を持ちかえってすぐ、おそらく今朝のうちに〈幽霊〉は屋敷に忍び込んだに違いない」

翌朝も朝早くにケネディに起こされた。六番街で高架鉄道を降りた後、彼に連れられて鉄道の高架下の小さな風変わりな店にたどりついた。ケネディは、まるで勝手知ったる場所であるかのように堂々と店へ入っていく。あの自信満々な態度こそが彼の持ち味であり、自然体なのだが。

そこは手品と奇術の道具を扱う店で、めったに客は来ないようだ。この小さな〈マリーナの店〉は、国中の手品師が集まる本部でもあった。空中浮遊の仕掛けや消える手などの商品があちこちにあった。

店の奥の棚にはニッケル、真鍮《しんちゅう》、ワイヤー、木材はもちろん、手品初心者にとっては目新しくて物珍しい張り子の仕掛けなどもそろっていた。といっても全体的には金物屋のように整然としてはいた。

「セニョール・マリーナはいるかい?」店に入ってすぐの部屋で絵はがきを売っている売り子に、クレイグが話しかけた。よく見るとそこは部屋ではなかった。扱っている商品と同様に見かけ倒しの部屋で、奥の物置部屋へと続く広めの廊下に過ぎなかった。物置部屋は作業場でもあり、六人ほどの職人が熱心に働いている。

はい、店にいますと答えると、売り子はぼくたちを奥の作業場へと案内した。マリーナは背が低くて温和で、正直そうな男だった。その率直そうな目は、とても手品店を経営する人間には見えない。

「ポッパー夫人に降霊会をやってもらうことになってね」そう言うと、ケネディは名刺を渡した。「夫人を知っているかい?」

「ええ。降霊会室の内装を手がけましたから」

「では、彼女の降霊会室で使われているのと同じテーブル、キャビネット、カーペット、その他諸々をすべて今晩お借りしたいんだが?——借りるだけだが、料金は十分にお支払いする。会を成功させるためには、それがベストかと思ってね。お願いできるかい?」

小男はしばらく考えた。「シィ、セニョール。オーケーです。よく似たものがあります。ポッパー夫人のためなら。お得意さんですからね。でも、あのマネージャーときたら——」

「友人のジェイムソンは、夫人のアパートで降霊術をやってもらったんだよ」ケネディは男を遮った。

「部屋の様子を憶えているから、いろいろ訊くといいだろう」

「大丈夫ですよ、セニョール。請求書の写しがありますから。マネージャーのファリントンが、銀行家のヴァンダム氏の小切手で代金を支払ったようですね。私にお任せください」
「じゃあ午前中に商品をそろえて、午後には私の研究室に設置してくれるかい？」
「ええ、もちろんですとも。決まりですね。ポッパー夫人のためなら何でもしますよ。すばらしい方です」

ぼくは午後遅くにクレイグの研究室に到着した。セニョール・マリーナはすでにトラックで乗りつけていて、研究室に設備一式を広げていた。最初に設置したのは、ぶ厚くて黒いラグだ。ポッパー夫人は黒いカーペットにこだわりを持っていた。そういえば、ヴァンダム氏の部屋に敷かれていたのも黒いカーペットだった。おそらく黒という色は、人が見てはならないものを隠してくれるのだろう。

黒いカーテンのついたキャビネット、数脚の椅子、小さなテーブル、数本のバンジョー（ギターに似た楽器）、角笛《つのぶえ》などの道具一式が室内に広げられた。ぼくの記憶も駆使して、壁の装飾も何とか同じように仕上げた。ケネディにせっつかれながらも、無事に完成した。

マリーナが帰ると、ケネディは部屋の隅でキャビネットから遠い位置にカーテンを引いた。そしてカーテンの後ろの棚に振り子と磁石でできた器具を置いた。ビーカーと試験管も置く。

さらに、キャビネットを移動させて廊下に面した壁に設置した。

「ジェイムソン、今夜のことだけど」ケネディは、キャビネットの後ろの廊下に面する壁を指した。「招待客を廊下に連れていって、ラップ音のような音を立ててもらいたいんだ――タイミングはこちらで知らせるよ」

その日の晩、すっかり様変わりした研究室に集まったのはヘンリー・ヴァンダム、ハンソン医師、オコーナー警視、ケネディ、そしてぼくだった。と、ようやく車輪の音が聞こえてきた。二人乗り馬車に乗ったポッパー夫人で、マネージャーのファリントンも一緒だ。二人は研究室を念入りに調べ、満足そうな顔をした。前も述べたように、ファリントンにかなりの嫌悪感を抱いていたぼくは、奴を間近でじろじろ見た。その厚かましそうな雰囲気がどうにも好きになれない。

照明が消された。唯一の明かりは、部屋の遠い隅にある赤いランプシェードがかかった十六燭光《しょっこう》のランプだけだ。大きい文字がかろうじて読める程度の明るさだ。

ポッパー夫人はすぐさまテーブルに着いた。みんなで輪になり、ポッパー夫人の右にはケネディ、左にはぼくが座って彼女の手足を押さえた。本音を言うと、小テーブルの脚が一本浮き上がり、もう一本も浮き、最後にテーブルが空中に浮くのを見たときは、心底ゾクゾクした。その小テーブルは、まるで誰かが手を離したみたいに、ドサリと音を立てて床に落ちた。

霊媒師はキャビネットのカーテンを背に座っていた。一本の手がぼくの頭のそばを何度か横切るのを確かに感じた。カーテンが何度かたわんだが、キャビネットからかすかに風が吹いてきたのかもしれない。

このような現象が起きた後、折を見てクレイグはヴァンダム氏の支配霊が見たいとリクエストしたが、ポッパー夫人は却下した。夫人がパワーが足りないと言うと、ファリントンも慌てて「何らかの支障がある」と言い訳した。だがケネディはあきらめず、夫人もしまいには承知し、たとえ〈ジョン〉の姿は見られなくても、ラップ音で答えてくれるか訊いてみようと言った。

ケネディは質問してもいいかと訊ねた。

「ヴァンダム氏のもとに毎晩十二時半に現れるジョンというのは、あなたですか？」

コン、コン、コンと、キャビネットからかすかな音が聞こえた。いや、厳密にはキャビネットの近くの床から音が聞こえた気がした。音がくぐもって聞こえたのは、黒いカーペットのせいではないか。

「あなたはヴァンダム夫人とやり取りできますか?」

コン、コン、コン。

「夫人はラップ音を使って返事ができますか?」

コン、コン。

「夫人に質問して、その答えをアルファベットで教えてくれませんか?」

コン、コン、コン。

クレイグは間をおいて何を訊こうかと逡巡した後、そのものずばりと質問した。「あの世にいるヴァンダム夫人はご存じなのでしょうか?――夫人が亡くなる三日前に手に入れた薬を、モルヒネ入りのカプセル剤にすり替えた人物が、この部屋にいることを? その人物がヴァンダム氏の薬も同じようにすり替えたことは、ご存じですか?」

突然カプセル剤の話が出たせいで、〈ジョン〉はかなり狼狽したらしい。答えがなかなか返ってこなかった。ケネディが質問を繰り返そうとしたとき、かすかな音が聞こえた。

コン――。

突然、大きな悲鳴が響き渡った。こんな悲鳴は、今までに一度も聞いたことがない。ポッパー夫人の胸に短剣が刺さったのかと思ったほどだ。ケネディがスイッチを押して照明をつけた。

男が床の上に横たわっていた――オコーナー警視だった。警視は蛇のようにこっそりとカーテンの奥に滑り込んだのだ。ケネディは「ポッパー夫人の服からキャビネットのカーテンまでワイヤーか糸が伸びているから、それを見つけだしてくれ」と警視に頼んだのだ。降霊会の間ぼくはポッパー夫人の靴を踏んでいたが、それは特別な靴で、夫人は靴から簡単に足を引き抜くことができた。夫人は椅子の後ろのキャビネットに足を伸ばして、つま先でラップ音を立てていたのだ――それを目撃したとき、警視は目を丸くしたに違いない。

床に寝転がったオコーナー警視は、まず夫人の足をつかまえ、次にかかとをしっかり捕まえた。そして罠にかかったと気づいたポッパー夫人が、つい大声を上げてしまったというわけだ。こうして秘密は暴露された。

警視が立ち上がると、ポッパー夫人は真っ赤になって警視を批判した。すぐにファリントンが割って入った。

「皆さん、今夜は何らかの支障があったのです。なのに皆さんは現象を見たがった。霊が降りてこないとき、夫人はどうすればいいのでしょう？　夫人はトランス状態で自分を見失っていました。皆さんが同調すれば見えた超常現象を、夫人は自分で演出してしまったのです」

ファリントンの声を聞いただけで、ぼくのなかの嫌悪感が一斉にざわついた。誰かが犯行現場を押さえられたときに、こんな言い訳をでっち上げる男はどんなことでもやりかねないと思った。

「降霊会ごっこはもうたくさんだ」クレイグが厳しく言った。「降霊会を続けさせたのは、この部屋にいる騙された紳士の目を覚まさせるためだ。さあ皆さん、座ってください。メアリー・ヴァンダムの死因は事故死か、自殺か、他殺かを、これから私が証明します」

心臓をどきどきさせながら、ぼくたちは黙って座っていた。

クレイグは部屋の隅のカーテンの後ろからビーカーと試験管を取り出すと、さっきまで楽しそうに踊っていたテーブルに置いた。

「新聞に毒殺事件の記事が頻繁に載るようになりました」ケネディが厳かに言った。「これはつまり、我が国の新しい文明が海の向こうの古い文明を急速に取り入れている証拠だと思います。この国では人間の命など安いものです。ですがアメリカでは、民主主義的で開拓者的な伝統を維持しながら、シンプルかつあからさまな方法で直接的に人の命を奪ってきました。大抵の場合、人を殺すときは拳銃やさや付き猟刀《ボウイナイフ》を使い、大勢を殺すときは首吊り縄とたいまつを使いました。しかし今では早く遺産を手に入れて邪魔者を消すために、巧妙に調合された毒物を使うようになりました――つまり十六世紀にイタリアで起きた数々の事件を彷彿させる手法を用いているのです。

このビーカーのなかには、不運にも亡くなった夫人の胃から検出された内容物が入っています。モルヒネの痕跡を発見したのは検視課の内科医でした。致死量のモルヒネが入っていたのか？　その通りです。ですが分析したところ、ある一つの矛盾によってモルヒネ中毒が原因だと証明できませんでした。モルヒネ中毒の典型的な症状が見られなかったのです。夫人の瞳孔は、左右が等しく収縮していませんでした。瞳孔に異常は見られなかったのです。

さて、犯人はこの検査のことを知っていたに違いありません。頭の良いこの犯人は、他の犯罪者が使いこなせなかったこの麻薬を利用するには、他の物質と巧みに混合しなければならないことも知っていました。丸薬箱のなかには当初六つのカプセル剤が入っていました。薬剤師は処方箋に従って正しく薬剤を調合したのです。ですが、薬局から家に薬を持ち帰ってから夫人が一錠目のカプセル剤を飲むまでの間に、あの晩にまんまと屋敷に忍び込んだ誰かが、カプセル剤を一錠手に取り、その無害な中身を捨てて、致死量のモルヒネに詰め替えたのです――カプセル剤に入っていたのとよく似た白い粉をね。

では、なぜ目の瞳孔に異常はなかったのか？　犯人がモルヒネに少量のアトロピンすなわちベラドンナを加えたからです。私の検査でアトロピンの混入を確認しましたよ、ハンソン先生」クレイグは内科医にうなずいた。

「しかし、もっと重要な証拠があります。昨日ヴァンダム氏の持ち物のなかから、カプセル剤の入った箱が見つかったのです。六錠すべてそろっていました。未使用のものです。カプセル剤を分析したところ、うち一錠にはキニーネが入っていませんでした――モルヒネとアトロピンしか入っていなかったのです。これは間違いなく、ヴァンダム夫人を死に追いやったカプセル剤とよく似ています。この数日のうちにヘンリー・ヴァンダム氏も同じように死ぬところだったのです」

ヴァンダム老人がうめき声を上げた。暴かれた二つの事実に動揺したのだ。そして誰を信じればいいのかわからないといわんばかりに、ぼくたちを交互に見た。だが、ケネディはすぐに次のテーマに移った。

「では、最初にヴァンダム夫人に処方箋を渡したのは誰でしょうか？　夫人はもう亡くなっていて、証言できません。処方箋を渡した人は口を割らないでしょう。というのも、夫人に処方箋を渡した人物こそが、後にカプセル剤の中身を致死量の毒物に詰め替えた人物だからです。最初に出された処方箋はこれです。筆跡を分析しましたが、手がかりは何も見つかりませんでした。紙の質感からも何も推測できませんでした。ですがインクは――インクは違います。ほとんどのインクは、どれも同じように見えます。ですがインクの化学組成の研究者には、それぞれが違って見えるのです。インクの主成分はタンニン酸鉄で、これは空気に触れると黒色の字になります。インクに含まれる青インクまたは暗青色インクなどの元々の染料は、最初は文字がはっきり見えるものの、徐々に薄くなり、やがてはタンニン酸鉄を使った黒インクに取って代わられます。今日の商業インクで使われる染料はさまざまで、薄い緑がかった青から藍色、はては濃いすみれ色まであります。インクが違えば反応も確実に違います——インクとタンニン酸鉄を混ぜ合わせてできたインク染料は、決して同じようには発色しないのです。

　こうして発色が一時的に変化するおかげで、使用されたインクを区別することができるのです。ヴァンダム夫妻が使用しているインク、ポッパー夫人のインク、ファリントンのインク、薬剤師のインクは容易に入手できました。そして私が作成したカラースケールで、これらのインクと処方箋で使用されたインクを比較し、さらに化学検査も行いました。薬剤師のインクは、両方の丸薬箱のインクと完全に一致しましたが、処方箋とは一致しませんでした。他の三人のインクのうち一つは、処方箋に〈C・W・H〉と書かれたインクと一致しました。そのインク壺の持ち主に関する一連の証拠が、一瞬にしてつながりました」

　ぼくはカーテンの後ろの棚にある二つの振り子がついた器具が気になって仕方がなかったが、クレイグはその器具について話そうとはしなかった。一同は呆然とした様子で座っていた。ファリントンはそわそわして落ち着かない様子だ。トリックを暴かれて取り乱していたポッパー夫人は、まだ精神的に回復しておらず、感情を抑えきれないようだ。ヴァンダム氏は打ちひしがれていた。

「この研究室は、ポッパー夫人の降霊会室を再現するために、内装を変えただけではありません」クレイグは改めて話しはじめた。「キャビネットの位置も変えました。ヴァンダム氏の屋敷の降霊会室に設置されているキャビネットと同じ場所にね」

「ある晩、ジェイムソンと私はヴァンダム氏の家を訪問しました。十二時半ちょうどに、実に奇妙なラップ音がキャビネットから聞こえました。私はキャビネットの位置を注意深くメモしました。キャビネットの後ろには廊下がありました。それをここで再現しました。そのキャビネットの後ろは廊下です。ラップ音のことは、屋敷を訪問する前から知っていましたが、残念ながら活動中の幽霊を捕まえることは不可能でした。はじめて敷居をくぐった他人の家でできることは限られていますからね。おまけに、怪しい人物を思いつく余裕もありませんでしたし。しかし、どんな窮地でも科学は何らかの打開策を提供してくれます。私はこのラップ音から手がかりを得ようと考えました」

クレイグはいったん話をやめて、まずファリントンをちらりと見た後、ポッパー夫人、次にヴァンダム氏を見た。

「先生、警視、ファリントン、ポッパー夫人、ヴァンダムさん。これからジェイムソンが、ヴァンダム家を模した廊下に皆さんを案内します。一人ずつ、廊下の印をつけたところまで、すなわちキャビネットの後ろに位置するところまで忍び足で歩いた後、その印を指関節で数回強く叩いてください」

誰も間違えないよう、ぼくはクレイグの指示通りにつま先で歩いてみせた。その後他の人たちも一人ずつ同じように歩き、やがてぼくたちは興奮を抑えつつ黙って研究室に戻った。

クレイグはまだテーブルのそばに立っていたが、彼の前には、磁石と針と円筒ドラムがついた時計仕掛けの振り子が置かれていた。

「ヴァンダム家の一族ではない誰かが、屋敷の鍵を持っていました」ケネディが重々しく話しはじめた。「ちなみにその人物こそが、ヴァンダム夫人が毒物入りのカプセル剤を飲むのを毎晩待ち続けた人物です。そして実際に夫人が服用すると、早速ヴァンダム氏にそのことを伝え、あの世の存在を信じ込ませようとしました」

ピンが落ちる音が聞き取れそうなほど静まりかえっていた。というか、ピンが落ちたとしても感じ取れそうだった。

「誰にも見られることなく自由に屋敷を出入りしていたその人物は」皆がかたずをのんで見守るなか、彼は続けた。「今この部屋にいます」

ケネディは確認を求めるかのように、オコーナー警視を見た。オコーナーはうなずいて小声で言った。「執事の証言を手に入れました」

「それがわかったのは昨日のことです」ケネディは続けた。「ですが、最初にハンソン医師からラップ音の話を聞いたとき、私はその種の現象が存在することを疑っていました。そこで、ラップ音を聞いて記録を取ることにしました。で、ジェイムソンと一緒にヴァンダム家を訪問した夜、私はこの小さな機器を持っていったのです」

そう言うと、彼はいとおしそうにテーブルの上の振り子をさわった。いかなる振動にも反応しないよう、振り子のレバーは下ろしてある。

「さあ、このレバーを離します――動かないでください。ゼンマイ仕掛けでドラムとその上に巻いた紙が回転しますから、振り子の先端の針をよく見てください。私が一歩歩きます、そっとね。振り子がゆれて、針がドラムの上の紙にぎざぎざの線を描きました。私が立ち止まると、線はほぼまっすぐになります。もう一歩歩きます。さらにもう一歩そっと歩きます。わかりますか、振り子が敏感に反応してゆれています。ぎざぎざの線が引いてあるのがわかりますか」

ケネディはドラムに巻かれていた紙を破り取って、目の前のテーブルに広げた。同じような紙をもう二枚広げた。

「ヴァンダム家でラップ音がする直前に、私はキャビネットにこの器具を置きました。同様にジェイムソンが皆さんを部屋から外へ案内した際にも、このキャビネットに置いたのです。どちらの場合も疑われることはありませんでした。どちらともすべてが正常だったのです――つまり、〈幽霊〉がこの器具の存在を知っていたかはわかりませんが、ここに設置されていたことには気づかなかったのです。これは改良版の地震計です。ペトログラードの科学アカデミー会員、ゴリツィン公爵の最新モデルに手を加えたものです。ご存じのように、地震計は遠くで起きた地震を記録するために開発されました。この地震計は、遠くの地震の規模の大きさだけでなく、どの方向で起きたかも測ることができます。振り子とドラムが二つずつあるのはそのためです。磁石がついているのは、振り子のゆれを抑えるためです。これで最初の震動の後に振り子がゆれ続けずにすみます。さらに、次のゆれがきてもすぐに記録を取れます。他の地震計は、最初のゆれがくると、その震動だけでゆれ続けますからね。おまけに、地震が起きた方向を示してくれるものはほとんどありません。この地震計は、元々何千マイルと離れた場所で起きる大地震を測るためのものです。皆さんは先ほど忍び足で廊下を歩きましたが、その震動は、遠方の地震の何倍もの大きさとなってこの敏感な地震計に伝わったに違いないとおわかりいただけたと思います」

ケネディは話を中断して、注意深く記録紙に目を通した。

「こちらは、先日の晩に〈幽霊〉が歩いたときの地震計の記録です」ケネディは二枚の記録紙を左手で掲げた。「テーブルに長い記録紙が二枚広げてあります。今夜、この部屋にいる皆さんに歩いてもらったときの地震計の記録です」

「これがジェイムソンが歩いたときのもの――〈幽霊〉のとは似ても似つかないですね。ヴァンダム氏のもです。さらに可能性が低いのはハンソン医師とオコーナー警視です。お二人は大柄ですからね」

「さて、これがファリントンの記録です」ケネディは腰を曲げて、紙に顔を近づけた。「体重は軽めですね。〈幽霊〉と同じだ」

まるで猫がねずみをおもちゃにするみたいだ。

突然、何かがぼくのそばをかすめた。空気が流れ、服がシュッと音を立てたかと思うと、有罪の証拠となる記録紙が置いてあるテーブルに、ポッパー夫人が荒々しく飛びついた。すぐさまファリントンも立ち上がって、テーブルの方向へと飛び上がった。

あっという間のことだったので、考えるより先に行動に出たに違いない。気づくとぼくはとっくみあいの真っ最中で、片手はファリントンの喉をつかまえ、やつの片手もぼくの喉をとらえていた。オコーナー警視が柔術を使ってファリントンのもう一方の手をねじ曲げ、やつが悲鳴を上げるまで手を離さなかった。

ぼくの目の前では、クレイグがポッパー夫人の手首を力一杯押さえつけていた。夫人は雌虎のようにケネディをにらみつけている。

「あんたねぇ、ヘンリー・ヴァンダムが騙されていたとか、屋敷に現れた精霊がいかさまだとか、あんなおもちゃでみんなが納得すると一瞬でも思ったのかい？　あんたが嘘の口実であたしをここへおびき出したのは、あたしを傷つけ、侮辱するためかい？　敵意に満ちた男たちに囲まれた孤独で無防備な女の弱みにつけ込むためかい？　みっともないったら」それから、さげすんだような口調で付け加えた。「あんた、自分のことを紳士だと思ってるみたいだけど、あたしからすればただの卑怯者さ」

つねに穏やかで冷静なケネディは、挑発には乗らなかった。彼は鋼のように冷たい声で言った。

「私が集めた証拠を一つ破棄したって無駄だよ、ポッパー夫人。他にも動かしがたい証拠があるからだ。インクの証拠を忘れてもらっては困る。あれはおまえのインクだ。ヘンリー・ヴァンダム氏は、おまえが遺産を受け取れるよう遺書を書き換えたことを認めるだろう。今夜この後彼は弁護士のところへ行って、遺書を書き直すことになっているんだ。それから、おまえの指図に従ってヴァンダム夫妻はそれぞれ処方箋を手に入れた。ということは、おまえは二人の殺人に関わっているということだ。おまえがヴァンダム家の屋敷に出入りできたこと、無害なカプセル剤に毒物を入れたことも忘れてはいけない。それから、おまえのラップ音が犠牲者の死を知らせたこと、残った一人、それも何の罪もない騙されやすい老人に、嘘をついて何百万ドルもの遺産を自分に譲るよう説得し、おまけに殺すつもりだったことも、まさか忘れてはいないだろうな。地震計に記録された幽霊の足音はファリントンのものではない。私がそう言おうとした瞬間に、おまえはその証拠を隠滅しようとして、ご親切にも自ら有罪だと白状してくれた。ポッパー夫人、幽霊の正体はおまえだ。その記録紙は好きなだけ検証しても構わないが、破棄してはいけない。おまえは抜け目のない犯罪者だ。今夜ばかりはメアリー・ヴァンダムの殺人容疑と、ヘンリー・ヴァンダムの殺人未遂容疑で逮捕する」

ダイヤモンドの合成術

「ケネディ教授、ちょっと難しい事件があって相談に来たんだよ。当方ではもうお手上げ状態でね」

訪問客は大柄でがっしりした体軀の男だった。男はテーブルに帽子を置くと、手袋をはめたまま安楽椅子にどかりと腰を下ろした。ぴったりと椅子に納まっている。

「アンドリューズだ。グレイト・イースタン生命保険会社の第三副社長だ。我が社の個人信用調査部門の部門長といったところかな。うちにはきわめて優秀なスタッフがいるが、今のところ誰にも解けない事件があってね。それで相談したかったんだ」

ケネディは喜んで相談に乗りますと答えた。形式的なやり取りを終えると、アンドリューズ氏が話しはじめた。

「ご存じかと思うが、大手の保険会社にはきわめて優秀な信用調査部門があり、保険の契約者に関して不審な点があれば念入りに調査する。相談したいのはソロモン・モロウィッチ氏の事件だ。メイデン・レーンで宝石商を営む富豪、モロウィッチ氏が突然亡くなった後、奇妙な金庫破りが起きたことは、新聞を読んで知っているだろうか？」

「詳しくは知りません。新聞にはあまり書かれていませんでしたから」

「ああ、そうだろうとも」アンドリューズ氏がさも満足そうに言った。「できるだけ新聞沙汰にならないよう、あれこれと手を尽くしたからね。網を仕掛けるまで、敵に警戒されたくないからね。とはいえ重要なのは、敵の正体を突き止めることだ。それが問題なんだよ」

「ご協力しますよ」クレイグが静かに口をはさんだ。「ですが、事件の詳細を教えていただかないと。私は新聞に載っていたことしか知りませんので」

「ああ。もちろんだ。つまりあなたは何も知らず、偏見なく事件を見ることができるというわけだ」アンドリューズは、クレイグの様子に何かを思ったのかふと口をつぐむと、慌てて言い足した。「もちろん正直に話すよ。本保険契約では十万ドルを支払うことになっていて、それについてどうこう言うつもりはない。受取人は夫人だ。我が社には支払う用意があるが、まずはすべてを明確にしておきたいんだよ。明らかにしておきたい不審な点がいくつかあるからね。それだけさ。支払いを拒否するための言い訳を探しているわけじゃない」

「不審な点とは？」その説明で納得したのか、クレイグが訊ねた。

「これはくれぐれも内密に頼むよ」アンドリューズ氏が本題に入った。「うちが聞いた話によると、先週のある晩、モロウィッチ氏が夜遅くに仕事から帰ってきたそうだ。足取りはおぼつかなく、意識を失いかけた状態でね。少ししてからかかりつけ医のソーントン医師が呼ばれた。医師は、急性肺炎によく似た肺うっ血が原因だろうとの診断を下した」

「モロウィッチ氏はすぐにベッドに運ばれた。というか、医師が到着したときにはベッドに寝かされていた。しかし急激に症状が悪化したため、すぐさま医師が酸素吸入を行うと、モロウィッチ氏は回復したかに見えた。で、他の患者の往診に行こうとして医師が家を出た途端、モロウィッチ氏の容態が急変したんだ。すぐさま医師が呼び戻されたが、医師が戻る頃には亡くなっていたというわけだ。生前のモロウィッチ氏からは、肺を患っているなどの申告はなかったし、私が受け取った死亡診断書には死因は肺炎と書かれている。うちの社員がその医師、つまりソーントン医師と会ったが、何も聞き出せなかった。ちなみに、当時モロウィッチ氏のそばには夫人しかいなかった」

その言い方には含みがあるように感じられた。最後の事実を話すときにアンドリューズ氏がちょっと間を置いたからかもしれない。

「さて、それ自体は騒ぐほどのことではないんだ。翌朝の出来事さえなければね。翌朝、モロウィッチ氏の共同経営者のカーン氏が店を開けると――というか閉まっている店に出勤して店を開けたんだが――夜中に誰かに侵入されていたことがわかった。大金庫には何千ドル相当のダイヤモンドが保管されていたんだが、金庫扉は施錠されていた。ところが、金庫の上部に大きな穴が空いていたんだよ。いびつな丸い形で、足が入るぐらいの大きな穴だ。信じられるかい、ケネディ教授。クロム鋼でできた金庫だよ。貸金庫には及ばなくとも、世界でもっとも強固なはずなのに」

「クロム鋼は傷に強い。精巧なダイヤモンドドリルですら、へこみを作る前に刃こぼれしてしまうほどだ。ダメになった刃を取り替えるだけでも時間を食うしね。人工的に圧力をかける方法はあるものの、実験結果によると、積層板に穴を空けるのに十八〜二十時間はかかるという。警察は仮説すら立てられない状況だ」

「で、ダイヤモンドは?」

「一つ残らず消えた――値打ちのあるものはすべて持ち去られたんだ。手紙入れも荒らされた形跡があった。机はこじ開けられ、一部の書類が盗まれた。まさに徹底的にやられたんだよ。これで怪しいと思わずにはいられようか?」

「その金庫が見たいな」とだけケネディは答えた。

「そうこなくては」アンドリューズ氏が言った。「では、協力してもらえるんだね？　下に車を停めている。お望みなら、今すぐメイデン・レーンにお連れしよう」

「ただし、条件が一つあります」ケネディは座ったままで言った。「あなたの会社の損得に関係なく、私は自由に真実を追究したい。この事件を丸ごと私に任せてほしいのです」

「よし、出発だ」アンドリューズ氏は同意すると、ベストのポケットから三、四本のブレバス葉巻を取り出した。「うちの運転手はかなりの腕前でね。地下鉄並みの速さで直行する」

「まず私の研究室に寄ってください」ケネディが口をはさんだ。「お時間は取らせません」

大学に向かい、キャンパスで車を停めると、クレイグは何かを取りに急いで化学部棟に入っていった。

「いい人だな、犯罪科学が専門というあんたの教授は」アンドリューズはぼくに話しかけながら、香りの強い葉巻の煙を大きく吐き出した。

ぼく自身はというと、この副社長に親しみを覚えていた。人生を思う存分楽しむタイプの男で、質の良い物をそろえ、価値あるものを最大限に生かす術を知っている男だ。おまけにこの人はモロウィッチ事件を楽しんでいるように見える。

「ケネディは難解な事件を何件も解決したんです。彼の頭脳には限界はないように思います」

「だといいがね。だがな坊や、今度の事件はかなりやっかいだと思うよ」

「坊や」と言われても腹は立たなかった。アンドリューズは、新聞記者が本能的に信頼するタイプの人間だ。おそらく事件が解決するまでは何も発表しないだろう。このような人は、時期がくれば絶好の特ダネを提供してくれるのだ。

間もなくケネディは、ガラス栓がついた小さなガラス瓶を数本持って戻ってきた。

当然のことながら、ぼくたちが到着したとき、モロウィッチ商事は閉じていた。ダイヤモンドが盗まれて以来、入り口の扉の施錠は警察本部の管理下にあったのだ。だが、警察官はすぐにぼくたちを通してくれた。なかはアンドリューズ氏が言った通りだった。カーン氏が金庫を見せてくれたが、金庫の上面に大きな穴が空いていた。穴が空くなどとあいまいに表現したのは、何かで切り裂いたのか、ドリルを使ったのか、燃やしたのか、爆破したのか、何をしたのかさえ見当もつかなかったからだ。

ケネディは穴の縁を注意深く観察した後、例によっていかにも満足そうな表情を浮かべた。それから何も言わずに大きい方の瓶の栓を開けると、金庫の上に空いた穴の近くにその中身を振りかけた。金庫の上には赤っぽい粉の小山ができた。ケネディは、別の瓶から他の種類の粉を取り出すと、マッチでそれに火をつけた。

「下がって、壁のところまで」ケネディは、火がついた粉を赤い粉の上に落としながら大声を上げた。それから二、三歩大股で走って、部屋の端にいたぼくたちのところへ飛び込んだ

ほぼ同じタイミングで、まばゆいばかりの激しい炎が立ち上がると、ジューと音がしてパチパチと音を立てた。みんなは固唾を呑んで見守っている。にわかには信じられない光景だが、粉が燃えながら鉄鋼のなかへ徐々に沈み込んでいくのが見えた。ぼくたちは押し黙ったまま、その光景に見入った。金庫のくぼみで燃えている物体が放つ光が、天井を明るく照らしている。

そしてついに、その塊が金庫の上面を突き破ってなかへ落ちた——まるで火事のさなかに燃える屋根が建物のなかに落ちていくようだ。誰も口を開かなかった。恐る恐る金庫の上面を確認したぼくたちは、とっさに説明を求めてケネディを見た。警官は目を五十セント硬貨ぐらいに大きく見開いて、ケネディに手錠をかけそうになった。というのも、金庫の上側には別の穴が一つ空いていたからだ。

最初の穴よりも小さいが、同じ方法で空けた穴だとわかった。

「テルミットだ」ケネディがぽつりと言った。

「テルミットだと?」アンドリューズが大声を上げて、葉巻をくわえ直したが、興奮のあまり火は消えてしまっていた。

「ええ、ドイツのエッセン在住のゴルトシュミットという化学者が考案した方法です。鍛冶屋の金敷や圧延機のロールなどから取れる金属酸化物と、金属アルミニウムの粉末との混合物です。真っ赤に焼けた鉄の棒を当てても火はつきませんが、少量のマグネシウム粉末に火をつけてテルミットの上に落とすと、自然発火が起きて、あっという間に摂氏三千度に達します。しかも、粉末が置いてあるところだけに熱が集中するという特徴があるんです。これはもっとも強力な酸化剤の一つですが、まわりの鋼鉄の表面を溶かすことはありません。これが鉄板を浸食するさまを見ましたか。酸化鉄でも酸化銅でも、同じように穴を空けることができるでしょう」

誰も何も言わなかった。特に言うことなどなかったからだ。

「並はずれた頭脳の持ち主か、あるいはそのような人物の指示で、犯行が行われたに違いない。さてと。もうここに用はない」ざっと室内を見まわした後、ケネディが言った。「アンドリューズさん、お訊きしたいことがあります。行くぞ、ジェイムソン。それじゃあまた、カーンさん。お巡りさんも」

「家でモロウィッチ氏の書類を拝見したい。それからソーントン医師も訪問したい。構いませんか?」

「構わんよ、ちっとも。何ら支障がないよう、私がお供しよう。にしてもケネディ教授」アンドリューズ氏が感情を込めて言った。「あれはすごかった。まさかあんなことができるなんて。店内をもっと見ておけば、何か手がかりが見つかるかもしれないよ？」

「もう十分見ましたよ。入り口のドアの鍵は無傷でした。犯人は鍵を使ったんです。他に侵入する入り口はありませんしね」

アンドリューズは低い音で口笛を鳴らすと、金色の文字で〈モロウィッチ商事〉と書かれた看板を見上げた。

「おっと見上げるなよ。カーンがこっちを見ている」そう言うと、アンドリューズは葉巻を見る振りをした。「カーンは、我々に報告したこと以外にも何かを知っているんじゃないか。あいつは〈会社側の人間〉だからね。といっても、この商売で奴の懐に入る利益など微々たるもんだが。まったく――」

「そう慌てないでください、アンドリューズさん」クレイグが遮った。「推理する前に、モロウィッチ夫人と医師に会わなければ」

「実に魅力的な女性だよ」ぼくたちが車に乗り込む際に、アンドリューズが言った。「齢はモロウィッチよりもずっと若い。そういえばカーンも男前だと思わないか？　あいつは共同経営者のモロウィッチ氏の自宅に入り浸っていたようだ。さてと、夫人か医者かどちらに先に行こうか？」

「夫人の自宅へ」

アンドリューズ氏がモロウィッチ夫人を紹介してくれた。夫人は実に悲しげで、その憂いのせいで夫人の美しさが損なわれるどころか、ますます際立っていた。表情には深い陰影ができ、容姿に優美な輪郭を与えていた。若くて実に魅力的な未亡人だ。

夫人はどことなくアンドリューズを恐れているように見えた。保険金をあてにしている夫人にとって、アンドリューズは保険会社を代表する人物だからだろうか？　それとも他に理由があるのか、ぼくにはわかるはずもなかった。アンドリューズは礼儀正しく丁寧に接していたものの、仕事柄そう接しているというよりは、個人的な思いからではないか。そういえば、モロウィッチ氏が亡くなったとき、そばにいたのは夫人だけだったとアンドリューズは強調していたっけ。そんなことを考えていると、前に読んだ探偵小説を思い出した。探偵は、犯人を追いつめるに従って、不気味なほど犯人にやさしく接するようになるのだ。アンドリューズは、夫人がこの事件と深く関わっているのではと疑っていたではないか。かくいうぼく自身は、まだ何のめぼしもついていないが。

書斎にあるモロウィッチ氏の私物を調べたいとお願いしたところ、すんなり承諾された。クレイグは早速机や手紙入れを調べてまわったが、手がかりは何も見つからなかった。

「モロウィッチ氏は、強盗にからんだ脅迫状を受け取ったことはありませんか？」

「いいえ、私が知る限りでは」とモロウィッチ夫人が答えた。「もちろん、大量のダイヤモンドを管理するのですから、宝石商は用心しなければなりません。ですが、主人には強盗を警戒するような特別な理由はなかったと思います。何も言ってませんでしたし。なぜそのような質問を？」

「いいえ、特に理由は。私はただ、強盗の動機に関する手がかりがないかと思っただけです」クレイグは答えながら、卓上カレンダーをいじった。日めくりカレンダーで、一日ごとに予定を書き込む空欄があった。

「ポワサンとの取引締結」ひとり言のように、クレイグが予定を一つゆっくりと読み上げた。「妙だな。オフィスにあった〈P〉の項目の手紙は廃棄されていたし、ここの手紙入れにもない。ポワサンというのは？」

　モロウィッチ夫人はためらっていた。知らないのか、質問をはぐらかしたいのか。「化学者だと思います」夫人はあいまいに答えた。「夫は、ポワサン氏と取引をしていました――氏の発明品を買おうとしていましたが、詳しいことはわかりません。てっきり中止になったと思っていました」

「取引？」

「カーンさんに訊いてください、ケネディさん。夫は、私には仕事の話はほとんどしませんでしたから」

「ですが、発明品とは何ですか？」

「わかりません。夫とカーンさんが、ダイヤモンドの新発見について取引がどうのと話しているのを小耳にはさんだだけです」

「では、カーン氏はそのことをご存じで？」

「だと思いますが」

「ありがとう、モロウィッチ夫人」とケネディが言った。夫人はもう情報を提供できない、または提供する気がないと悟ったからだ。「お手間を取らせて申し訳ありません」

「めっそうもありませんわ」と夫人が上品に答えた。だが、その間も夫人は、ケネディとアンドリューズのあらゆる言動に注意を払っているようだった。

　ケネディは数ブロック走ったところで車を止めると、薬局に入ってタウンページを見せてほしいと頼んだ。そして化学者の欄をチェックしはじめてすぐに、ポワサンという名前を指し示した。「アンリ・ポワサン、電気炉製造業者――ウィリアム・ストリート」と読み上げた後、ケネディが付け加えた。「明日の朝ここを訪問するとしよう。その前に医師だ」

ソーントン医師は、いかにも「富裕層向けの医師」といった人物だった――洗練されていて、冷静で穏やか。先に述べたように、アンドリューズの部下がすでに事情聴取済みだったが、満足のいく答えは得られなかった。だが、その後医師は考えを改めて前向きに考えるようになっていた。いずれにせよ、今の彼は誠意ある態度を取っている。

オフィスのドアを閉めると、医師は落ち着かなげに歩きまわりはじめた。「アンドリューズさん、私が気づいたことを、あなたか検視官か、どちらに言おうか迷っているのですが。医師には、患者に対する守秘義務があります。職業上の道徳の問題です。しかし社会への責任上、話さなければならないこともありますし」

そう言って口をつぐむと、医師はぼくたちをまっすぐに見た。

「実のところ、検視官に話すと世間の注目を集めてしまうので……」

「そうだろうとも」とアンドリューズが言った。「あなたの立場はわかるよ。あなたがスキャンダルに巻き込まれたら、患者は眉をひそめるだろう――患者に見られたくない気持ちはわかる、新聞はあれこれと書き立てるだろうしね」

ソーントン医師はアンドリューズをちらりと見た。この訪問者が何を知っているのか、あるいは何を疑っているのかを推しはかるかのように。

アンドリューズはポケットから書類を取り出した。「死亡診断書の写しです。保健省からコピーをもらいました。当社の医師は、死因が奇妙だ、あいまいすぎると言いました。我々から当局に通報することはできます。ですが先生の言う通りです。先生だけでなく、我が社も世間の注目は浴びたくはありません。モロウィッチ氏の遺体を掘り返して解剖することは可能です。ですがそんな極端な方法を取らずに、この事件の真実を知りたいのです」

「そんなことをしても無駄ですよ」医師が慌てて遮った。「内密にしてくれるなら、その理由をご説明しましょう」

アンドリューズはうなずいた。だが、医師にプレッシャーをかけたいのか、手には死亡診断書を持ったままだ。

「診断書には、死因は急性肺炎による肺うっ血と書きました。この診断は間違っておりません。私が駆けつけたとき、モロウィッチ氏は意識朦朧の状態で、虫の息でした。モロウィッチ夫人が言うには、通りがかった男性がウィリアム・ストリートの路上でモロウィッチ氏を見つけて、タクシーで運んでくれたのだそうです。正直言うと、最初は単なる泥酔だと思いました。というのも、モロウィッチ氏はいい取引がまとまると、少々はめを外すことがあったからです。実に弱々しい呼吸でしたが、息のにおいをかいでみました。むっとするような甘いにおいがしましたが、最初は気にしませんでした。肺に聴診器をあてたところ、肺のうっ血を確認したので、肺炎と診断しました。すばやく対応できたと思います。数分後には病院の酸素ボンベを運ばせたのですから。

その間にも、私はあの甘いにおいについて考えていました。そしてふと毒物ではないかと思ったのです。酸素ボンベが届くと、すぐに吸引させました。偶然にも、ロックフェラー研究所がさまざまな毒物の解毒方法を実験しその結果を発表したところでした。その方法というのは、人工呼吸によって毒素を酸化させ、排出させるというものでした。肺炎であれ、毒物であれ、どちらにせよ、とっさに思いついたなかではそれが最善の方法でした。モロウィッチ氏にストリキニーネを投与して心臓を活性化させ、できる限りの処置を施すと、少し楽になったようでした。看護師の派遣を要請したのですが、到着する前に、鉄鋼王モリー氏の使いが来ました。夫人が突然体調を崩されたとのことでした。モリー氏の家はほんの数ブロック先だったので、モロウィッチ夫人にこまかく指示を与えて、家を出たのです。すぐに戻るつもりだったのですが、私が戻る前にモロウィッチ氏は亡くなりました。さて、これですべてお話ししました。とはいえ、ただの憶測に過ぎません――大騒ぎする根拠にもならないでしょう。そんなわけで私は死亡診断書を書きました。不可解な強盗の話を聞かなければ、そこで終わっていたでしょう。強盗の話を聞いて、再び気になったのです。さて、すべてを話してすっきりしました。保険会社の方がうちに事情聴取に来てから、ずっと考えていたんですよ」

「その甘いかおりは何だと思いますか?」とケネディが訊いた。

医師はためらった。「単なる憶測ですが、青酸カリか青酸ガスか。どちらもあんなにおいがします」

「毒物だと確信した場合でも、同じ処置を施しましたか?」

「おそらくね。ロックフェラー療法を試したでしょう」

「自殺の可能性は?」アンドリューズが訊ねた。

「動機がない、と思います」

「あの家にはそのような毒物はありましたか?」

「彼らはかなりの写真好きでした。写真の現像で青酸カリを使うことがありますからね」

「写真が好きだったのは誰ですか。モロウィッチ氏か奥さんか」

「二人ともですよ」

「モロウィッチ夫人は?」

「二人ともです」医師は慌てて繰り返した。アンドリューズはあからさまに誘導尋問しようとしたが、医師は確約するのも、誤解されるのも嫌がっているようだった。

ケネディはしばらくの間黙って座ったまま、考え込んでいた。そしてアンドリューズの存在など忘れたかのように、ソーントン医師に訊ねた。「先生、仮に肺のうっ血を引き起こしたのが青酸ガスだったとしましょう。さらに、モロウィッチ氏は即死するほどの量は吸引しなかったと仮定します。だとしたら、まき散らされた青酸ガスはごく微量だったものの、モロウィッチ氏は体が弱っていたために、肺うっ血が起きて亡くなったのだと思いますか？」

「まさにそのような印象を受けました」

「ちょっとお伺いしたいのですが、意識が朦朧としていたモロウィッチ氏は、何か手がかりとなることを言いませんでしたか？」

「とりとめのないことを仰ってました。しどろもどろというか。そういえば大金持ちになれると思い込んでいたようです。ダイヤモンドの話を繰り返していました。ダイヤモンドを手ですくって、指の間からこぼれ落ちるようなしぐさをしたり。そして一度、カーンさんを呼んでくれ、伝えたいことがあると仰いました。『ダイヤモンドが作れるぞ、カーン。質もサイズも色も一級品のダイヤモンドだ。私には作れるんだ』と」

ソーントン医師がこの新事実を語る間、ケネディは聴き入っていた。

「シアン系の毒物はひどい幻覚を起こすのかもしれません。肺炎で精神錯乱に陥った場合も同じ症状が起きる可能性はありますが」

ケネディの様子から、どうやら事件の糸口が見つかったらしいことが読み取れた。ぼくたちが立ち上がって帰ろうとすると、ソーントン医師が握手を求めてきた。彼はいかにもホッとした様子で最後にこう言った。「おかげで肩の荷が下りて楽になりましたよ」

その晩別れの際に、ケネディはアンドリューズに顔を向けた。「私がこの事件を引き受けた際に、約束してくださったことを憶えていますか」

アンドリューズはうなずいた。

「では、こちらから指示するまで物事を進めないでください。モロウィッチ夫人とカーン氏を尾行してください。くれぐれも彼らに怪しまれないよう気をつけて。ポワサンの件は、私に追跡させてください。要するに、この事件の他のことは私に任せてほしいのです。明らかになった新事実はすべて、私に知らせてください。明日一度お伺いしますから、次の行動について話し合いましょう。それではお休みなさい。この事件を全面的に任せてくださって、感謝しています。この事件の真相には誰もが驚くと思いますよ」

次にケネディを見たのは翌日の午後遅くだった。ケネディは研究室にいて、磁器に二本のプラチナワイヤーを注意深く巻き付け、封蠟《ふうろう》（封筒や文書に封印を施すために用いる蠟）のようなスティックからなめらかな黒い物質を出して、それに塗った。また、彼が磁器を巻くときに二本のプラチナワイヤーの長さが同じになるよう気をつけているのがわかった。ケネディの注意を妨げないよう黙っていたが、事件の進展について訊きたいことは山ほどあった。

仕方がないので彼の作業を観察することにした。黒い物質は、ワイヤーをつなぐと共に覆う役割も果たしていた。作業が終わると、ケネディが口を開いた。「さてと、この発明品を加熱して焼き鈍《なま》しとしよう。今なら質問しても構わないよ。好奇心で爆発しそうじゃないか」

「ポワサンには会ったのか?」

ケネディはワイヤーで覆われた磁器を加熱し続けた。

「ああ、おまけにポワサンは今夜新発見を見せてくれるってさ」

「新発見?」

「モロウィッチは〈幻覚〉にとらわれていたと、ソーントン医師が言ったのを憶えてるかい? 幻覚じゃない。本当だったんだよ。ポワサンは、電気炉を使って純粋な炭素からダイヤモンドを作り出す方法を見つけたそうだ。モロウィッチ氏はこの秘密の製法を買おうとしたのだと思う。うわごとで富豪になると言ったのは本当だったんだ——彼にとってはね」

「カーンとモロウィッチ夫人はそのことを知ってるのか?」ぼくが身を乗り出して訊ねた。

「まだわからない」そう言うと、ケネディは焼き鈍しの仕上げに取りかかった。

黒色だったなめらかな物質は、今やくすんだ灰色に変色している。

「ワイヤーに何を塗ったんだ?」

「ああ、これか。これは硫酸の製造過程でできる副産物さ」ケネディはそれだけ言うと、話題を変えた。「今夜つき合ってほしいんだ。ポワサンには、私は大学の教員で、若い理事を一人連れて行くと伝えておいた。きみのことだ。きみは銀行員T・ピアポント・スペンサーの息子で、ポワサンのプロジェクトへの投資を検討しているという設定だ。さてジェイムソン、私がこの作業を仕上げている間に、アパートに戻って私のリボルバーを取ってきてくれないか。今夜使うかもしれないからね。アンドリューズにも連絡を取った。彼にも来てもらう。実演はポワサンの研究室で八時半からスタートだ。私の実験室でやってくれと頼んだんだが、頑なに断られてしまってね」

ぼくは一時間半後に実験室に戻ると、クレイグと一緒にグレイト・イースタン生命ビルへ向かった。アンドリューズはシックなオフィスでぼくたちを迎えた。オフィスの外にはがっしりした男たちが数人いた。上司の命令を待っているらしい。

ぼくたちを出迎えたときの様子から、この副社長がケネディの今後の出方にかなり関心を抱いていることが見て取れた。「では、モロウィッチが話していた取引というのは、ダイヤモンドの製造法を買うことだったと？」アンドリューズは考え込んだ。

「そう確信しています」とクレイグは答えた。「電話帳でポワサンを調べて、電気炉の製造業者だとわかった瞬間からね。もちろん、電気炉をうまく使えば、ダイヤモンドの微粒子を作り出せるでしょう。将来この方法で大粒のダイヤモンドを作り出せるようになるかもしれません」

「この男がその方法を見つけたというんだな」アンドリューズがうなずいた。「ひょっとするかもしれないだろう？　ポワサンが製法を発見し、モロウィッチがその製法の利権を買ったと仮定すると、カーンはそのことを知っていたはずだ。賭けてもいい。めざとい男だからな。モロウィッチ夫人にとってもお金を儲ける絶好の機会だ、みすみす逃すようなまねはすまい。となると、モロウィッチ氏が秘密の製法の利権を買い、カーンがモロウィッチ夫人と愛人関係になり、二人は――」

「憶測はやめませんか、アンドリューズさん」ケネディが釘を刺した。「まだ早い。ええと、今は八時十分か。ポワサンの研究室はほんの数ブロック先です。約束よりも少し早めに着きたいので、もう家を出ましょう」

オフィスを出るとき、アンドリューズは外にいた二人の男に合図した。二人は黙って他人のふりをしながら、ぼくたちの数フィート後ろからついてきた。

ポワサンの研究室は、十数階ほどある高層ビルの最上階だ。変わったデザインの建物で、入り口が複数あり、後方の貨物エレベーター付近には出入り口が数カ所あり、非常階段は隣の建物の低い屋根まで続いていた。

建物の角の物陰で立ち止まると、ケネディとアンドリューズが何やら議論をはじめた。二人に近づくと、ケネディがアンドリューズと二人の部下は建物に入らない方がいいと主張するのが聞こえた。ぼくたちが上階へ行く間、彼らに下で待てというのだ。ようやくこの議論は決着がついた。

「これはちょっとした電気ベルです」そう言うと、ケネディは手にしていた包みを開けた。「真新しい乾電池が二つ入っています。ワイヤーは四百フィート以上伸びます。私とジェイムソンがエレベーターで上がった後、皆さんはこちら側の入り口の物陰で五分ほどお待ちください。そのあと、夜警の注意を引きつけておいてください。夜警が現場を離れた隙に、エレベーターシャフトにぶら下がっている二本のワイヤーを探すのです。二本のワイヤーは、ベルと電池から出ているワイヤーに接続してください。お二人はやり方を知ってますよね。ワイヤーは第三エレベーターのシャフトにぶら下げます。夜間は第一エレベーターしか動きませんからね。ベルの音が鳴りはじめたら、エレベーターに飛び乗って十二階まで来てください——助けてくれという合図ですから」

ケネディと一緒にエレベーターで上りながら、都心のオフィスビルは犯罪にうってつけだと思わずにいられなかった。まだ宵の口の今でさえこの雰囲気なのだから、人通りが途絶えたらどうなるか。明かりがまばらに灯るだけの、暗くて物音一つしない怪しい場所へと変貌するだろう。

第一エレベーターが一階に到着すると、ケネディはポケットから二巻のワイヤーを取り出し、急いで第三エレベーターのシャフトの格子の隙間に投げ入れた。ワイヤーはほどけながら落ちていき、地下に停止している空のエレベーターの天井に着地する音が聞こえた。さあ、これで一階にいるアンドリューズは、ワイヤーを見つけてベルに接続できるだろう。

薄暗闇のなか、ケネディは急いでワイヤーの端をあの小さくて奇妙なコイル、研究室で作業していたあのコイルに接続した。それからぼくたちは廊下を歩いてポワサンの研究室へと向かった。ケネディは、エレベーターシャフトから伸びているワイヤーを壁沿いに伸ばしていった。この暗闇なら誰も気づかないし、端なのでつまずくこともないだろう。

廊下のL字型の角から、磨りガラスが見えた。部屋の明かりが透けて見える。ケネディは窓のところで立ち止まると、窓のそばにある壁のへりにあの小さなコイルを置いた。廊下にはワイヤーが長々と伸びている。それからぼくたちは部屋へ入った。

「時間ピッタリですな、教授」ポワサンがおおげさに言った。「そしてそちらの方が銀行家の方ですか？　大きさも色も思い通りのダイヤモンドが作れる、私の偉大な発見にご興味があるという？」ポワサンはぼくに注意を向けた。

「そうです」ケネディが言った。「前にお話しした、T・ピアポント・スペンサー氏の息子さんです」

ぼくはできるだけ威厳を持ってポワサンと握手を交わした。他人になりすますのは今回がはじめてだ。

ケネディは、磨りガラスの出っ張りにさり気なくコートと帽子をかけた。ガラスのちょうど反対側には、ケネディが置いた小さなコイルがある。窓は壁にはめこまれた網入りの大きなガラス窓で、太陽光を廊下に取り込むためのものだ。

ぼくにはすべてが怪しげに見えた——とりわけ怪しかったのは、ポワサンのいかついアシスタントだ。パリにある治安の悪い一画に住む住人たちの集合写真に写っていそうな、悪人顔をしている。ケネディがリボルバーを持っていて良かったと安堵しつつ、ぼくにも銃を持ってこいと言ってくれても良かったのにと思った。いや、しかしケネディはすべてを考慮しているはずだと信頼することにした。

テーブルにはシンプルでだ円形の形をした大きな装置が置いてあった。ぼくたちはテーブルからやや離れて椅子に座った。その装置は、ぼくが大学時代に幾何学でさんざん苦労した平行六面体の図形を思い起こさせた。

「これが電気炉です」クレイグはかしこまった態度でぼくに話しかけた。著名な投資家の息子に話しかける大学教授を演じているのだ。「両端に電極がありますね？　電源を入れて炉のなかを電流が流れると、湯だまりのところが驚くほど高温になるんです。溶解しにくい化合物ですら、その熱で溶解してしまうほどにね。教授、最高何度まで上昇させられるんですか？」

「千六百五十度かそれ以上というところです」とポワサンは答えつつ、アシスタントと一緒にいそいそと電気炉の準備をした。

ぼくたちは黙ってその作業を見ていた。

「さて、皆さん、準備ができました」ようやく満足のいく準備が整ったのか、ポワサンが大きな声を上げた。「これは砂糖炭《さとうたん》の塊です――純粋な無定形炭素です。ご存じのように、ダイヤモンドは膨大な圧力がかかって結晶化された純粋な炭素でできています。そこで私は、かなりの圧力と熱を加えれば人工的にダイヤモンドが作れる、と考えました。問題は圧力をどうするかです。この電気炉を使えば熱の問題はクリアできますからね。そこで私が思いついたのは、溶融した鋳鉄が冷却されたときに生じる強大な圧力です。ここではその圧力を使います」

「ご説明しましょう、スペンサーさん。個体の水、すなわち氷が液体の水の上に浮かぶみたいに、固体の鉄も溶融した鉄の上で浮かぶのです」とクレイグがぼくに説明した。

ポワサンがうなずいた。「この砂糖炭をこの軟鉄のカップに入れます。そしてそのカップの上に、このカップをしっかりとかぶせておきます。次に、炉の湯だまりに鉄くずの塊を置いて、炉のスイッチを入れます」

スイッチが入ると、黄色っぽい青い炎が両方の電極から吹き出た。何とも奇妙で不気味な光景だった。とほうもなく膨大な電流が放出されているのが、その熱から感じとれる。

青っぽい黄色の炎は徐々に美しい紫色に変わり、胸がむかつくような甘いかおりが部屋に充満した。電気炉は最初こそ大きな音を立てていたが、蒸気が増えて電気の通りが良くなると、静かになった。

間もなく鉄くずの塊が溶融しはじめた。すると突然、ポワサンが高熱の塊に鋳鉄カップを押しつけた。カップは浮かんで、すぐに溶けはじめた。その間ポワサンは、タイミングを測りながら注意深く待った。その瞬間、柄の長いトングですばやくその塊をつかむと、流水桶のなかへ突っ込んだ。部屋のなかが大きな水蒸気の雲で覆われた。

炉から出てくる、むかつくような甘いにおいが充満するにつれて、ぼくは次第に眠くなってきた。椅子を支えに立ち上がると、ポワサンをじっと見つめた。ポワサンは手早く作業している。溶解した物質が冷えて固まると、水から取り出して金敷の上に置いた。

それから、アシスタントがハンマーで注意深くそれを叩き、外側から削り落としていく。

「中心にある炭素までやさしく削り落とすんです」そう言うと、アシスタントは鉄の破片を拾って、くず入れに投げ入れた。「外側はもろい鋳鉄ですが、なかに行くほど鉄は硬度が増し、それから鉄と炭素、黒ずんだダイヤモンド、さらに削ると中心部にダイヤモンドがあります」

「ああ、もうすぐです」とポワサンが言った。「小粒のダイヤモンドが出てきました。スペンサーさん、ほらね。フランソワ、注意するんだぞ——間もなく大きいダイヤモンドに到達しますよ」

「ちょっと待って下さい、ポワサン教授」ケネディが口をはさんだ。「アシスタントの方に、私にも見えるところで鉄を砕いてもらいたいのですが」

「できません。ダイヤが出てきても、あなたは気づかないでしょうよ。原石なんですから」

「見分けられますよ」

「だめです。そこにいてください。私が注意して見ていないと、ダイヤモンドが台無しになってしまう」

ポワサンが断固として拒絶するのには何か理由がありそうだった。彼が次のダイヤモンドを見つけたとき、ケネディが突拍子もないことを言った。

「あなたの両手のひらを見せてください」

ポワサンはケネディをにらみつけたが、手のひらを見せようとはしなかった。

「私はただ、スペンサーさんを納得させたかったんですよ」ケネディがぼくを見た。「これは手品じゃないってことをね。手品師と違って、教授は手のなかに未加工のダイヤモンドを隠し持ったりはしないってことをね」

フランス人がこちらに顔を向けた。怒りで真っ赤になっている。「手品師だと、詐欺だと！——思い知らせてやるからな。ちくしょう！　なんたる冒瀆だ！　ポワサンを侮辱するとは——フランソワ！　電極棒に水をかけろ！」

アシスタントはすぐさま水を少し電極棒にふりかけた。嫌なにおいがますます充満する。気が遠くなりそうだったが、ぼくは何とか持ちこたえた。激しい頭痛と吐き気に襲われながら、クレイグはどうして煙のなかで立っていられるのかと疑問に思った。

「やめろ!」クレイグが大声で怒鳴った。「この部屋はすでに青酸ガスであふれている。おまえの手口はわかっている――水は炭素と結合してアセチレンを発生させる。アーク放電の高熱によって、アセチレンは空気中の窒素と結合して青酸ガスを発生させる。私たちも毒殺するつもりか? 私が意識を失った後に外へ放り出せば、町医者が肺炎と診断すると思ったか? あるいは、私がどこかの病院で黙って死ぬとでも? 去年、どこぞの錬金術師が無から銀を合成するのを見た後に亡くなった、ニューヨークの銀行家みたいに?」

その言葉はてきめんに効いた。ポワサンはケネディに詰め寄った。顔には静脈が浮き出ている。人差し指を振りまわしながら、ポワサンは大声でわめいた。「知ってるのか? 教授なんて嘘だ、こいつも銀行家じゃない。スパイだ。スパイめ。モロウィッチの友人の差し金だな? おれのことを知りすぎたな」

ケネディは何も言わずに後ろに下がり、窓の出っ張りにかかっているコートと帽子を取った。電気炉からもれ出る炎の強い光が、磨りガラスを明々と照らした。

ポワサンがうつろな声で笑った。

「帽子とコートを置くんだな、ケネディさんよ。おまえたちが来てすぐ部屋に鍵をかけた。窓はすべて面格子が取り付けてあるし、電話線は切ってある。おまけにここは地上から三百フィートの高さだからな。煙で意識を失うまでここから出られないぞ。フランソワとおれはギリギリまで我慢できるし、限界に達したらすぐに出て行くさ」

　そこでひるむと思いきや、ケネディはますます強気になった。ぼくは弱気になって、ポワサンであれフランソワであれ一戦交えようものなら、打ち負かされそうだなどと考えていた。何しろ二人は、何事もないかのように元気なのだ。彼らはぼくたちを置いて出て行く準備をはじめた。

「逃げても無駄だ」ケネディが再び口を開いた。「私たちの家には宝石がたくさんつまった金庫はないから、何も盗めないぞ。ポケットにもオフィスの鍵はない。それにもう一つ。テルミットの秘密を知っている人間は、ニューヨークには他にもいる。秘密の製法は警察に伝えておいたし、その警察はというと、モロウィッチが金庫泥棒に遭う前に〈P〉ではじまる人物と交わした手紙を破棄した人物を探している。それがわかれば、金庫を破った人間もわかるからね。おまえの秘密はばれてるんだ」

「仕返しだ、仕返しだ」ポワサンが大声を上げた。「ざまあみろ。フランソワ、宝石を準備しろ。――ははっ。バッグのなかにあるのはモロウィッチの宝石だ。今夜、フランソワとおれは業務用エレベーターで降りて、秘密の出口から出る。二時間後には警察を完全に撒くだろう。その頃には、おまえら嘘つきどもは呼吸困難に陥っているさ――モロウィッチと同じように、青酸中毒で死ぬんだ。そして宝石は完全におれのものだ」

　ポワサンは廊下に続くドアのところへ行ってあざ笑った。ぼくが二人に向かってダッシュしようとすると、ケネディが片手を上げて止めた。

「おまえたちは窒息するのさ」ポワサンがあざけるように言った。

　ちょうどその時、エレベーターからチーンという音がして、長い廊下を誰かが急ぎ足で向かってくる音が聞こえた。

クレイグが自動拳銃をさっと抜き出すと、弾丸を連続で撃ちはじめた。ぼくは硝煙の向こうに床に倒れたポワサンとフランソワが見えるものと思い、身構えた。ところがクレイグが撃ったのはドアの鍵だった。鍵は粉々に砕け散っていた。アンドリューズと部下たちが廊下を走ってやってきた。

「畜生め」ポワサンが、使い物にならなくなった鍵を叩きながら小声で言った。「誰があいつらをなかに入れたんだ？　おまえは何者だ？」

空気が流れ込んだことで青酸ガスの濃度が薄まるのを感じながら、クレイグはにやりと笑った。

「廊下側の窓の下枠にセレン光電池をしかけておいたのさ。セレンは暗闇のなかでは電気を通さないが、光にさらされると電流が発生する。私がコートと帽子をどかしたとき、電気炉から放たれた光が窓を照らして電池に当たり、そして回路が完成した。かくして私はおまえに悟られることなく、外で待機していた味方を呼ぶことができたんだ。通りでベルが鳴って、彼らが来たというわけさ。アンドリューズ、こいつがモロウィッチを殺した犯人だ。こいつの手にあるのがモロウィッチの――」

ポワサンは電気炉に近づき、すばやくなかに何かを放りこんだ。水蒸気がもうと立ちこめた。ケネディはスイッチに飛びついて電源を切った。ケネディがトングを使ってつまみ上げたのは、こげて形が崩れ価値を失った黒鉛だった。

「これが、モロウィッチの高価な宝石のなれの果てか」ケネディが残念そうにつぶやいた。「だが、犯人はつかまえた」

「そして明日モロウィッチ夫人は、私の謝罪の言葉とお悔やみの言葉と共に、十万ドルの小切手を受け取るだろう」とアンドリューズが言った。「ケネディ教授にも報酬をお支払いするよ」

瑠璃の指輪

ケネディの机の上は、新聞記事のファイルとおびただしい数の記事の切り抜きで散らかっていた。ケネディがあまりに没頭していたため、帰宅したぼくはただいまとだけ言って郵便を開封し始めた。と、ケネディがいらだった様子で新聞記事をゴミ箱へ払い落とした。

「私が思うにだね、ウォルター」ケネディがうんざりしたように声を上げた。「この事件には際だった特徴がある――だから簡単に謎が解けそうなのに、まさにそのせいで解決が困難に思えるんだ」

ケネディが話し始めたため、ぼくは読んでいた手紙を置いた。「クレイグ、きみが何を愚痴っているのか、当ててやろうか」ぼくはずばりと確信を突いた。「ウェインライト＝テンプルトン事件を調べてるんだろ」

「きみはいつか探偵になりそうだな、ウォルター」ケネディは皮肉るような口調で答えた。「二足す二は四になるというきみの計算力は、オコーナー警視にも引けを取らない。当たりだ。ウェストチェスター郡の検察官が十五分以内にここに来る。午後に地方検事から電話がかかってきて、アシスタントがこの大量の機密情報を持ってきたんだ。ああ、これは返さないといけないだろうな」そう言うと、ゴミ箱から新聞記事を拾い上げた。「きみの仕事には敬意を払うが、新聞記者の情報だけに頼っていては、この事件を解決できないだろう」

「無理だと？」彼の口調にむっとしながらぼくは訊ねた。

「無理だね」ケネディは強く否定した。「片やウィリストン郊外の高級住宅街に住む社交界の華、片やニューヨークの法曹界の若手筆頭株。婚約中だった二人は、結婚式の前日に女性の自宅の書斎で亡くなっていた。それから一週間経った今でも、時代物の火鉢から出る煙を吸ったせいか、心中か、無理心中か、二人とも殺されたのか、誰にもわからないという。それどころか、専門家たちは毒物を特定したかどうかすら合意できていない」ケネディは続けたが、ますます興奮してくる様子は、ぼくが駆け出し記者だった頃の編集長に似ていた。

「当局が認めていることといったら、人生で最高となるはずだった日の前日に、有名なカップルが死体で発見されたことと、死の直前に二人に接触した人物がまだ見つかっていないことぐらいだ。検視官がただの窒息死だと言うのも無理はない。地方検事が途方に暮れるのもね。きみたち新聞記者が自分の推理を基に追いまわすものだから、彼らは事実をまっすぐに見られないんだ。きみたちは次から次へと推理を提示——」

呼び鈴が鳴った。こちらが答える前に、長身でやせぎすの男がすたすたと歩いて部屋に入ってくると、テーブルに緑の布製鞄を置いた。

「こんばんは、ケネディ教授」男は唐突に切り出した。「ウェストチェスター郡の地方検事、ホイットニーだ。事件の情報を読んでいたようだね。すばらしい」

「すばらしくはありませんよ」とケネディ。「これは私の友人で、《スター》紙のジェイムソンです。おかけください。この事件に対する新聞社の扱いを私がどう思っているか、彼はよく知ってますよ。あなたが来た時、私はちょうど記事はすべて無視するつもりだと、彼に話すところでした。先入観なしで事実を確認したいと思います。さっそく取りかかりましょう。ウェインライト嬢とテンプルトン氏が見つかった時の状況を話してください。第一発見者のことも」

地方検事は鞄の紐を解いて、書類一式を取り出した。「遺体を発見したメイドの宣誓供述書を読もう」検事はいらいらした様子で書類を探した。「ええと、ジョン・テンプルトンは当日の午後早くにニューヨークの事務所を出た。ウェインライト嬢に会いに行くと父親に言ったそうだ。三時二十分発の列車に乗って、無事にウィリストンに到着すると、歩いてウェインライト邸へ向かった。翌日の結婚式の準備で忙しかったにもかかわらず、二人は午後をずっと一緒に過ごした。謎はここからだ。訪問客はいなかった。少なくとも、来客対応のメイドが、客はなかったと証言している。メイドは他の家族と一緒に準備に追われていたし、私が思うに玄関のドアは施錠されていなかった。ウィリストンでは夜しか施錠しないからね」

検事は書類を見つけると、この事実を心に刻みつけろと言わんばかりに間を置いた。

「ウェインライト夫人とローラの妹のマリアンは、家で忙しく働いていた。夫人はローラに相談したいことがあったため、メイドを呼び、テンプルトン氏とウェインライト嬢が自宅にいるか訊ねた。メイドは見てきますと答えた。次がメイドの宣誓供述書だ。おっと。法的な記述部分は省こう。『書斎のドアを二度ノックしましたが、返事はありませんでした。お二人は散歩に出かけられたか、いつものように乗馬に行かれたのだと思いました。ドアを少し開いて中を覗きました。室内は静かで、妙に静まりかえっていました。ドアを押して隅にあった長椅子を見ると、ぎこちない姿勢で座っているローラ様とテンプルトンさんが見えました。二人とも眠っているように見えました。背もたれによりかかるテンプルトンさんの頭は後ろにのけぞり、実に恐ろしい形相を浮かべていました。顔は変色していて。隣に座っていたローラ様の頭はがっくりと垂れ、テンプルトンさんの肩によりかかっていました。やはりおそろしい表情を浮かべて目を見開き、同じように変色していました。二人は互いの手をしっかり握りしめていました。二人に呼びかけましたが、返事はありませんでした。その時、恐ろしい事実に気づいたんです。二人は死んでいるのだと。一瞬めまいがしましたが、すぐに気を取り直して、助けを呼びながら奥様の部屋に駆け込み、お二人が亡くなっていると大声で言いました。奥様は気を失いました。マリアン様はお医者様に電話をかけ、奥様を介抱するのを手伝ってくださいました。あの悲劇のさなかにあって、マリアン様は実に冷静でして。マリアン様が指示を出してくれなかったら、召し使いだけで乗り切れたかどうか。邸内は大騒ぎで、旦那様はお留守でしたから。書斎のドアを開けた時、変なにおいには気づきませんでした。毒が入ってそうなグラス、瓶、薬瓶は見あたりませんでしたし、片づけてもいません。私が知る限り、他のみんなも同じでしょう』」

「それから?」ケネディが身を乗り出して訊ねた。

「かかりつけの医師が到着して、すぐに検視官が呼ばれた。その後で私も呼ばれた。つまり、医師はすぐに他殺を疑ったということだ」

「しかし検視官はそうは考えていないようですが」

「ああ。検視官は事故死だと判断した。証拠を見る限り、窒息死の可能性が高いと言っている。だが、窒息死なんてあり得ない。逃げようと思えばいつでも逃げ出せたはず。ドアに鍵はかかっていなかったからね。口内と胃の内容物、それから血液も検査したが、毒物は検出されなかった。それでも、ジョン・テンプルトンとローラ・ウェインライトが殺されたとしか思えないんだ」

ケネディは考え込むような顔で腕時計を見た。「検視官から直接話を聞きたくなりました」そしてしばし考えた。「ホイットニー検事。一緒に次の列車でウィリストンへ行きませんか？　検視官と三十分ほど話をさせていただきたいのです」

「ああ、いいとも。すぐに出発しよう。本部での他の仕事がちょうど片付いたところだ。オコーナー警視が――おっと。きみは警視の知り合いだったね――私が事件の重要な証人だと判断した人物はすべて出頭させると約束してくれたんだ。では行こうか。他に質問があれば、列車のなかで聞くよ」

喫煙車の座席に座ると、ホイットニーが小声で話しはじめた。「誰かが言ったように、複雑な状況下で起きた事件よりも解決するのが難しい事件が一つだけある。犯行に関連する状況証拠がまったくない事件だ」

「この事件には、本当に状況証拠がまったくないのですか」とクレイグ。

「教授。この事件で確実に言えることは何もない。あれば、あなたに支援を要請しなかっただろう。本当は自分で解決したかったが、私の手には負えなくてね。考えてもみてくれ。今のところ手がかりはない。この一週間昼夜を問わず捜査したが、わずかでも見込みがありそうな手がかりは一つも見つからなかった。真っ暗闇だよ。事実は明快なのに、とっかかりがない。白紙を前にしているみたいだ」

ケネディが何も言わなかったので、地方検事は続けた。「ノット検視官が事故死と判断したことを批判するつもりはない。だが私には、どこかの天才的な犯罪者がこの驚くほどシンプルな状況を作り出したように見えるんだよ。さっきも言ったが、玄関のドアは施錠されていなかった。犯人は誰にも見られずに家に侵入したようだが、それは難しいことではない。ウェインライト邸はややへんぴな場所にあるからね。犯人はおそらく毒入りの飲み物を持ち込んで、二人に飲ませた。それから来た時と同じように素早く証拠を片づけ、玄関のドアから出て行ったに違いない。そうとしか思えない」

「まさか。推理の一つに過ぎません」ケネディが静かに口をはさんだ。

「屋敷の誰かの犯行だとでも?」ぼくはすぐに訊ねた。

「私が思うに」ケネディは慎重に言葉を選んだ。「毒を盛られたのだとすれば、二人をよく知る人物による犯行に違いない」

誰も何も言わなかった。最初に沈黙を破ったのはぼくだ。「うちの社内で小耳にはさんだんだけど、マリアンは姉のローラに嫉妬していたと近所の人々が話していたそうだ。前途洋々な男を捉まえたからね。ウィリストンの人たちはあけすけに物を言うらしい」

ホイットニーは、情報がたくさん詰まった緑の鞄からもう一つ資料を取り出した。それも宣誓供述書だ。ホイットニーから受け取ると、ウェインライト夫人の署名入りの供述書で、次のように書かれていた。

「神に誓って言いますが、娘のマリアンは無実です。手がかりを探すなら、ローラと婚約する前のテンプルトンさんの過去を調べてはいかがでしょうか。ローラは自殺するような子ではありません。たとえテンプルトンさんが婚約解消を申し出たとしても、あんなに聡明で明るい子が自殺するなんて、考えられません。夫と私は二人の娘を平等に扱ってきました。もちろん、よその姉妹と同じように、二人はけんかもしました。しかし私が知るかぎり、深刻なもめごとは一度もありませんでした。私はいつも娘たちをつぶさに観察してましたからね。ローラは外部の人間に殺されたんです」

ケネディは夫人の証言をさほど重要視していないようだ。「さて」ケネディは何かを考えながら口を開いた。「まず、外見的にも性格的にも魅力的でチャーミングな娘がいる。結婚を間近に控え、報告によると、その幸せには一点の曇りもなかった。次に、野心的でエネルギッシュで楽観的な性格だと誰もが認める若者がいる。何不自由ない暮らしをしていたようだ。順風満帆な人生。この事件を捜査した人はみな、心中説も無理心中説も除外しようとする。これらの話が事実なら、無理もない。後で検視官に確認しよう。ホイットニー検事、この不幸な恋人たちの過去について、あなたが知っていることを話してくれませんか」

「ウェインライト家は、古くからウェストチェスター郡に住む一族で、裕福ではないが、地元では名の通った名士だ。子どもはローラとマリアンの二人。テンプルトン家も同じような格式だ。ローラ、マリアン、ジョン・テンプルトンの三人は、ホワイト・プレーンズの私立学校に通い、そこでスカイラー・ヴァンダーダイクと出会った。この四人は、校内で貴族グループみたいなものを結成した。こんな話をしたのは、ヴァンダーダイクは後にローラと結婚したからだ。テンプルトンとは再婚だったというわけさ」

「離婚したのは何年前ですか?」関心を持ったのか、ケネディが訊ねた。

「三年ほど前だ。その話はまた後で。姉妹は同じ大学に進学し、テンプルトンはロースクールに、ヴァンダーダイクは土木工学を学んだ。ローラとヴァンダーダイクはともかく、四人グループはばらばらになった。ヴァンダーダイクは大学を卒業した後、叔父が副社長を務めるセントラル鉄道に就職し、建設工事課に配属された。それからローラと結婚したんだよ。私が調査したところでは、この男は大学の頃からパーティ好きだった。そして結婚二年目にして妻は、ヴァンダーダイクがニューヨークに住むラポート嬢という女と懇意にしているという、ウィリストンでは長い間公然の秘密とされていた事実に突然気づいたんだ」

「夫の浮気を知るやいなや、ローラは私立探偵を雇って夫を尾行させた。そして浮気の証拠を突きつけて離婚したんだ。書類は封印され、ローラは旧姓に戻った」

「私が捜査した限りでは、そこでヴァンダーダイクはローラの人生から消える。鉄道会社を辞めて、アマゾン川上流を調査する技術者グループに加わった後、ベネズエラへ向かった。同じ頃にラポート嬢も南米へ渡り、しばらくベネズエラで過ごした後、ペルーに移住した」

「ヴァンダーダイクは古い付き合いをすべて絶ったようだが、現在はニューヨークに戻ってきていることがわかった。採掘のための出資金を募って、ベネズエラの奥地でアスファルト原料を採掘しようとしているらしい。ラポート嬢もニューヨークに戻ってきた。名をラルストン夫人に改め、ペルーにある鉱山の採掘権を持っている」

「テンプルトンは？」とケネディ。「以前に結婚したことは？」

「いいや、一度も。もちろん付き合った経験はある。カントリークラブで会った娘たちがほとんどだが。ニューヨークのロースクール在学中に、ラポート嬢とも知り合いになった。だが、仕事を始めてから女性に目もくれなくなり、数年は仕事一筋だったらしい。出世一筋で、何があろうとぶれなかった。弁護士の資格を取ると、父親のコネでテンプルトン一族の法律事務所、ミルズ&テンプルトン事務所の若手弁護士として入社。つい先日、大もうけできると顧客を勧誘する企業の裁判で特別裁判官補佐に任命されて、証言を集めていたそうだ。私がたまたま耳にした話では、彼は調査でも優れた手腕を発揮したようだ」

ケネディは頷いた。「テンプルトンはどんな人物だったんですか？」

「評判はかなりいい」と地方検事が答えた。「カントリークラブでも、ニューヨークの職場でもね。

生まれながらのリーダーで、どうやらテンプルトン家の気質のようだ。彼のような幸運に恵まれたとしても、三十五歳であれだけの名声を獲得できる人はそういない。人々からも好かれていて、適齢期の娘を持つ母親にとっては格好のターゲットだった。車とアウトドアスポーツを好み、駆け引きもうまかった。だからあんなに早く出世したのだろう。手短に言うと、テンプルトンがウェインライト家の姉妹と再会したのは去年の夏、ロング・アイランドのリゾート地でのことだった。姉妹は、長期に亘る外国旅行から帰国したばかりだった。父親の会社が中国と取引がある関係で、ほとんどを父親と一緒に極東で過ごした。とても魅力的な娘たちで、車を運転し、テニスやゴルフの腕前は男たちをしのぐほどだったという。そして秋になる頃には、テンプルトンはウィリストンのウェインライト家に入り浸るようになったというわけだ。彼らをよく知る人々によると、テンプルトンは最初マリアンに関心を示していたらしい。勇ましくて野心的な女性だ。テンプルトンは毎日のように家の前に車を乗りつけ、ローラとマリアンとカントリークラブの友人を乗せてドライブに出かけた。当初、運転席のテンプルトンの隣にはマリアンが座っていたそうだ。だが噂によると――ウィリストンではこの種の噂話は止められないからね――その数週間後には、助手席にローラが乗るようになったという。ローラは時には自分で車を運転し、腕も確かだったそうだ。いずれにせよ、間もなく二人の婚約が発表されたんだ」

ウィリストン駅の小さな駅舎から出て行くとき、ケネディは訊ねた。「ホイットニー検事、もう一つ教えてください。マリアンは二人の婚約をどう思ってたんでしょうか?」

地方検事はためらった。「正直に言おう、ケネディ教授。カントリークラブの人たちの話では、姉妹は互いに冷静に接していたようだ。だからウェインライト夫人の供述を取ったんだよ。事件の関係者はすべて公平に扱いたいからね」

すでに遅い時間だったが、検視官は話したくてうずうずしているようだった。「ここにいるホイットニー検事は、まだ毒殺説にこだわってるんですよ」と検視官は話し始めた。「証拠はすべて窒息死を指しているのに。照明のガスがもれた痕跡がわずかでも室内から検出されれば、すぐに窒息死だと断定するのですが。窒息死と同じ症状が見られますからね。しかし二人が窒息死したのは、照明のガス漏れのせいではありません。

部屋には年代物の火鉢が置いてあり、火がついていた形跡もありました。どんな火鉢であれ、きちんと換気しないと、二酸化炭素か一酸化炭素が発生します。これらはどの燃焼生成物にも、五〜一〇%ほど含まれています。一酸化炭素は、室内でにおわないほどわずかな量でも、ひどい頭痛を引き起こします。実際にグラスゴーでは、ガス漏れに気づかなかった一家が全員中毒になる事件が起きています。大気中の濃度が一%を少し超える程度でも、少しの間吸うと命取りになります。燃焼生成物ですから、きわめて危険なのです——炭鉱が爆発した時に生じる恐ろしい鉱内有毒ガス、つまり後《あと》ガスと同じですからね。まだ新聞記者に話していない秘密があります。今日部屋を締め切って、火鉢に火をつけて実験をしてみたんです。猫を逃げられないようケージに入れて、火鉢から少し離れたところに置きました。猫は一時間半後に窒息死しました」

検視官が勝ち誇ったように言うと、地方検事は何も言えなくなった。

ケネディは熱心に話を聞いていた。「テンプルトン氏とウェインライト嬢の血液サンプルは保存してありますか?」

「もちろんです。診療所にあります」

この地域の診察医でもある検視官は、ぼくたちを診療所に案内した。

「猫は？」クレイグが訊ねた。

ノット検察官はふたをしたバスケットを差し出した。

ケネディはすぐに猫を採血し、人間の血液サンプルと一緒に照明にかざした。違いは歴然だった。

「なるほど」ケネディが口を開いた。「一酸化炭素は血液と結合し、赤血球に含まれるヘモグロビンを破壊する。先生、猫はともかくとして、恋人たちの死因は一酸化炭素ではありませんね」

ノット医師はがっかりしたものの、まだ納得はしていなかった。「医師としての私の名声を賭けても、窒息死と言うしかない。この症状は何度も診てますから、間違えようがありません。たとえ一酸化炭素でないとしても、テンプルトンとウェインライト嬢は窒息死したのです」

今度はホイットニーが自説を持ち出す番だった。

「私にはシアン化カリウムが原因に思えてならないんだ。飲み物に混ぜたか、注射を使ったのだろう。化学者の一人が、二人の口内からシアン化物らしき痕跡が見つかったと報告している」

「死因がシアン化物だとしたら」ケネディはテーブルに置かれた二つの瓶を見つめたまま、口を開いた。「この血液サンプルは青色に染まって、凝血していたでしょう。だが、そうなっていない。それに、唾液には消化に関わるある成分が含まれています。その成分は、微量のシアン化物と同じような反応をするんです。その化学者が見つけたのは、その成分だと思います。シアン化物説は当てはまらない」

「マチン（アルカロイドのストリキニーネを含む有毒植物）を挙げた化学者がいました」と検視官が自ら切り出した。「マチンではないが、血液検査でマチンと似たような反応が出たと言ってました。私たちはモルヒネ、クロロフォルム、エーテルなどの一般的な毒物はもちろん、あまり知られていないアルカロイドも調べました。ですがケネディ教授、これは窒息死です」

ケネディの顔に浮かんだ表情から、暗闇の中にようやく一条の光が差したことが見て取れた。「診療所にテレピン油はありますか？」

検視官は首を振ると、町の薬局に訊ねようと電話に向かった。

「エーテルは？」ケネディが引き止めた。「エーテルでも構いません」

「ああ、ありますよ。たっぷりと」

クレイグは血液サンプルの瓶を一つ手に取り、それを試験管に注いで、エーテルを数滴たらした。濁った黒っぽい沈殿物ができた。ケネディはにやりと笑うと、半ば独り言のように言った。「思った通りだ」

「何だこれは？」検視官が興味深そうに訊ねた。「マチンですか？」

クレイグは黒い沈殿物をじっと見つめながら首を振った。「先生のおっしゃる通り、窒息死でしたよ。ですが死因が間違っていました。一酸化炭素でも照明のガスもれでもありません。ホイットニー検事も毒殺という点では正しかった。ですが、皆さんが聞いたことがない毒物だったのです」

「それは何だ？」ぼくたちが同時に言った。

「これらの試料をお借りして、いくつか実験させてください。確信はしていますが、なじみのない物質なので。明日の夜まで待っていただければ、一通り証拠がそろうでしょう。皆さんを大学の実験室にご招待しますよ。ホイットニー検事、逮捕状を用意してきてください。それからウェインライト家の人々、特にマリアンには是非とも参加してほしい。オコーナー警視に、ヴァンダーダイク氏とラル

ストン夫人が重要参考人として必要だと伝えてください。この五人が来るよう取りはからってくださ
い。では皆さん、おやすみなさい」

市内行きの列車のなかで、ぼくたちは黙って座っていたが、駅が近づくとケネディが口を開いた。
「ウォルター、この事件の関係者たちは新聞に似ている。無関係な事実のまわりを漂っている。この
犯罪の裏には、思いもかけないことがまだあるんだよ。ヴァンダーダイクの鉱床、ラルストン夫人の
採掘権、ウェインライト姉妹の極東旅行に関する正確なスケジュールが知りたい。これらを手に入れ
る方法を考えていたんだが、きみに頼めないだろうか？　明日私は、毒物を分離して、事実を納得で
きる形にまとめるので手一杯になるだろう。その間に、きみがヴァンダーダイクとラルストン夫人に
会ってくれると、とても助かるんだが。二人は実に興味深い人々だと思うよ」

「ラルストン夫人はやり手の女資本家だと聞いたことがある」とぼくは答えて、暗にクレイグの頼み
を承諾した。「噂では、彼女の採掘権は強力なアメリカ人資本家集団が所有する鉱山の近くにあるら
しい。その集団は競合相手が出ることに反対していて、それをいいことにラルストン夫人はあちこち
から金をかき集めているそうだ。ヴァンダーダイクは知らない。名前も聞いたことがないけど、夫人
に引けを取らないような、おもしろい商売をしているに違いない」

「この事件がらみで接触したことを悟られないように気をつけて」

翌朝早くにぼくは事実を調べに出かけた。早いといっても、ケネディが研究室へ向かった後だった
が。ラルストン夫人は、すんなりと政府とトラブルがあることを話してくれた。実際、テンプルトン
が死亡した話を持ち出すまでもなかった。夫人は自ら、テンプルトンと古くからの知り合いであるこ
とや、にもかかわらずテンプルトンが、採掘権をめぐって彼女に不利になるよう立ち回った話までし

てくれた。さらに、アメリカ人の資本家集団は、政府を利用して自分たちの独占権を守り、彼女が採掘できないよう妨害したことや、テンプルトンがこの資本家集団の代理人だったに違いないとも語った。夫人の妄想か、ぼくにそう思わせようとしていたのかは、わからない。ぼくが気づいたのは、夫人がいかにも無関心を装うような口調でテンプルトンの話をしたことと、ライバルの鉱山業者よりも政府の介入に手を焼いているようだということだった。

電話帳を調べたところ、驚いたことに、ヴァンダーダイクの事務所が同じビルの下の階にあることがわかった。夫人の事務所と同様に、ヴァンダーダイクの事務所も開いていたが、商売はしていなかった。郵政省の審査の結果待ちだったのだ。

ヴァンダーダイクは、ぼくが何度も見かけたことがある類いの人物だった。ブローカーみたいに派手に着飾り、もうかっていることを示す証拠品をあちこちに身につけていた。ぼくが郵政省の調査状況をお知らせしますよと言うと、ヴァンダーダイクは長年の親友を前にしたみたいに、ぼくの手を両手で握りしめた。とはいえ初対面ということで、ぼくをファーストネームで呼ぶのは踏みとどまった。ぼくは彼が身につけている宝石類に目を留めた。ネクタイピンはホープダイヤモンドかと見紛うほどの美しさ。胸元には重量感のある懐中時計がかかっていて、ぼくの手を握る彼の指には認印付きのラピスラズリの指輪がきらきらと輝いている。ヴァンダーダイクはぼくの視線に気づいてにやりと笑った。

「うちの鉱床にはこれがたんまり埋まっていてね。掘削機さえ手に入れれば、一財産できるんだが。何しろ、世界中の画家に群青色の絵の具を配れるほど大量のラピスラズリが埋まっているからね。ま、うちならラピスラズリを砕いて、絵の具にして売ることもできるし。おまけにラピスラズリは、本業の傍らでたまたま掘り当てたものでね。アスファルト原料だよ。大金は鉱床にあるのさ。でも採掘が始まったら、アスファルト原料どころではなくなるだろうけどね」

ヴァンダーダイクが煙草の煙をはき出すと、煙は空気に溶けて紛れた。

裁判の話になると、ヴァンダーダイクはラルストン夫人ほど饒舌ではなかった。それに郵政省にもテンプルトンにもさほど腹は立てていないようだ。

「テンプルトンは残念だったな」とヴァンダーダイクは言った。「子どもの頃からの知り合いなんだ。同じ学校に通った、幼なじみってやつだ。偶然テンプルトンに出くわすまで、いや、向こうが突然現れるまで、奴の近況はほとんど知らなかった。実に頭のいい奴だった。国は惜しい人物を亡くしたな。弁護士に言われたよ、たとえあの不運な悲劇がなかったとしても、うちが勝訴していたって。実に奇妙な事件だったな。昔のよしみだから新聞で読んだけど、一体何があったのか」

ぼくは何も言わなかったが、かつての妻が死んだのに、ヴァンダーダイクはなぜ軽く流せるのか不思議に思った。ぼくが黙っていたせいか、ヴァンダーダイクはまたもやベネズエラに埋まっている天然資源の話を持ち出し、宣伝用の資料をどっさり寄こした。ぼくはいつか役に立つかもと、それをポケットに押し込んだ。

次にぼくは、スペイン語新聞を発行する新聞社に向かった。そこの編集者が南米の事情に精通していたからだ。

「ラルストン夫人を知ってるかって?」編集者はぼくの質問を繰り返すと、考え深げに黒い煙草に火を点けた。見かけは強烈だが、味はいたってマイルドな煙草だ。「知っていると言えるだろうな。ちょっとした話がある。ラルストン夫人は、三、四年前にベネズエラの首都カラカスに現れた。夫のことは知らない――夫などいないのかもな。いずれにせよ、夫人はカストロ政権の派閥に取り入り、精力的にのし上がった。実業家としての手腕もかなりのもので、あるアメリカ人グループの代表を務めていた。だが、きみも憶えていると思うが、カストロ大統領が失脚すると、ほとんどの側近はカストロと一緒に亡命した。鉱業権の保有者たちは、政府側と反政府側の両方にコネを持っていたらしい。このグループに所属するヴァンダーダイクという男は、反政府側についていたんだ。ラルストン夫人は船でひっそりとカラカスを離れ、パナマを経由して大陸の反対側へ渡り、ペルーへ向かった。彼女が出国すると、ヴァンダーダイクがその後釜についたんだ。ああ、そうとも。ラルストン夫人とヴァンダーダイクは友人どうしだよ。実に仲がいい。元々はアメリカで知り合ったんじゃないかな。だが、当時二人は政権とのコネというそれぞれの役割をきちんと果たしていた。ベネズエラの情勢が落ち着くと、鉱業権の保有者たちにとってヴァンダーダイクは用なしになった。そんなわけで、ヴァンダーダイクもラルストン夫人も今はニューヨークにいる。ブロード・ストリート史上もっとも大きい資金調達計画を二つひっさげてね。二人は同じビルに事務所を構えて、結託している。噂によると、司法長官が二人を調べているらしい」

この情報とウェインライト姉妹の極東旅行に関するわずかな情報――彼らはかなりへんぴな地域にも行ったようだ――を手に、ぼくは急いでケネディの所へ戻った。ケネディはボトル、試験管、広口瓶、蒸留器、ブンゼンバーナーなど、科学と化学技術にまつわるものに囲まれていた。

ケネディの様子はおかしかった。手元はおぼつかないし、目つきもおかしい。だが、ぼくが働き過ぎじゃないかと指摘すると、彼は不快そうな表情を浮かべた。ケネディを心配しつつも、怒らせたくなかったため、ぼくは午後いっぱいは干渉しないことにした。ケネディが食事を取り忘れないよう、夕食の前に立ち寄ってみると、ケネディは夜の実験の準備を済ませてしまっていた。準備は至ってシンプルなものだった。というか、ぼくの目の前には一台の装置しかなかった。逆さになったゴムの漏斗《じょうご》にゴム管が接続していて、水が四分の一ほど入った広口瓶まで伸びていた。瓶の栓にはゴム管がもう一本ついていて、それは酸素ボンベにつながっていた。

テーブルには、さまざまな液体が入った広口瓶と化学薬品が置いてあった。他には、外皮が黒い物質で覆われた瓜のようなものがあった。部屋の隅には箱が置いてあり、中に生き物でもいるのか音を立てていた。

ケネディを質問責めにするのはやめておいた。気分転換に散歩して分厚いポーターハウスステーキを食べようと誘ったところ、ケネディが乗ってくれたので、それだけで満足してしまったからだ。

その晩ケネディの研究室には大勢の人が集まった。今までで一番多かったかもしれない。ウェインライト夫人とマリアン嬢がやってきた。夫人とマリアン嬢はベールで体を覆い隠していた。最初に到着したのはノット医師とホイットニー検事だ。その後でヴァンダーダイク氏が、そして最後にラルストン夫人とオコーナー警視が到着した。嫌々ながら集まった人々という感じだ。

「まずは」とケネディが言った。「今回の事件について簡単に振り返りましょう」

ケネディは事件を簡単に説明した。意外なことに、ケネディは二人が窒息死したことをかなり強調した。

「と言っても、通常の窒息死とは違います」とケネディは続けた。「この事件では、よく知られていない毒物が使われたのです。その物質はきわめて小さく、裸眼で見分けることは難しい。注射やメスでそっと刺せば、いかなる状況でも、肌で感じ取れないでしょう。他のことに気を取られているうちに、毒がまわってしまう。万全に準備していなければ、この世の何を以ってしても、この毒物を刺された人を救うことはできないでしょう」

クレイグは間を置いた。だが、通常の驚き以上の反応をした人は一人もいなかった。

「この毒物は、筋肉や神経繊維の末端にある終板と呼ばれる部位に作用することがわかりました。完全麻痺を引き起こしますが、死ぬ直前まで意識や感覚を失ったり、血液循環や呼吸が停止したりすることはありません。私が知っているなかでももっとも強力な鎮痛剤の一つです。ごくわずかでも体内に注入されると、呼吸筋が麻痺して、最終的に窒息死に至ります。このように窒息死したために、検視官は惑わされたのです」

「被害者の血清を少しだけハツカネズミに注射します」

ケネディは、ぼくが見かけたあの箱からネズミを一匹取り出して、血清を注射した。軽く刺されたせいか、ネズミは瞬き一つしなかった。だがぼくたちの目の前で、ネズミの生命力は静かに失われていった。痛がることも暴れることもなく、ただ静かに呼吸が止まったように見えた。

次にケネディはテーブルにあった瓜を手にすると、皮を覆っている甘草《カンゾウ》のような黒い物質をほんの少しナイフでこそぎ取った。それをアルコールに溶かし、殺菌消毒した注射に入れ、別のネズミで同じ実験を繰り返した。すると、血清を注射された最初のネズミと同じ反応が起きた。

マリアン・ウェインライト嬢がわずかに嘆息をもらしたが、それ以外は誰も感情を表さなかったように思う。マリアン嬢が嘆息したのは、同情からか罪悪感からか、どちらからだろうとぼくは疑問に思った。

全員がクレイグの実験に心を奪われていた。ノット医師などは、矢継ぎ早に質問を浴びせかけた。

「ケネディ教授、質問させてほしい。最初のネズミが二番目のネズミと同じように死んだことは認めるとして、両方の毒物が同じだったとどうやって証明するつもりですか。仮に同じ毒物だとして、人間にも同じ反応が出ると証明できますか。被害者の血液から見つかった毒物は致死量に足りていたのですか。最後の疑問はまだ取っておきますが、あなたは昨日うちの診療所でエーテルを加えて黒い沈殿物を発生させた。それがこの毒物と同じだと確信できるのですか。これのせいで被害者が窒息死したと、どうしてわかるのですか」

その質問に対するクレイグの静かな答えは、ぼくの度肝を抜くものだった。「被害者の血液から毒素を分離して抽出し、殺菌して、自分に注射してみました」

ぼくたちはかたずをのみ、食い入るようにクレイグを見つめて、耳を傾けた。

「犠牲者の血液サンプルから、合計で六〇ミリグラムの毒物を採取できました」とケネディは続けた。「まずは、試しに二〇ミリグラムを右腕に注射しました。それから一〇ミリグラムずつ接種して、三〇ミリグラム、四〇ミリグラムへと達しました。頭がぼうっとして軽いめまいがしました。体が非常にだるくて、ひどい頭痛がなかなか収まらなかったものの、それ以外に目立った症状はありませんでした。五〇ミリグラムに達すると、これらの症状がさらにひどくなりました。耐えられないほどのめまいと倦怠感を覚えました。そして血液サンプルから採取した全量、六〇ミリグラムに達しました。今日の午後この研究室で私は、命の危険にさらされたのです。私は非常に興奮していたし、体調もすぐれなかった。この事件の捜査で疲れていたのに、これほどの量を一日で投与したのは間違いでした。それはともかく、五〇ミリグラムを打った後の、最後に打った一〇ミリグラムが恐ろしく強力でした。もう一〇ミリグラム投与していたら、私はもう二度と実験できない体になっていたでしょう。注射して三分もしないうちに、めまいと意識障害がひどくなって、歩けなくなりそうだと感じました。間もなく体中がだるくなり、呼吸も困難になったため、私は歩くなり、腕を振るなり、とにかく体を動かさなければと思いました。肺がふさがったみたいになり、胸筋も動こうとしませんでした。視界ではあらゆるものが漂っていました。研究室のなかをもたつきながら歩きまわり、床に倒れないよう、テーブルの端をつかみました。息苦しい状態が何時間も続いたように感じました。ナイアガラのそばにある風の洞窟での体験を思い出しましたよ。息を吸おうとしても水ばかり入ってきた時のことをね。腕時計で確認したところ、ひどく苦しかったのはわずか二十分ほどでした。ですがあの二十分は一生忘れられないでしょう。皆さん、万が一こんな愚かな実験をやりたくなっても、接種量は五〇ミリグラム以下にとどめておくことをお勧めします。

ノット先生、被害者に何グラムが投与されたのか、私にはわかりませんが、私の摂取量よりもずっと多かったに違いありません。この血液サンプルから私が採取したのは、わずか六〇ミリグラム。ですがその効力はおわかりいただけたでしょう。これでご質問の答えになっているかと思います」

ノット医師は圧倒されて返事ができないでいた。

「では、この生死に関わる毒物は何でしょうか?」ぼくたちの考えを読み取ったかのように、クレイグが続けた。「幸運にも、アメリカ自然史博物館でサンプルを入手できました。この毒物はよく小さい瓜やひょうたんに付着しています。これは瓜に付着していたものです。瓜の皮にこびりついている黒っぽくて剝がれやすいこの物質。まるで液体を瓜に注いで乾かしたみたいに見えますね。実際にこの物質は、秘密の製法に従って長期間かけて作られているのです」

クレイグは全員に見えるよう、瓜をテーブルの端に置いた。ぼくは見るだけで怖くなった。

「かの有名な探検家、ロベルト・ショムブルク卿がこれを最初にヨーロッパに持ち込み、ダーウィンが文書に残しました。今や商品として出まわり、米国薬局方では薬として登録されています。もちろん使用されるのはごく微量で、強心剤として用いられています」

クレイグは一冊の本を手にして、印を付けたページを開いた。

「この部屋にいる少なくとも一人は、私がこれから読み上げる話の特色をよく理解できるでしょう──この毒物によって、どのように死に至るかをお話しします。ある日、ある地方に住む二人の先住民が一緒に狩りに出かけた。吹き矢と、焦した竹にこの成分を浸して作った毒矢を筒一杯持って武装していた。一人が獲物に向けて毒矢を放った。矢は頭上の獲物に命中せず、木をかすめて、猟師の上に落ちてきた。そしてどうなったかを、もう一人の先住民が次のように話しています。『クアッカは、肩から毒矢を黙って引き抜く。それを矢筒に入れて、川に投げ込む。息子にと私に吹き矢を渡す。妻と村人たちにさよならと伝えてくれ。それから彼は横たわる。舌はもうしゃべらない。目は見えない。腕を組む。ゆっくり向きを変える。口は動くが声はない。彼の胸に手を置く。速く打ってたのが、ゆっくりになる。ウラーリのせいでクアッカはもう二度と矢を放てない』」

ぼくたちは互いに顔を見合わせた。その物質の恐ろしさがじわじわと身に染みてくる。ウラーリ。何だそれは？　この部屋には、南米や毒物の本場である東洋に行ったことがある人が何人もいた。この毒物に遭遇したのは誰なのか。

「ウラーリ、もしくはクラーレ」クレイグがゆっくりと発音した。「これは、オリノコ川上流に住む南米の先住民が矢に塗る毒物として知られています。主な毒源はマチン科のストリクノス・トクシフエラで、この木からはホミカと呼ばれる生薬も取れます」

ぼくは突然わかった気がした。慌てて振り返ると、ヴァンダーダイクが、ラルストン夫人の隣でやや隠れるように座っていた。ヴァンダーダイクの凝視する目と不自然な呼吸から、彼がケネディの意図を察していることがわかった。

「まずいぞ、ケネディ」ぼくはあえいだ。「吐き薬を、速く――ヴァンダーダイクが」

ヴァンダーダイクがかすかに笑みを浮かべた。おまえたちには邪魔させないぞと言わんばかりだ。

「ヴァンダーダイク」クレイグが名前を呼んだ。その声には、穏やかだが容赦ない響きがあった。「ローラ・ウェインライトとジョン・テンプルトンと最後に会った訪問客はあなたですね。あなたが毒矢を放ったかはわかりません。だが、犯人はあなただ」

ヴァンダーダイクは同意するかのように片手を上げた。その手が力なく落ちた時、青いラピスラズリの指輪が見えた。

ラルストン夫人がヴァンダーダイクに飛びついた。「何とかならないの？　解毒剤はないの？　彼を死なせないで」と夫人が金切り声を上げた。

「おまえが殺したんだ」まるで最後の答えを要求するかのように、ケネディは繰り返した。

ヴァンダーダイクは白状するかのように片手を挙げ、弱々しく指を動かした。指にはまった指輪がきらりと光った。

ぼくたちは皆、ヴァンダーダイクを見ていた。誰にも見られないうちに、ラルストン夫人はテーブルに歩み寄って瓜を手にした。オコーナーが止める前に、夫人は瓜を覆っている黒い物質を舌でこすり取った。オコーナー警視がすぐに瓜を奪い、窓を割りながら外へ投げつけたため、夫人が口に含んだのはほんのわずかで済んだ。

「ケネディ」オコーナー警視が取り乱した様子で叫んだ。「ラルストン夫人があれを口に含んだぞ」

ケネディはヴァンダーダイクを凝視していたため、ぼくは同じ言葉を繰り返した。

ケネディはこちらを見ずに、口だけを動かした。「ああ、飲み込めるさ。奇妙な話だが、大量に飲んでもたいして効かないんだよ。ラルストン夫人は、この毒のことを噂程度でしか知らないのだろう。知っていたら、あれで体をひっかいたはずだ、口に含むのではなく」

クレイグはヴァンダーダイクの異変に前もって気づかなかったかもしれないが、告白がなされた今、彼は全力で行動していた。ヴァンダーダイクが床に倒れるや否や、クレイグはぼくが今日の午後に見た装置を取り出した。

「ちゃんと備えてあります」クレイグは素早く説明した。「これは人工呼吸器です。ノット、ゴムの漏斗を鼻にかぶせ、酸素ボンベを開いてください。舌が喉をふさいで窒息しないよう、舌を前に引っ張って。私は腕を処置します。ウォルター、ハンカチを止血帯代わりにして、左腕の筋肉にきつく巻き付けてくれ。これで腕に侵入した毒素が全身にまわるのを防げるだろう。人工呼吸。処置方法はこれしかない」

ケネディはヴァンダーダイクを救おうとあらゆる手を尽くし、おぼれた人に応急手当をするのと同じ要領で動いた。ラルストン夫人はヴァンダーダイクの側に膝をつき、ケネディが手を休めるたびに、彼の手と額にキスして、静かに涙を流すのだった。

「スカイラー、かわいそうに。どうやって二人に毒を盛ったのかしら。あの日、私は彼と一緒だった。彼が車を運転していて、ウィリストンを通りがかった時、彼が少し車を止めて、テンプルトンにおめでとうと言いたいって言い出した。変だとは思わなかったわ。スカイラーはもうローラ・ウェインライトのことを何とも思っていなかったし、テンプルトンが私たちに敵対したのは、弁護士としての任務を果たしただけだったし。私たちを訴えたジョン・テンプルトンを私は許したけど、スカイラーは許せなかったのね。ああ、かわいそうなあなた。どうしてあんなことを？　私たち、どこかへ行って、また一からやり直すことだってできたじゃないの――今までと同じように」

ヴァンダーダイクのまぶたがけいれんして、一、二回自発呼吸が起きた。意識も取り戻したようだ。最後の力を振り絞って片手を上げて、自分の顔をゆっくりとひっかいた。それで疲れ切ったのか、がくりと腕が落ちた。

ヴァンダーダイクは、こうして自らを法の手の届かない所へと押しやった。止血帯では、顔のひっかき傷から侵入した毒を封じ込めることはできない。生気のない目の奥で、意識はあったし、耳も聞こえていたが、動くことも話すこともできなかった。声は失われ、手と足、顔、胸、そして最後に目が動かなくなった。自分の体の器官が一つ一つ死んでいき、生きたまま棺桶に入れられたみたいに遮断されていくのをつぶさに観察する――これよりも心理的に恐ろしい拷問があるだろうか。

ぼくは、ヴァンダーダイクの顔にあるひっかき傷をまじまじと見た。「どうやってつけたんだ？」

クレイグは慎重にヴァンダーダイクの指から瑠璃の指輪を抜いて、調べた。そして青いラピスラズリを囲む金属部分を指さした。そこには隠れるようにして小穴があった。奥には毒とバネが仕込まれていて、持ち主が誰かと握手すると、相手に致命的なひっかき傷をつけられる仕組みだ。

この毒入り指輪をはめた手と、一度握手を交わしたことを思い出して、ぼくは身震いした。この毒はテンプルトンとそのフィアンセを殺し、今やヴァンダーダイク自身をも死へと追いやったのだ。

自然発火

週末をアトランティックシティで過ごすために、ケネディとぼくは早起きした。ケネディがぶつぶつ言いながら旅行かばんの革ひもを締めつけたときのことだ。ドアが開いて電報配達人が顔を覗かせた。

「こちらはケネディさんの家でしょうか？」

クレイグはじれったそうに鉛筆を手にすると、受取人名簿に署名して、夜間電報の封を開けた。ケネディが押し黙っている様子から、ぼくは嫌な予感がした。ぼくはアトランティックシティを歩きまわるのを楽しみにしていたが、電報配達人の登場によって、今週はボードウォークに行けそうにないと予感していた。

「残念ながら旅行は中止だ」ケネディが真顔で言った。「大学でうちのクラスにいたトム・ラングリーを憶えているか？　これを読んでみてくれ」

ぼくは安全かみそりをおいて電報を受け取った。トムは文字数を節約しようともせず、その長さを見ただけで、何か重要なメッセージに違いないとわかった。電報はアディロンダック山脈のキャンプ・ハングアウトから送られてきていた。

「親愛なるK」冒頭から費用を気にしていないのがわかる。

「この電報を受け取ったらすぐに列車で来てくれないか？　ルイス叔父さん死亡。謎多し。昨夜眠った後、家のなかで異臭あり。気にしなかったが、今朝叔父が居間の床の上で倒れていた。頭と胸部は燃え尽きていたが、腕と下半身は無傷。部屋に火事の痕跡なし。だがすすのようなものが大量に。他に異常なし。遺体近くのテーブルに炭酸水入りのサイフォン、輸入物のジンボトル、ライム、リッキー入りのグラス。遺体は移動済みだが、きみが来るまで部屋は今朝の状態を維持しておく。ジェイムソンも一緒に。来られない場合は連絡を。でもなるべく頼む。費用は気にするな。待っている。トム・ラングリー」

ぼくが急いで電報を読む間、クレイグは苛立たしげに時計を見た。

「急げ、ウォルター」とうとう大声を出した。「今ならエンパイヤステート急行に乗れる。ひげなど剃らなくてもいいさ——ユーティカで下車して、モントリオール急行を待つ間に剃ればいい。さあ、残りの荷物を旅行カバンに入れて。列車の中で何かを食べよう——食べられるといいけど。行くと電報を打つよ。鍵をかけ忘れないように」

ケネディはすでにエレベーターに向かおうとしていた。ぼくは海だの桟橋だの楽隊だのローリングチェア（車椅子に乗り、人に押してもらいながら桟橋などをまわること）だのに後ろ髪を引かれながら、とぼとぼとついていった。

たっぷり十時間かけてキャンプ・ハングアウトに一番近い小さな駅まで行き、そこから馬車で二時間以上かかった。何しろ時間はたっぷりあったため、叔父の死がトムと妹にとって何を意味するのか、あれこれと思いをはせた。亡くなったルイス・ラングリーは結婚をきっかけにトムと妹のグレイスと親戚関係となったが、妻の死後、ルイスは二人の保護者になった。ぼくの記憶では、ルイス・ラングリーはニューヨークとロンドンでも有数の奔放なクラブの会員だったと言われていた。だが、ケネディもぼくも世間の評判など気にしなかった。というのも、大学時代にルイス・ラングリーがトムに実に良くしているという話を聞いたし、トム本人からも、ルイスが妹をかわいがってくれると聞いたからだ。実際に、ルイスはトムにラングリーの姓を名乗らせたうえに、実の子のように二人に接していた。

トムはしゃれた馬車で駅まで迎えにきてくれた。ということは、キャンプ・ハングアウトはその名の通りの〈キャンプ〉ではなく、アディロンダック山脈にある豪華なロッジなのだろう。トムは心からうれしそうにぼくたちを迎えてくれたが、その表情からこの事件で悩んでいることが読み取れた。「トム、心からお悔やみを――」クレイグが口を開くや否や、トムは警戒するような目で好奇心丸出しの群衆を見た。列車の時間に合わせて、大勢の人が集まってきていたのだ。ケネディは口をつぐんだ。トムが馬車の準備を整える間、ぼくたちは黙って立っていた。

馬車が出発して角を曲がり、小さな駅と見物人たちが見えなくなると、最初にケネディが話しはじめた。「トム。最初に言っておきたいことがある。キャンプに着いたら、ぼくたちは古くからの級友で、悲劇が起きる前から数日間遊びにくることが決まっていたことにしてくれ。理由は何でもいい。きみは疑われてはいないと思うが、こうすれば誤解を招くこともない。いずれにせよ、安全策を取ろう――後できみが疑われるといけないし、誰かに不快な思いをさせないようにしよう」

「ぼくもそう思うよ」とトムが同意した。「新聞記者にかぎつけられないよう注意しろって、オルバニーから電報をくれただろ。残念ながら手遅れでね。地元の警官はぼくたちに気づかってくれたけど、サラナクの人々はすでに気づいてるんだ。今朝、ニューヨークの《レコード》紙の記者がやってきたから、対応したんだよ。断るわけにはいかなくてね――何を書かれるかわからないし」

「なんてこった」ぼくは思わず大声を上げた。「《スター》紙では、ほんの数行の記事に抑えておこうと思っていたのに。《レコード》紙は低俗な記事を書くだろうから、それを打ち消すような記事をうちで書こう」

「そうだな」とクレイグが同意した。「だが、待てよ。まずは《レコード》紙の記事を見ようじゃないか。《スター》紙の本社はきみがここにいることを知らないんだから。まだ記事は書かずに、じっくり現場を見よう。できれば真実を究明して、正しい記事を書けばいい。どっちにしても記事は出る。仕方がない。すぐに取りかからないとね。トム、親戚以外にキャンプには誰がいるんだ？」

「ちょっと待てよ」トムは言葉を選びながら慎重に答えた。「ルイス叔父は兄のジェイムズと甥のジェイムズ・ジュニア——ジュニアと呼ばれてる——と姪のイザベルを連れてきた。あとはぼくと妹のグレイスと遠い親戚のハリントン・ブラウン。ああ、それから叔父のかかりつけ医のパトナム医師もだ」

「ハリントン・ブラウンというのは？」クレイグが訊ねた。

「ラングリー家の別の血筋、ルイス叔父さんの母方の人だ。グレイスは、ハリントン・ブラウンがイザベルに夢中だと言っている。彼は結婚相手としては申し分ない人物だよ。もちろん裕福ではないが、家柄がいいからね。それにしてもね、クレイグ」トムはため息をついた。「まったく。ルイス叔父が無茶するからこんなことに。実は叔父は、昨冬にニューヨークでお酒を飲み過ぎて養生中だったんだよ。なのに、なぜジム叔父さんを招いたのか？　ああ、きみは知らないのか。でももうわかっただろう？　ルイス叔父さんはジム叔父さんと会うたびに、ひたすら杯を交わすんだよ。パトナム医師も眉をひそめていたって言ってた。でもねクレイグ」まるで誰かに聞かれるのを用心するかのように、トムは声を低くした。「みんな似たり寄ったりだよ。ルイス叔父さんが飲み過ぎて死ぬのを待ってた。まったく」トムは苦々しそうに言った。「そんなわけで、ぼくは親戚連中が好きではなくなったんだ」

「その日の朝、叔父さんを発見したときの様子は？」ケネディが、まるで家族の秘密を他人に打ち明けさせるかのように訊ねた。

「そこはこの事件のなかで一番つらいところだ」とトムが答えた。夕暮れのなかで、トムの顔がゆがむのがわかった。「ルイス叔父さんは大酒飲みだったが、醜態をさらすことはなかった。午後はみんなで湖に行って、ずっとモーターボートに乗って釣りをしていた——といっても、二人とも何度も酒入りのポケット瓶を寄こせと言っていたよ。ポケット瓶のことを〈エサ〉と呼んでね。夕食の後もシャンパンとリッキー（ライムジュース・炭酸水にアルコール飲料をまぜた飲物）三昧だったよ。ぼくはうんざりして、ちょっと読書をした後寝室へ行った。ハリントンと叔父たちにパトナム先生も加わり、さらに数時間ほど飲んだとジム叔父さんが言っていた。それからハリントン、パトナム先生、ジム叔父さんが寝室へ引き上げた、ルイス叔父さんはまだ飲んでいたらしい」

「夜に目が覚めると、家中がへんなにおいで充満していた。あんなにおいは一度もかいだことがないよ。それで起き出してバスローブを羽織ったんだ。廊下でグレイスに会った。やっぱり鼻をくんくんかいでたよ」

「『何かが燃えるようなにおいがしない？』と訊かれた」

「『ぼくもそう思う』と答えて、階下へ見に行ったんだ。真っ暗闇のなか、家中にそのにおいが漂っていた。階下の部屋はすべて開けてみたけど、何も見えなかった。キッチンとダイニングルームは異常なかった。リビングルームも見たよ。においはリビングが一番強かったけど、暖炉の残り火以外には火の形跡がなかった。その晩はちょっと寒くて、薪を数本燃やしたんだ。リビングのなかはきちんと調べなかった——不審に思わなかったからね。ぼくたちはそれぞれの寝室へ戻った。そして翌朝、むごたらしい遺体が見つかった。その前夜、リビングの暗闇と陰が邪魔でぼくが見つけそびれたものだ」

ケネディは熱心に聞いていた。「見つけたのは誰だい?」

「ハリントンだ。そしてぼくたちを起こしにきたんだ。ハリントンは、ルイス叔父さんの体に葉巻の火が燃え移ったと考えている——黒焦げになった葉巻の吸いさしが床の上にあったからね」

トムの親戚は、突然の悲劇にみな言葉少なく悲しげだった。ケネディとぼくは邪魔したことを心から謝ったが、すぐさまトムが遮った。そして申し合わせ通り、トム自身がどうしても来てほしいと頼んだのだと釈明した。頼れる古い友人だし、何と言っても新聞で正しい記事を書いてもらうことができるのだから、と。

クレイグは、一族のなかに遠慮のような空気があるのに気づいた——ぼくならその空気を疑惑と呼んだだろう。彼らは今回の出来事を、事故か事件かどうとらえるべきか判断に迷っているようだった。そしてそれぞれが各々に対してよそよそしく振る舞い、居心地の悪い雰囲気が漂っていた。

ニューヨークに住む弁護士にも知らせたが、出張中なのか、一度も連絡はきていなかった。彼らは弁護士からの連絡を待ちわびているように見えた。

夕食が終わり、めいめいがばらばらに退散したため、トムが事件の現場となったリビングルームを見せてくれた。もちろん遺体は移動されていたが、それ以外はハリントンが悲劇を目にしたときのまま保存されていた。遺体は控えの間に横たえられていた。ぼくは見なかったが、ケネディは控えの間に入って遺体を検証した。

リビングに戻ってきたケネディは、次に暖炉を調べた。暖炉のなかは事件の晩に焚かれた薪の燃えかすでいっぱいだ。ケネディは暖炉からルイス・ラングリーの椅子までの距離をメモし、椅子の塗料にあぶくすらできていないとコメントした。

ケネディは椅子の前にある、遺体が発見された床を指さした。奇妙な燃えかすとそのまわりに何かの痕跡があった。燃えかすよりもその痕跡に興味を抱いているように見えた。

リビングの調査には三十分ほど費やしただろうか。ケネディが突然作業をやめた。

「トム。ここから先の作業は、日光が射してから続行するよ。この明かりでは確かなことは言えないからね。もっとも、照明の明かりは日光では見えないものを見せてくれるけれどね。朝までこのままにしておこう」

部屋に再び鍵をかけると、ぼくたちは廊下を隔てた向かいにある書斎のような部屋へ移動した。

みんなが押し黙ったままこの謎に思いをはせていたとき、電話が鳴った。ニューヨークからトムあてにかかってきた長距離電話だった。弁護士からだった。弁護士は、ロングアイランドの自宅でニュースを聞きつけ、財産管理の手続きをするために慌ててニューヨークに戻ったのだ。だが、電話を終えて戻ってきたトムが深刻な表情を浮かべていたのは、そのためではなかった。

「叔父の弁護士、クラーク&バーディック法律事務所のクラーク弁護士からだった」とトムが言った。

「クレイグ、ラングリー邸を憶えているかい？　クラーク弁護士が屋敷のオフィスにある叔父の金庫を開けたそうだ。ラングリー家の相続人が受け継ぐ財産はすべて、保管人によって管理されているんだよ。だが、保管されているはずの場所に遺書がないと言うんだ。遺書は以前に金庫にしまったはずなのに。写しは取っていないそうだ」

その話の意味することをすぐに察知したぼくが、トムに同情の言葉を述べようとしたとき、クレイグとトムが視線を交わしていることに気づいた。二人はその意味することを察知し、互いの気持ちを理解しているのが見て取れた。遺書がなければ、ラングリー家の財産のなかでルイス・ラングリーの所有分はすべて、血族が受け継ぐことになる。トムと妹は無一文になるのだ。

夜も更けてきたが、ぼくたちはさらに一時間近く座っていた。その間はほとんど会話を交わさなかったように思う。クレイグは物思いにふけっているように見えた。大きな壁時計が十二時を告げると、まるでそれが合図だったかのようにぼくたちは立ち上がった。

「トム」とクレイグが口を開いた。その声は思いやりの気持ちであふれていた。「トム、安心しろ。人間の知性でこの謎が解けるのならば、私が解こう」

「きみなら解けるよ、クレイグ」そう言うと、トムはぼくたちの手を握った。「だからこそきみたちを呼んだんだよ」

翌朝早くにぼくはケネディに起こされた。「さあ、ウォルター、一緒にリビングへ行こう。日中のうちに調べないと」

ぼくが慌てて着替えると、二人で静かに階下へ降りた。ケネディはまず不運な男が発見された場所から取りかかると、ルーペを使って床をつぶさに調べてまわった。何度も止まっては、フローリングやラグについたしみを熱心に調べている。そしてナイフの刃で何かをこそぎ落としては、それを注意深く別々の紙にしまった。

やることもなく座りながら、ぼくはここでどう役に立てばいいのかがわからず、それを口に出した。

ケネディは静かに笑った。

「きみは重要な目撃者なんだぞ、ウォルター。将来私がこれらの証拠をここで見つけたと証言する際に、きみが必要になるんだよ」

ちょうどそのとき、トムが顔を覗かせた。「手伝おうか？　こんなに早くから取りかかるって、どうして言ってくれなかったんだ？」

「いや、大丈夫だ」クレイグは床から立ち上がった。「私がかぎまわっていると誰かに不審がられないよう、みんなが起きてくる前に詳しく調べたかったんだよ。調査は済んだ。でも、きみには協力してもらわないとね。ところで、事件の晩みんなが何を着ていたか正確に思い出せるかい？」

「ああ、やってみよう。まず、叔父は狩猟服を着ていた――ご存じのように、燃えてひどい有様になってしまったけれどね。ああ、そうだ。みんな狩猟服を着ていたんだ。女性はみんな白のドレスだった」

クレイグはちょっと考えていたが、服装についてまだ何かひっかかっているようだ。と、そこへトムが自ら、あの悲劇が起きてから誰も狩猟服を着ていないのだと言った。

「みんな外出着を着ているんだよ」

「今日の午前中に一、二時間ほどでいいから、きみの叔父のジェイムズといとこのジュニアを湖に行くなり、森のハイキングに行くなりして連れ出してくれないか？」少し考えた後、クレイグが言った。

「それはちょっと」トムが困ったように言った。「ルイス叔父さんの遺体をニューヨークへ輸送する手続きをしに、サラナクへ行かないと」

「それでいい。二人にも一緒に来てもらうんだよ。私が一、二時間ほど邪魔されずに作業ができるなら、理由は何でも構わない」

二人ともサラナクへ行くことに同意してくれた。その頃にはほぼ全員が起きてきて、食卓についた。またしても黙りこくった疑心暗鬼な雰囲気のなかで食事を取ることになった。

朝食が済むと、ケネディは如才なく家族から離れ、ぼくもその後に続いた。ぼくたちは馬小屋へ歩いていき、何頭か見事な馬を見て賞賛の声を上げた。馬丁《ばてい》は分別があって愛想が良くて、実に話しやすい人物だった。間もなくクレイグと馬丁は北部の野生動物について熱心に話し込んだ。

「野ウサギはたくさんいるのかい?」大きい野生動物について話が尽きると、クレイグが馬丁に訊ねた。

「ええ、今朝も一匹見ましたよ」

「本当に? 私のために数匹ほど捕まえられないかな?」

「できると思いますよ――生きたまま捕らえるってことですか?」

「ああ、生きたままで。でも狩猟法に違反するようなことはしてほしくない。今は禁猟期だろう?」

「禁猟期ですが、この敷地内なら大丈夫です」

「今日の午後に持ってきてくれないか――いや、やはり馬小屋のケージに入れておいてくれ。捕まえたら私に知らせてほしい。誰かに何か質問されたら、トムのウサギだと答えてくれ」

クレイグが紙幣を一枚馬丁に渡すと、馬丁は笑みを浮かべて帽子のつばに手をやって頭を下げた。

「これはどうも。野ウサギを捕まえたら、知らせますよ」

馬小屋からのんびり歩きながら屋敷へ戻る途中で、トムが叔父といとこと一緒にボートハウスへ向かうのが見えた。モーターボートに乗って出発するところだった。クレイグが手を振ると、トムがこっちへやってきた。

「サラナクで試験管を一ダースほど買ってきてくれないか。だが、試験管を買ったことを、この家の誰にも知られないようにしてくれ。あれこれ訊かれるだろうから」

ボートが行ってしまうと、ケネディはジェイムズ・ラングリーの部屋に忍び込んだ。数分後には、狩猟服を持って部屋に戻ってきた。狩猟服をルーペで入念に調べている。その後、一度沸騰させた湯をコップに注ぐと、食卓塩を数つまみほど加えた。パトナム医師の薬箱から滅菌処理済みのガーゼを一枚取ってコップの湯に浸すと、ガーゼでコートの何カ所かをぬぐって、コップの水に漬けた。それからコートをクローゼットに戻しにいった。次に、こっそりとジュニアの部屋に侵入して狩猟服を取ってくると、別のコップとガーゼを用意して同じプロセスを繰り返した。

「ウォルター、私が部屋から出ている間に、二つのコップにふたをして、番号を振り、紙切れにジャケットの持ち主の名前を書いて持っておいてくれ。こんなことはしたくない――こそこそせずに堂々とやりたいが、他に方法がない。いろいろ考えると、今は秘密裏に進める方がみんなにとってもいいからね。よけいな疑惑を抱かせたくない。私のせいで家族の間で口論が起きたら、私は自分を許せないだろう。とはいえ――いや、やっぱり様子をみよう」

ぼくがコップに番号を振って紙にメモすると、ケネディが戻ってきた。ぼくたちは再び一階へ行った。

「遺書のことが気にならないかい?」広いベランダで立ち止まったときに、ぼくが訊ねた。

「ああ」とケネディが答えた。「事件を解決する前に、遺書を調べにニューヨークへ行かなければならないかもしれない。できれば行きたくないがね。様子を見よう」

そのとき、馬丁がやってきて野ウサギを捕まえたと報告してきた。ケネディは急いで馬小屋へ向かった。馬小屋に着くと、袖をまくり上げ、腕の静脈に注射を刺して血を抜き取ると、一匹の野ウサギに自分の血を少量注射した。もう一匹の野ウサギには触れなかった。

午後遅くになって、トムが叔父といとこと一緒に町から帰ってきた。普段よりも興奮しているように見える。トムは黙ったまま急いでボートを降りると、ぼくたちを見つけてやってきた。

「これをどう思う?」トムは興奮した様子で言うと、《レコード》紙を開いて書斎のテーブルに広げた。

新聞の第一面に掲載されていたのは、ルイス・ラングリーの写真と大きな見出しだった。

自然発火による謎の事件

「全部出てしまった」ぼくたちが記事を読もうと身を乗り出すと、トムがうめき声を上げた。「おまけにその内容ときたら!」

前日の日付の新聞で、サラナクの通信員は次のように書いていた。

銀行家の故ルイス・ラングリーの長男にして、ギャンブル愛好家、かつニューヨークのクラブの会員として名高いルイス・ラングリーが今朝亡くなっていることがわかった。その遺体は、サラナクからわずか十二マイル離れたキャンプ・ハングアウトで、実に不可解な状況下で見つかった。

チャールズ・ディケンズの『荒涼館』に登場する自然発火により死亡するクルック氏も、イギリス人作家マリアットの冒険小説に出てくる悲劇的な登場人物も、実際におきたこの事件に比べればまだましと言える。今回の事件も明らかに人体自然発火によるものだ。人体自然発火現象は、この二百年の間に医学や法医学の教科書にも記録されている。本紙の取材を受けて、サラナクの科学者たちは、ごくまれではあるが人体発火現象は現実に起きていると認めた。彼らはさらに、アメリカやヨーロッパでは人体自然発火現象として正式に認められている事件が何件もあり、この事件もそのリストに加わるだろうと語った。遺族はインタビューを拒否したが、このことからもサラナクの医療関係者たちの噂は単なる噂にとどまらないと考えられる。

続いて、ラングリーの人生と、遺体の発見に至るまでの経緯が書かれていた。状況の説明は正確だが、かなりの脚色が施されている。

「《レコード》紙の記者め、ここで実りの多い時間を過ごしたようだな」特報を読み終えたぼくは皮肉を言った。「それから、この記事を完璧なものに仕上げるために、ニューヨークでかなりの取材を行ったに違いない。見てくれ。通信員の記事の後にいろんなインタビュー記事が続いているし、ここには自然発火に関する短い記事まで載っている」

そこへ、ハリントンとラングリー家の一同がやってきた。

「《レコード》紙に記事が載ったんだって?」ハリントンが訊ねた。「先生、みんなにも聞こえるよう、声を出して読んでくれないか?」

「『人体自然発火現象とは、人間科学における実に不可解な現象の一つである』」ケネディが読みはじめた。「『実際、不可解で奇妙な形で人間が発火し、体の一部またはほとんどが燃えてしまうのである』一説には、炭化水素などの体内にたまったガスが原因だと言われている。以前パリのオテル・デュー病院で、切断した人体から引火性のガスが発生して青い炎が燃え上がったと言われている。他にも、アルコールが原因で発火するとの説もある。数年前にニューヨークのブルックリンに住んでいた大酒飲みの男は、金網に息を吹きつけるだけで火をつけることができ、それで見物人からお金をもらっていた。原因が何であれ、医学文献にはこの二百年間で七十六件もの自然発火の症例が記録されている。

『発火現象は突然起きるうえに、空洞がある部分に集中するようだ――たとえば腹腔、胸腔《きょうくう》、頭腔《とうくう》など。通常、引火した人はあちこちへ逃げ惑った末に力尽きて倒れ込み、四肢は火傷を負い、服はすべて燃える。他方で人体自然発火現象の場合は、予期せぬ形で引火し、四肢はほとんど火傷を負わず、服も頭部と胸部に接している部分だけが燃える。残留物は動物の組織を抽出したものに似ていて、ひどい悪臭を放つ黒っぽい塊となる。被害者は火力の弱い青い炎で燃えたと言われており、水をかけると発火現象は収まるどころか、かえって火の勢いが増すようだ。ジンには燃えやすい焦臭性のオイルがたくさん含まれている。ほとんどの人体自然発火現象は、老齢で肥満気味のジンの愛飲家で起きているると記録されている。この数年間も何件かの事例が記録されており、人体自然発火現象は定着しつつあるようだ。そのうちの一例では、かなりの高温によって、被害者のポケットのなかにあったピストルが暴発した。別の例では女性にこの現象が起き、夫は煙で窒息死した。被害者女性は生前の体重は八十一キロだったが、その亡骸はわずか五キロだった。いずれの症例も、人体自然発火現象によるものであることに疑う余地はない』」

クレイグが読み終わると、ぼくたちは呆然とし、おののいて互いの顔を見合わせた。そんな恐ろしいことが本当に起きるのだろうか。

「教授はどう思いますか？」沈黙を破って、ジェイムズ・ラングリーが訊ねた。「そのような事件の記事を読んだことはありますが、実際に起きるなんて――それもぼくの兄に。ルイスがそのような恐ろしい現象で亡くなったと思いますか？」

ケネディは返事をしなかった。ハリントンは物思いにふけっているようだ。その光景を思い描き、みんなが身震いした。だが、陰惨な話ではあるものの、《レコード》紙に掲載されたその記事のおかげで、家族はある意味ほっとしてもいた。少なくともこれで事件の一つの解釈がなされたからである。みんなが互いに抱き合っていた疑惑の念がきれいにぬぐい去られるのがわかった。

みんなが部屋を出て行くまでトムは黙っていた。「ケネディ」みながいなくなった途端に、トムは感情を露わにした。「そのような発火が本当に自然現象で起きると思うかい？　何か発火を引き起こすものがあったはずだと思わないかい？」

「私の意見はまだ言わない方がいいと思うよ、トム」クレイグが慎重に答えた。「さて、今朝きみが叔父といとこを連れ出したみたいに、少しの間ハリントンとパトナム医師を外へ連れだしてくれないか？　この事件について間もなく何かがわかるだろう」

ケネディはハリントンの寝室へ忍び込み、狩猟服を手にして部屋に戻ってきた。前回と同じように、ガーゼを食塩水に浸して、それで狩猟服を慎重にぬぐうと、すぐにジャケットを戻した。同じプロセスをパトナム医師と、最後にはトムの狩猟服でも行った。その後は、彼が背を向けている間に、ぼくがコップにふたをして番号を振って紙切れにメモした。

翌日は、一日がかりでルイス・ラングリーの遺体をニューヨークへ運搬するための準備が行われた。ケネディは、何やら謎めいた化学実験の準備で大忙しの様子だ。ぼくの方はというと、全国から押しかけてくる特派員たちをくい止めるので手いっぱいだった。

その日の晩は、夕食後にボート小屋の向こうにある東屋でみなと一緒に過ごした。湖の岸辺近くにある小さな石の人工島では、蚊よけのために燃やされている青松が煙をはいていた。炎は四方を囲む木を赤々と照らしている。一方にはトム、妹、ケネディそしてぼくが座り、少し離れたところではハリントンがイザベルと熱心に話し込んでいた。他の人々はさらに離れた場所にいた。家族はごく自然な形でグループに分かれていた。

「ケネディさん」グレイスが考え込みながら低い声で話しかけた。「《レコード》紙の記事をどう思いますか？」

「もちろん、非常に優れた記事だと思いますよ」とクレイグが答えた。

「でも、遺書の件は奇妙だと思いませんか？」

「静かに」とトムが小声で注意した。会話を終えたイザベルとハリントンが、こちらの会話を聞いているかもしれないからだ。

ちょうどそのとき、使用人が電報を持ってきた。

トムは急いで電報を開けると、東屋の端っこにある蚊遣り火のそばで電報を熱心に読んだ。弁護士からの手紙だと直感でわかった。トムは振り向くと、ケネディとぼくにこっちへ来いと合図した。

「どう思う？」トムはかすれ声で訊ねた。

ぼくたちは前かがみになると、ゆれる炎の光を頼りに電報を読んだ。

「ニューヨークの新聞はどこも人体自然発火現象の記事でいっぱいだ。《レコード》紙は昨日独占記事を発表し、今日は他の新聞も追随。記事は本当か？　すぐに詳細を知らせたし。遺書の紛失についてもすぐに指示を頼む。金庫にないんだ。ルイス・ラングリーが遺書を持っていった可能性は？　新事実がなければ、遺書が紛失したと発表するか、あるいはルイス・ラングリーは遺書を残さなかったとの声明を出さなければならない。

ダニエル・クラーク」

トムはうつろな目でケネディを見た。それから一人ぽつんと座っている妹に目をやった。トムが考えていることが手に取るようにわかる気がした。欠点はあったが、二人にとってルイス・ラングリーは良き養父だったのだ。だがそれも、遺書がなくなってはもはや無意味だった。

「どうしたらいい？」トムは途方に暮れていた。「返事のしようがない」

「返事ならできるさ」ケネディはそう言うと、電報を慎重に折りたたんでトムに返した。「十五分後に書斎に集まるよう、みんなに伝えてくれ。電報のせいで計画が速まったが、準備はできている。その後でクラーク弁護士に電報を打とう」困惑した様子で集まってくる人々を尻目に、ケネディは大股で屋敷へ歩いていった。

十五分後には全員が書斎に集まった。書斎はルイス・ラングリーの遺体が見つかった部屋から廊下を隔てたところに位置している。ケネディはいつものように単刀直入に切り出した。

「十八世紀の初頭のことです」ケネディがゆっくりと話しはじめた。「女性の焼死体が発見されました。手がかりは何もなく、当時の科学者たちは人体自然発火によるものと考えました。その推測は受け入れられました。というのも、呼吸をすると体の組織が消耗して老廃物を排出しますが、この過程によって体温が保たれるとされているからです。おそらく体熱が体外へ逃れられなくなり、熱がこもって火がついたのだと考えたのです」

期待で身を乗り出して聞いていたぼくたちは、結局《レコード》紙が正しかったのかと身震いした。「さて」ケネディの口調が変わった。「ここでちょっと実験してみましょう――歴史に残るドイツ人化学者、リービヒが行ったあっと驚くような実験です。ここにスポンジがあります。この瓶に入っているジンをスポンジに浸します。このジンは、ラングリー氏があの――ええと、あの悲劇が起きた晩に飲んでいたものです」

ケネディは台所にあったなべにジンがしみ込んだスポンジを入れて、火をつけた。青い炎が立ち上ったが、ぼくたちがじっと見守るなか、アルコールが蒸発するにつれて炎の勢いは弱まっていった。炎が消えた後、ケネディはスポンジを手に取って、ぼくたちに手渡した。水分こそなくなっていたが、スポンジには焦げた形跡すらなかった。

「さて、これでわかりましたね」ケネディが続けた。「発火という現象の性質上、百年前の科学者が考えた方法では、人間の体は自然発火も燃焼も不可能なのです。熱を通さないぶ厚い絶縁体で体を覆うとどうなると思いますか？　大量の汗が出るでしょう。仮に発火現象が起きるとしても、まず体の水分が蒸発しなければなりません。人間の体は七十五％以上が水分でできているため、かなりの高温でなければ発火しません――水分は最強の防衛手段なのです。さきほどお見せした実験は、博物館にある何年もアルコール漬けされた臓器の標本でもできます。スポンジと同じように燃えるでしょう。

アルコールだけが燃焼して、臓器の標本はほぼ無傷で残るのです」

「となると先生、弟はそのような事故で亡くなったのではないと？」ジェイムズ・ラングリーが訊ねた。

「その通りです」とクレイグが答えた。「この現象が長年信じられてきたために、犯罪者が自然発火が原因だなどと言い逃れして、殺人事件の罪を逃れるケースもあるのです」

「では、ラングリー氏の死を説明できるのですか？」とハリントンが訊ねた。「最終的には、葉巻から飛び火したという私の説が正しいのだろうと思いますが」

「今からその話をします」ケネディが穏やかに答えた。「私が疑いを持ったのは、パトナム医師ですら気づかなかったささいなきっかけからでした。ラングリー氏の頭蓋骨は燃えて黒焦げになっていましたが、打撲の跡がありました。頭蓋骨が骨折したのか、あるいは遺体を控えの間に運ぶ間にうっかり傷がついたのかもしれません。しかし、ラングリー氏の舌が突き出ているように見えました。呼吸困難に陥ったか、首を絞められた可能性があります。とりあえず私は推測するしかありませんでした。ところがリビングを調べていたとき、テーブルの近くのフローリングにしみを見つけたのです――小さな丸いしみです。たとえそれが血だとわかっていても、しみから推理する際には注意が必要です。私にはそれが血のしみかどうかわからなかったので、非常に慎重になりました。

ですが、そのしみが血だったと仮定します。その血痕から何がわかりますか？　よくあるような小さな丸いしみ、厚みのあるしみでした。さて、わずか数インチの高さから血が落ちた場合、なめらかな縁をした血痕ができます。とはいえ落ちる高さだけでなく、水滴が落ちた先の表面も重要になります。表面がザラザラしていると、血痕の縁はぎざぎざになります。ですが、今回の床の表面はなめらかで吸水性もありません。吸水性のない表面にあるかわいた血痕の厚みは、その血が落ちた高さと反比例します。今回のは厚みのある血痕です。仮にラングリー氏の身長、すなわち一・八メートルの高さから血が滴ったとすると、薄い血痕ができたでしょう――血は飛び跳ねたでしょうし、血痕の縁はぎざぎざになったはずです。となると、これが血痕だとしたら、わずか三〇～六〇センチの高さから落ちたということになります。次に私は、遺体の下半身に傷や打撲の跡がないことを確認しました。

誰かが血が滴り落ちる体を運んだときにつく血痕は、被害者が自力で動いたときに動脈から流れ落ちてできる血痕とは大きく異なります。私の推理を続けます。仮にあれが血痕だとしたら、何を意味するのか？　明らかにラングリー氏は誰かに重い鈍器で頭を殴られていました。おそらくあの部屋とは別のところで殴られて首を絞められた後、頭から血を流しながら、部屋を横切って暖炉のところへと運ばれたのです」

「ですが、教授」パトナム医師が遮った。「そのしみが血痕だと証明できたのですか？　ペンキか何か他のしみかもしれませんよ？」

ケネディは待ってましたと言わんばかりの表情を浮かべた。

「通常、ペンキは水をはじきます。私はそのしみが水で洗い流せそうだと気づきました。それだけではありません。私はその血で、きわめて精巧なテストを行ったのです。何千年前のエジプトミイラの血ですら反応するほど感度が高い方法です。この方法はドイツの科学者、ウーレンフート博士が考案し、イギリスでは先日クラッパムで起きた殺人事件でこの方法が採用されました。容疑者は、服についたしみはペンキが飛び跳ねたものだと主張しましたが、このテストにより飛び散った血だと判明したのです。ウォルター、野ウサギの入ったケージを持ってきてくれ」

ぼくはドアを開けて、馬丁からケージを受け取った。馬丁は馬小屋から野ウサギの入ったケージを運んできて、離れたところで待っていたのだ。

「これは実に簡単なテストですよ、パトナム先生」ぼくがケージをテーブルに置くと、ケネディはそう言って消毒済みの試験管のパッケージを開けた。「ウサギに人間の血を接種してしばらく置いた後、ウサギから血清を摂取し、それを血液テストの材料として使います」

「一匹の野ウサギには人間の血を注射してあります。このウサギから血清を抜き取って、右側の試験管に入れます。もう一匹の野ウサギは接種しておりません。このウサギからも血清を抜き取り、左側の試験管に入れます――こちらを〈対照実験用〉と呼びます。これを使ってテスト結果の有効性を判断します」

「この紙に包まれているのは、床に残っていたしみを削り取ったものです――乾いた黒っぽい粉末がほんのわずかです。このテストの感度の高さをお見せするために、この粉末の一番小さいかけらを用います。蒸留水が入った三本目の試験管にこの粉末を溶かします。この蒸留水を二等分に分けて、半分を四番目の試験管に入れます」

「次に、未接種の野ウサギの血清の半分をこの試験管に入れます。見てください。何も起きません。今度は接種済みの野ウサギの血清の半分を、もう一方の試験管に入れます。このテストの精度の高さを確認しましょう」

ケネディは身を乗り出し、まるでぼくたちのことなど忘れてしまったかのようにブツブツとつぶやいた。ぼくたちの目も試験管に釘付けになった。

接種済みの野ウサギの血清を試験管に入れると、血の混ざった透明な水溶液にすぐさま乳白色の輪が雲のように現れた。

「さあ」クレイグが勝ち誇ったように試験管を高く掲げた。「これでフローリングについた丸いしみはペンキでも他の何ものでもなく、血であることが証明されました」

誰も何も言わなかったが、この部屋のなかには、この数分間にあれこれと考えた人がいるはずだった。

「血痕が一つ見つかったため、他にもないか探しましたが、血痕があったと思われる場所を二、三箇所見つけただけでした。つまり血痕は注意深く拭き取られていたのです。簡単な作業ですからね。お湯と塩を使うか、お湯だけでも、いや水でも新鮮な血痕なら簡単に消せます――少なくとも表面的にはね。ですがどんなに徹底的に掃除しても、ウーレンフート博士のテストからは逃れられません。拭き取った後だとしてもね。『マクベス』でマクベス夫人は手を洗いながら『消えろ、このしみめ、消えろ』と叫びましたが、現代科学を前にしても同じことなのです。暖炉からリビングのドア付近まで血が滴り落ちたと、私はほぼ確信しています。ですがドアの向こうの廊下には何もありませんでした」

「しかしですねぇ」ハリントンが遮った。「この事件の事実に戻りましょうよ。事実が示しているのは、葉巻から飛び火したという私の推理か、《レコード》紙の人体自然発火現象じゃありませんか。これをどう説明するおつもりですか?」

「あなたがおっしゃりたいのは、頭部が黒焦げになって首と胸腔には火傷があったのに、腕と足は無傷だったことですか?」

「ええ。それに、燃えやすい家具の間から遺体が発見されたのに、家具には飛び火していなかった。

血痕という状況証拠が見つかったことは興味深いが、私には人体自然発火現象の方が可能性が高いように思います。私の推理の次に現実的なのは、自然発火現象なのではないでしょうか」

「《レコード》紙が書き立てたことではなく、これまでに見つかった事実をすべて見直せば、人体自然発火説よりも私の仮説の方が理に適っていると思われるでしょう。私の話を最後まで聞けば、事実はむしろ私の現実的な仮説を裏づけていることがわかります。つまり誰かが激情に駆られるか、あるいは計画的にルイス・ラングリーを殴打し、彼の有様を見て、暴力を振るった証拠を隠そうとした。私がもう一つ発見したことをご説明します」

ケネディはぼくたちの目の前のテーブルにコップを五つ置いた。ぼくが慎重にふたをしてラベルを貼ったあのコップだ。

「次にすべきことは、この家のなかに血痕らしき跡がついた服がないか探すことでした。そのため、全員の部屋に入って皆さんのワードローブを見せていただきました。ですがこの非常事態ではやむを得ません。私はこのような状況下では正義よりも礼儀を重んじる気はありませんから。

テーブルにある五つのコップには、トム、ジェイムズさん、ジュニア、ハリントン・ブラウンさん、パトナム先生が着ていた服についていたしみをぬぐい取ったガーゼが入っています。どのコップに誰のしみが入っているかは言いません——それどころか、私は印をつけただけで、どれが誰のかを知らないのです。ですがジェイムソンのポケットのなかには、印とその所有者名を書いた紙切れが入っています。後は私がこのテストを続けて、ジャケットにあったしみが血痕かどうかを確認するだけです」

そのとき、パトナム医師が割って入った。「ケネディ教授、質問があります。血痕を判別するのは比較的簡単ですが、人間の血と動物の血を区別するのは難しい、いや通常は不可能です。あの日、確か私たちは一日中狩猟服を着ていました。ですが朝に町の獣医が馬小屋で馬の手術をした際、私は助手を務めたのです。その手術で、ジャケットに馬の血がわずかに飛び散ったかもしれません。このテストは馬の血にも反応すると思うのですが？」

「いいえ」とクレイグが答えた。「このテストは反応しません、他のテストは反応するかもしれませんが、これは別です。ですが、人間の血であれば、ほんのわずかでも反応します——アルブミンの含有量が二万分の一グラムにも満たなくてもね。馬どころか鹿、羊、豚、犬から採取した血がわずかに入った液体でこのテストを行っても、水は濁りません。白い沈殿物、すなわち沈降素は生じないでしょう。しかし接種済みのウサギの血清に人間の血がまざった液体を加えると、テストは確実に反応するのです」

部屋のなかは死んだように静まりかえった。ケネディはゆっくりとコップの中身をテストしはじめた。コップの封を破り、接触済みのうさぎの血清を一つずつたらして、変化が起きるのを待った。ぞくぞくする瞬間だった。あの十五分間が記憶に刻まれない人はいないのではないか。ケネディがコップに血清を垂らしていく間、ぼくは「白か黒か、生か死か。どちらなのか」などと考えていたのを憶えている。人の人生があんな小さな証拠にかかっていてもいいのか？　だがケネディは正確で思慮深い。ぼくたちを欺くような人間ではないことをぼくは知っている。このテストの結果は可能性を示すどころか、事実を見せてくれるに違いないのだ。

一番目のコップは反応しなかった。誰かの無実が証明された。

二番目のコップも同じように無色のままだった——もう一人の無実も証明された。

三番目のコップも変化なし。科学は三番目の容疑者も解放したのだ。

そして四番目は——


ぼくのポケットのなかのメモが自然発火しそうに思われた——ぼくの集中力はそれほど高まっていた。コップのなかで、白い沈殿物が持ち主の有罪を主張していた。

「何てこった。乳白色の輪だ！」トムがぼくの耳元でささやいた。

ケネディは急いで五番目のコップに血清を注いだが、コップの水は透明なままだった。

名前のメモ書きが入った封筒に触れたとき、ぼくの手は震えていた。

「血痕のついたジャケットを着ていた人物は」クレイグが厳かに言い放った。「ルイス・ラングリーを殴打し、首を絞めて殺し、瀕死の体を引きずって移動させ、薪の火であぶって殴打の跡を消そうとした人物です。ジェイムソン、このコップのところには誰の名前が書いてある？」

紙切れを見ようと、ぎこちない手つきでようやく封筒の封を開けた。ようやく紙を手にして広げ、コップのところに書かれた名前を見た。だが口が渇いて舌が思うように動かなかった。死刑宣告を読み上げるようで、荷が重すぎた。名前を指さしたまま、ぼくは一瞬どもった。

トムがぼくの肩越しにのぞき込んで、メモを見た。「何てこった、ジェイムソン。名前を読み上げる前に女性を退出させよう」

「必要ない」誰かのだみ声が響き渡った。「財産をめぐってルイスと口論になったんだ。私は借金が限度にまで達していた。それでイザベルが幸せに結婚するまでお金を貸してくれと頼んだのに、断られたんだ。ルイスの遺産がよそ者に分配されてしまう――ハリントン、イザベルを頼むよ、遺産があろうがなかろうがね。じゃあ――」

ジェイムズ・ラングリーがこめかみに自動拳銃を突きつけると、誰かがその腕を捕まえた。ジェイムズは酔っ払いのようによろめき、銃が床に落ちると、ののしった。

「またしくじったか。安全装置を解除しそこねた」

まるで常軌を逸した男のように、ジェイムズは身をひねって逃れると、ドアを蹴破って飛び出して二階へ駆け上がった。「発火現象を見せてやるよ！」ジェイムズが大声を上げた。

ケネディはすぐに後を追い、怒鳴った。「遺書だ！」

ぼくたちはドアを蹴破ってジェイムズ・ラングリーの部屋になだれ込んだ。ジェイムズは暖炉に身を乗り出しているところだった。ケネディはジェイムズめがけて飛び込んだ。かろうじて消失を免れた遺書は、検認裁判所に有効と判断された。

殺意の空

「ベルモアパークで起きた二件の飛行機事故には、どこか不自然なところがある」ある晩、ケネディが考え込みながら言った。その目は、ぼくが自宅へ持ち帰った《スター》紙の最新版の大きな見出しを捉えていた。

「不自然？　不運や悲惨はともかく、不自然は違うんじゃないか。飛行士たちの間では、長く飛んでいれば、やがては命が尽きるという決まり文句まであるぐらいだし」

「ああ、その言葉なら知ってるよ」ケネディがこちらを振り向いた。「だとしてもだよ、ウォルター。事故は二件ともノートンの新しいジャイロスコープ・システムで起きているんだよ。知ってたかい？」

「それがどうしたんだ？　そもそもノートンはジャイロスコープを飛行機に導入すべきではなかったってことだろう？　ジャイロスコープも飛行機も詳しくは知らないけど、同僚たちの会話から察するに、ジャイロスコープは飛行機には向いていないし、飛行機に積むなんてもっての外らしいじゃないか」

「どうして？」とケネディが穏やかに訊ねた。

「専門家の話を聞く限りでは、飛行機には、機体を一定のポジションに保つシステムはいらないらしいんだ。ところが専門家も驚いたことに、あのシステムはある程度は役に立つという――つまり、アクシデントの発生を遅らせることができるのだそうだ。だが、ブラウン飛行士が亡くなった事故があるだろ。飛行機分野に詳しい同僚によると、あの時彼は見事に空中で飛行機を停止させたらしい。要するに飛行機で同じ場所にとどまることができたんだから、ブルックス賞ものだったんだ。その前日のヘリック飛行士の事故では、時速百十二キロに達しようとしていたときに、彼は意識を失った。死因は心不全だったそうだ。だが今日の夕方、別の専門家が《スター》紙にこんな話を語ったんだよ――ここだ。読み上げるよ。『本当の死因は、風圧で口が塞がれたために起きた二酸化ガス中毒である。高速で飛行中だったために、飛行士は呼気を吐き出せなかったのだ。一度吸い込んだ空気は炭酸ガスとなって排出される。人間が空気中を高速で飛行すると、炭酸ガスが肺に押し戻される。口元への風圧が強すぎて、炭酸ガスを十分に吐き出せなくなるのだ。そのため、はいた息を再び吸ってしまい、徐々に炭酸ガス中毒に陥って激しい眠気に襲われてしまったのだ』」

「だとすると、ジャイロスコープのせいじゃないってことか?」ケネディが訊いた。

「そうだな」ぼくは渋々認めた。「じゃないってことになるな」

どうやらぼくは慌ててしゃべりすぎたようだ。ケネディは新聞の見解が知りたかっただけのようだ。と思いきや、次に彼は意外なことを言った。

「ノートンから調査を依頼されたんだよ」ケネディは静かに言った。「この発明が欠陥品だとしたら、ノートンは破滅だ。何しろ全財産をつぎ込んで、ある男性を特許侵害で告訴中だ。さらに、契約に基づいてブラウンとヘリックの遺族に損害賠償金を払わなければならない。ノートンとは前からの知り合いでね。それどころか、彼がこのアイデアを思いついたのは大学の物理学研究室なんだ。ノートンが開発した飛行機に乗ったことがあるが、あんな見事な複葉機は見たことがない。ウォルター、明日私と一緒に飛行機大会を見にいかないか。飛行場を案内して、飛行機を見せてあげるよ。おもしろい話はたくさんあるから、後で《スター》紙の記事を十本ぐらい書けるだろう。私ならこう付け加えるね——空中停止できる飛行機を開発することは革命的だ、他の飛行機はみな廃棄場に追いやられるだろう、と。軍部にとっては、この機能さえあれば飛行機はあらゆる点で飛行船に勝ることになる」

通常の航空コンテストがはじまるのは午後からだった。ケネディとぼくは一日を有効活用するために、翌朝早くに出発して会場へ向かった。

仮設の大きな倉庫のなかで、開発者のチャールズ・ノートンが不安そうな面持ちで機械技師と働いていた。倉庫は格納庫と呼ばれていた。

「来ると思ってたよ、教授」ノートンが大声を出して、こちらに走ってきた。

「もちろんだよ、ノートン。きみが開発した飛行機は実に興味深いからね。是非協力させてもらうよ。私が飛行機に夢中だってことは、きみも知ってるだろう——いつも言うように、ライト兄弟が飛行機を開発して以来、翼の端を曲げることでバランスを取るこの飛行機は画期的な進歩だと思う」

「ちょうど三台目の飛行機の調整をしているところだ。こいつに何かが起きようものなら、ぼくはこの大会の賞金を逃してしまう。四台目となる最新型の飛行機は製造が間に合わないだろうからね。間に合ったとしても、代金は払えないだろうな。ブルックス賞の賞金二万五千ドルが手に入らなければ、ぼくはおしまいだ。おまけに軍人が私の飛行機を精査しにきて、陸軍省に報告することになっているんだ。前に試験飛行したときみたいに飛べば、飛行機を買ってもらえると思う。だがな、ケネディ」と、ノートンが顔をつらそうにゆがめた。「この方法が間違っているとわかっていたら、そもそもやっていないだろうよ。考えてみてくれよ——部下が二人も亡くなったんだ。新聞ですら、あきらめないぼくのことを、冷淡だの無情だの偏屈な科学者だのと呼ぶようになった。でも目にもの見せてやるぞ。今日の午後はぼくが飛ぶ。部下を飛ばせたんだ、ぼくは怖くはない。失敗を認めるぐらいなら死んでやるよ」

ケネディがノートンのような男に引きつけられる理由がわかった。誰だって魅力を感じずにはいられない。彼の無謀さにではない。一度決めたことを貫く意志の強さ、自分を信じる姿勢、自分ならどんな障害も乗り越えられると信じる力にだ。

格納庫に入ると、二人の男がノートンの複葉機で整備を行っていた。一人はフランス人のジョレットだ。かつてフランス人飛行家ファルマンの下で働いたことがある。眉が黒く浅黒く日焼けした静かな男で、礼儀はわきまえていたがぶっきらぼうだった。もう一人はアメリカ人のロイ・シンクレアだ。背が高くて物腰の柔らかなやせ形の男で、顔には多くのしわが刻まれている。器用に動きまわる様は生まれながらの飛行士という感じだ。ノートンの三人目の飛行士であるハンフリーズは、この日は飛行する予定がなかったため、これ幸いとばかりに格納庫の隅で新聞を読んでいた。

ぼくたちはハンフリーズに紹介された。口数は少ないものの、実に気さくな男のようだ。

「ノートンさん」紹介が済むと、ハンフリーズが言った。「新聞にあなたがドゥランヌを特許侵害で訴えていることが詳しく書かれていますよ。あまり友好的な書き方ではありませんがね」そう言うと、ハンフリーズは記事を指し示した。

それを読んだノートンが眉をしかめた。「ふん。ジャイロスコープの特許はもうすぐ取れるさ。ドゥランヌは、ぼくを特許庁のいわゆる〈抵触審査〉にかけたがってるんだろ？　仮出願は一年半前に提出した。ぼくが間違っているなら、ドゥランヌも間違っているし、ジャイロスコープに関する特許もすべて間違いということになる。でもぼくが正しいなら、最初に特許を申請したのはぼくだ。そうじゃないか？」ノートンはケネディに同意を求めた。

ケネディはまるで特許庁もジャイロスコープも知らないと言わんばかりに、曖昧に肩をすくめた。忠誠心からなのか、男たちは黙って聞いていた。

「きみのジャイロプレーンを見せてくれ。エーロスコープだったか？――名前は何でもいいが」とケネディが言った。

ノートンはその話題に乗った。「さて、この建物に入るのを許可したのは、きみたち新聞記者がはじめてだ。きみたちの原稿を読んでぼくが許可した文章しか発表しないと約束してくれないか？」

ぼくたちは約束すると言った。

ノートンが指示すると、機械技師たちは格納庫の外へ飛行機を移動させた。辺りには誰もいない。

「これがジャイロスコープだ」ノートンがアルミニウムの外装ですっぽりと覆われた物体を指さした。重さは合計で六～七キロぐらいか。「ジャイロスコープは吊枠《ジンバル》に取り付けられたフライホイールのようなものなんだよ。軸があらゆる方向に回転できるから、空中で一定の角度を保てる。このように静止しているときは、簡単に角度を変えられる。だが回転するようセットすると、始動したときの水平面を保とうとするんだ」

ジャイロスコープにつかまると、どの方向へもやすやすと回転した。内側にある小さくて重いフライホイールを感じ取ることができる。

「そのアルミニウムのケースのなかは、ほぼ完全な真空になっているんだ。摩擦はほとんどない。フライホイールはこの小さな発電機によって回転する。この発電機と飛行機のプロペラは、ガソリンエンジンで動いているんだよ」

「仮にエンジンが止まったら、ジャイロスコープはどうなるんですか？」疑問に思ったぼくが訊ねた。

「数分間は作動するよ。ルイス・ブレナンが開発したジャイロモノレールも、電源が切れた後も何分かは立っていられるだろ。それに何分か電力をまかなえる小さな蓄電池も搭載してるんだよ。万が一のためにね」

ジョレットがエンジンを始動させた。七気筒エンジンで、車輪のスポークのように伸びたシリンダーが縁から外へ突き出ている。プロペラが回転したが、あまりの速さにブレードが見えないほどだ。ブレードが強く安定的に回転する音は、遠くまで響き渡りそうだ。聞いていてわくわくする音だ。ノートンは小さな発電機をつかんで取り付け、同時にジャイロスコープを適切な角度にセットして、始動させた。

「これが私の新しい飛行機の頭脳だ」ノートンがアルミニウムのケースをいとおしそうになでた。「ケースの小窓からフライホイールが回転する様子が見えるよ。回転数は一分間につき一万回だ。ジャイロスコープを押さえつけてみてごらん」ノートンが大声でぼくに話しかけた。

ぼくがそのもろそうな小さな機器に両手を置くと、ノートンが続けた。「さっきまで簡単に動いてただろ？」

ぼくは力一杯ジャイロスコープを押さえつけた。すると、ぼくの足が浮き上がって、体がジャイロスコープに持ち上げられてしまった。この小さくて不気味な機器は、まるで怒っているみたいだ――ああ、まさにそんな感じだ。ぼくがさわったことに腹を立てている。人間が不快に感じたときの様子に似ている。ぼくに屈するどころか、ぼくに押さえつけられた側が立ち上がってくるのだから。

ぼくが当惑するのを見て、男たちが声を出して笑った。

手を離すと、ジャイロスコープは何事もなかったかのようにゆっくりと定位置に戻った。

「このシステムを方向舵と補助翼に取り付けるんだ――補助翼というのは、大きな主翼の間にあるこれらの平らな翼のことだよ。機体を自動的に安定させる働きがある。その作りを詳しく説明するのはやめておこう。ぼくが発見した基本原理に基づいてさまざまな部品を組み合わせているんだけど、法廷でのごたごたが決着するまでは話せない。仕方がないが、裁判で明らかになるだろう。ドゥレンヌがぺてん師だと立証してやる。あいつはぼくが発見した組み合わせでは特許を取れないとか、この方法は実用的ではないと言ったんだ！　ぺてん師め！　実際には、あいつのデバイスが実用的でないだけだ。ドゥレンヌがあれを実用的にするには、ぼくの特許を侵害しなければならないからね。さて、ぼくと一緒にひとっ飛びしないか？」

ぼくはケネディを見た。と同時に、《スター》紙のカメラマンが撮影した、二件の飛行機事故の残骸写真が頭をよぎった。だがケネディの方が一足速かった。

「ああ」ケネディが答えた。「短距離飛行ならね。曲芸はなしにしてくれ」

ぼくたちはノートンのそばに座った。ぼくの方は不安でいっぱいだった。機体はゆっくりと空に舞い上がった。わくわくする瞬間だった。朝の新鮮な空気が刺すように顔に吹きつけてくる。眼下では大地がどんどん後ろへ遠ざかっていき、まるで映画を見ているようだ。真上では、エンジンとプロペラが音を立ててうなっている。補助翼が曲がったとき、ノートンはジャイロスコープの自動安定機能が働いたのだと説明した。

「この飛行機はジャイロスコープがなくても飛べるのかい？」ケネディが大声で訊ねた。耳をつんざくような轟音のせいで会話どころではない。隣に座っているのに、ケネディは同じ質問を二度繰り返さなければならなかった。

「ああ」ノートンが大声で答えた。後ろに手を伸ばして、ジャイロスコープの取り外し方を示した。次に彼がブレーキのようなものを取り付けると、途端にジャイロスコープの回転が止まった。「空中で変換するのは難しいんだ。できなくもないが、着地してからやる方が安全だ」

飛行はまもなく終わった。ノートンがその小型発電機の構成について説明する間、ぼくたちは飛行機に見とれていた。

「残骸になった他の飛行機はどうした？」ケネディがようやく口を開いた。

「列車駅近くの倉庫のなかだ。ただのがれきの塊になってしまったが、まだ使える部品もあるから工場へ送り返すんだ」

「ちょっと見せてもらってもいいかい？」

「もちろん。鍵を渡すよ。申し訳ないが、ぼくは行けない。午後の飛行に向けて万全に備えておきたいからね」

ぼくたちは時間をかけて駅の近くの倉庫まで歩くと、午前中いっぱいまで瓦礫と化した機体を詳しく調べた。クレイグは注意深く残骸をひっくり返した。ぼくには無駄な作業に見えたが、ケネディの科学的な探究心をもってすれば、新しい課題が出されたぐらいのものなのだろう。

「ジャイロスコープは二台とも使い物にならないな」ケネディがへこんでつぶれたアルミニウムケースをちらりと見て言った。「だが、飛行機事故で起きる破損以外には、不自然な点は見られないようだ」

ぼくの方はというと、ブラウンとヘリックが亡くなった残骸の山を前に、足がすくみそうだった。

ぼくにとっては、ワイヤーと破片の山どころではなかった。何と言ってもこの残骸のなかで二人の人間が死んでいるのだ。

「エンジンはもはや鉄くずの塊だ。シリンダーがねじれて曲がっているのがわかるかい」ケネディが興味深げに言った。「ガソリンタンクは無傷だが、不格好な形にへこんでいる。ここでは破裂は起きていないのに。おまけにこの発電機を見てくれよ。なかのワイヤーがまるごと溶けている。絶縁材が燃え尽きているんだ。どうしてこんなことに?」

ケネディはしばらく瓦礫の山を入念に調べていた。それが済むとドアの鍵をかけ、ぶらぶらと歩いて飛行場の観覧席側へと戻った。観客はすでに集まりはじめていた。向こう側の格納庫の前にはさまざまな飛行機が並び、男たちが整備を行っていた。エンジン音が夏のそよ風に乗って聞こえてくる様子は、まるで大量のセミが暑い夏を予言して鳴いているみたいだ。

二機がすでに飛行していた――黄色がかったドゥモワゼル機は、まるでおびえた雌鶏みたいに地上スレスレのところを舞っている。もう一方のブレリオ機は上空を舞いながら、巨大な鳥のようにゆっくりと優雅に旋回している。

ケネディとぼくは、観覧席の前にある通信部隊の小さな無線通信所の前で立ち止まり、通信員が通信機器を操作する様子を見つめた。

「また来やがった」通信員が怒ったような口調でブツブツ言った。

「どうしたんだい?」ケネディが訊ねた。「アマチュア無線家が妨害してくるのかい?」

男が返事代わりにうなずいた。受話器のような形のレシーバーを耳に押し当てたまま、頭を何度も上下に振った。男は装置の調整を続けている。

「こんちくしょうめ」男が怒鳴った。「まったく。こいつときたら、この二日間というものぼくが無線を送受信しようとするたびに邪魔してくるんだ。もうすぐ無線装置を積んだウィリアムズ号が飛び立つというのに、妨害をやめる気配もない。困ったもんだ。おまけにこいつの出力は恐ろしく強い。この雑音が聞こえるかい？　こんな妨害を受けたのははじめてだ。その網戸をポケットナイフでさわってみてくれよ」

ケネディがポケットナイフでさわってみると、網戸がビリビリ鳴って大きな火花が飛び散った。

「昨日と一昨日は妨害がひどすぎて、ウィリアムズ号に無線連絡するのをあきらめたんだよ。雷雨のさなかに無線を送るよりも難しい。雷雨のときは大気中に電気が充満するから、故障が起きやすいんだよ。今がまさにそんな状態だ」

「それはおもしろい」とケネディ。

「おもしろい？」通信員がおうむ返しに答えながら、むっとした顔で記録帳にメモしている。「そうかもしれないが、むしろ悪質ないやがらせに近い。まるで発電所で無線をいじってるみたいだよ」

「そうなのかい？」ケネディが訊ねた。「おっと、これは失礼――科学的な観点からしか考えていなかったもので。犯人は誰だと思いますか？」

「見当もつかないよ。どこかのアマチュアじゃないか。プロはこんな干渉はしないよ」

ケネディはノートを一枚破って簡単な伝言を書き込むと、ノートンに渡してくれと少年に頼んだ。メッセージにはこう書かれてあった。

「ジャイロスコープと発電機を取り外せ。格納庫に置いていき、今日の午後はつけずに飛ぶんだ。

様子を見よう。今日の賞金はあきらめろ。——ケネディ」

ぼくたちはオープンスペースへとぶらぶら歩いていくと、しばらく飛行機を見た。フェンスの後ろで、観覧席の近くだ。上空には三機が飛んでいて、ノートンのチームは準備中だ。

伝言を手にした少年が飛行場を急ぎ足で横切っていく。ケネディはやきもきしながら少年を見守った。遠すぎてはっきり見えないが、少年がたどり着くと、ノートンが操縦席から降りた。飛行機がもう一度格納庫に戻った。ケネディの要望に従って、おそらくジャイロスコープを取り外しているのだろう。

間もなく飛行機が再び格納庫から出てきた。ノートンの登場を待ちわびていた群衆が盛大に拍手した。

「来い、ウォルター」ケネディが大声を張り上げた。「観覧席の屋根に上ろう。もっとよく見えるはずだ。デッキと手すりがあるようだ」

ケネディの許可証が会場のどこでも出入り可能だったおかげで、数分後にはぼくたちは屋根に上った。

見晴らしのいい場所だった。ぼくはすっかり夢中になって眼下の群衆だの、上空の飛行士だの、飛行場で出番を待っている飛行機だのを見まわし、ケネディのことを忘れてしまった。ふと見ると、ケネディは滑走路に背を向けて、不安そうな表情で他の方角を見ている。

「何を見てるんだ?」ぼくが訊ねた。「こっちだ。ノートンがもうすぐ飛び立つぞ」

「なら、そっちを見てろよ。離陸したら声をかけてくれ」

その瞬間、ノートンの飛行機がふわりと飛んだ。この不吉な最新型の飛行機で勇敢に飛んでみせたヒーローを賞賛して、真下の観客から歓声が上がった。だが大歓声の後、この大胆不敵な飛行士の危険を思い出したのか、間もなく観客は息を詰めて飛行機を見守った。ノートンは、この大会で三番目の悲劇的な死者になるのだろうか？

と、突然ケネディがぼくの腕を引っ張った。「ウォルター、道の向こうを見ろ——あの古びたぼろい納屋だ。黄色い家の隣だ。何が見える？」

「何も。屋根のてっぺんの上に無線アンテナのポールのようなものが見えるだけだ。おそらくあの納屋の持ち主には子どもがいるんだろう。で、その子どもがアマチュア無線の参考書を読んで取り付けたんだろう」

「かもしれない。他には何も見えないか？　あの切妻屋根の下の小窓を見てみてくれ。雨戸が閉まっているあの窓だ」

ぼくはじっと目を凝らした。「雨戸の上の隙間から明るい光のようなものが見えるな。火花か懐中電灯かな」

「強い閃光に違いない。太陽がこれだけ明るく照ってるんだから」

「ああ、小さな少年が鏡で遊んでいるのかもしれないぞ。ぼくも幼かった頃に、窓の後ろに隠れて、差し込む日光を鏡に反射させて、通りの向こうの暗い部屋を照らして遊んだもんだよ」

あの光をどう解釈していいのか見当もつかなかったため、冗談半分で言ったのに、驚いたことにクレイグはすぐさま同意した。

「おそらくきみの言う通りだよ、ある意味で。確かにあれは閃光じゃないと思う。太陽光がガラスに反射してるんだよ――しかも角度はぴったりだ。いずれにせよ、光に気づいたからにはあの納屋を見張った方がいいな」

何を疑っているのかはわからないが、ケネディは何も言わずに下へ降りた。同じ頃、ノートンが静かに飛行機を着地させて、自分の格納庫の前へと戻った。離陸した場所から十フィートと離れていない。飛行機が無事に格納庫に戻ると、耳をつんざくような喝采がわき起こった。

ケネディとぼくは、群衆をかき分けて無線通信員のところへ戻った。

「調子はどうだい?」とケネディが訊ねた。

「悲惨だね」通信員が不機嫌に答えた。「五分前までは最悪のレベルだった。今はだいぶん良くなった。ほぼ通常どおりにまで戻った」

そのとき、伝言を運んでくれたあの少年が群衆のなかでぼくたちを見つけだし、ケネディにメモを渡した。メモにはノートンが走り書きしたメッセージが書いてあった。


「問題はないようだ。次はジャイロスコープを積んで飛んでみる――ノートン」


「きみ」クレイグが少年に呼びかけた。「ノートンのところに電話はあったかい?」

「ううん。電話があるのはあの一番端の格納庫だけだよ」

「そうか。じゃあ、全力で向こう側へ走っていって、命が惜しかったら止めろとノートンに伝えてくれないか?」

「何を止めろって?」

「いつまで突っ立ってるんだ。走れ！　ジャイロスコープを飛行機に載せるなとノートンに伝えるんだ。ノートンが飛ぶ前にたどり着けたら、五ドルやる」

ケネディが少年をけしかけているその間に、格納庫からノートンの飛行機が出てきた。間もなくノートンは操縦席に着くと、レバーの調子を試した。

ノートンが出発する前に、少年はたどり着けるだろうか？　少年はさかんに手を振りながら中間地点まできた。だがノートンと部下たちは飛行機に気を取られていて、少年に気づかない。

「ああ！」クレイグが大声を出した。「挑戦するつもりか。走れ、少年、急げ！」クレイグが叫んだが、遠すぎて少年の耳には届かない。

飛行場の向こうからたたみかけるようなエンジン音が聞こえてきた。ジャイロスコープを積んだノートンの飛行機がゆっくりと離陸すると、弧を描きながらこちらに向かってきた。クレイグは降りて来いと必死に合図を送ったが、ノートンには群衆のなかのぼくたちが見えるはずもない。一方の群衆はというと、クレイグが常軌を逸したと思ったのか、遠回しにこちらを伺っている。

とそこへ、無線通信員が受信の状態が悪いと悪態をつく声が聞こえてきた。

ノートンの飛行機は、ぐるぐるとらせんを描きながら上昇していく。ジャイロスコープがあるからこそできる旋回だ。

審判たちの前でメガホンを手にしていた男が、こもった声でアナウンスした――ノートンから合図がありました、ブルックス賞を目指して静的安定飛行に挑むそうです。

ケネディとぼくは呆然として突っ立ったまま、言葉もなく途方に暮れていた。

飛行機はゆっくりと減速した。まるで機械仕掛けの巨大な鳥が空を舞っているかのようだ。

ケネディは片目で審判を伺い、もう片方の目でノートン機を見つめた。一部の群衆は黙っていられなくなって喝采しはじめた。ぼくたちの後ろでは、無線機が故障したみたいな騒々しい雑音を響かせていた。

突然、観客がどよめいた。ノートンに何かが起きたようだ。飛行機が猛スピードで急降下してくる。飛行機は制御できる状態なのか？　ぼくは息を殺して、ケネディの腕をつかんだ。飛行機がどんどん地面に近づいてくる。ノートンは飛行機を安定させようと機首を持ち上げた。機体全体で空気をとらえて、落下速度を落そうとしている。

「ノートンはジャイロスコープを取り外そうとしている」ケネディがかすれた声で言った。

ノートンがかぶっていたフットボールヘルメットが風に飛ばされて、飛行機より先に落ちてきた。ぼくは思わず目をつぶった。だが、ケネディの叫び声を耳にして、慌てて目を開いた。

「成功したぞ。さすがだ！」

飛行機は少しだけ制御可能になったものの、地面へと猛スピードで急降下していることに変わりはなかった。

飛行機がすさまじい音をたてて不時着すると、土埃が舞った。

ケネディはひらりとフェンスを飛び越えると、ノートンのところへ走った。ぼくたちの前には審判席にいた二人の男が走っていた。ぼくたちは彼らについで現場に到着した。男たちはノートンを救い出そうと、ねじれ曲がった骨組みを必死にもぎ取った。機体にはさまれていたノートンは青白い顔して、身動き一つしなかった。飛行機の損傷は壊滅的というほどではなかった。ぼくたちは一丸となって胴体カバーを持ち上げた。

群衆のなかから医師が走り出てきて、急いでノートンの胸に耳をあてた。みんなは押し黙ったまま、医師の顔を不安そうに見つめた。

「気絶しただけだ――すぐに目を覚ますだろう。水を持ってきてくれ」と医師が言った。

ケネディがぼくの腕をぐいと引っ張って小声で言った。「ジャイロスコープと発電機を見てみろ」

見ると、がらくたと化したジャイロスコープがあった。飛行機事故で壊れた他の二機と同じ有様だ。絶縁材が燃えてワイヤーがむき出しだ。ワイヤーは溶けて固まり、蓄電池も焼け焦げた形跡が見られる。

まぶたがぴくりと動いた。ノートンの意識が戻りつつあるようだ。再び生きかえったものの、あの恐ろしい落下を経験したせいでめっきり老け込んで見えた。

「どうすれば止まるんだ？　火花だよ、また火花だ。こいつめ！　切断できない。火花が、また火花だ。もしやずっと――」ノートンはうなされ続けた。彼のうめき声を聞くのはどうにも耐えられなかった。

だが、ノートンが無事で手厚い看護を受けているのを見届けたケネディは、急いで観客席へと向かった。ぼくもその後に続いた。この日の飛行はもう終了で、人々はぞろぞろと列をなして特別列車が待つ駅へと歩いて行く。ぼくたちは無線通信所で足を止めた。

「ノートンが回復したんだって？」通信員が訊ねた。

「ああ。気絶しただけだ。ホッと安心だよ。で、その後の奇妙な動きを記録しておいてくれたかい？」

「ああ。複写も取っておいたよ。妙なことに、通信の必要がないときには調子がいいんだよ。ウィリアムズ号がこの瞬間に上空を飛んでいれば、飛行機との無線連絡を見せられるのに」通信員は身のまわりのものを片付けはじめた。

複写を受け取ったケネディは、お礼を言ってその記録紙を丁寧に折りたたんだ。ぼくたちは群衆にまざると、出口へと歩きはじめた。が、人々に流されながら駅へ向かうと思いきや、ケネディはあの納屋と黄色い家のある方向へと歩き出した。

ぼくたちはさり気なく納屋の様子を伺ったが、物音一つしなかった。しびれを切らしたケネディは納屋へ近づいた。ドアは閉まっていて、南京錠が二重に取り付けられている。ケネディがノックしたが、応答はなかった。

そのとき、黄色い家の玄関から男が出てきた。ぼくたちを見て、男は会釈した。ぼくたちが家に近づくと、男は声を張り上げた。「その家の人は今日いっぱい留守だよ」

「その方の自宅の住所をご存じですか？――今夜連絡を取りたいもので」クレイグが訊ねた。

「知らないね。納屋を二週間だけ借りたいと言って、家賃を前払いしてくれたんだよ。連絡を取りたいときは、〈ニューヨーク市郵便局留め、K・ラマー博士〉宛てに手紙をくれと言われたんだ」

「そうですか。なら手紙を書くとしよう」とケネディは答えたが、名前がわかって満足しているようだ。「博士はじきに装置を撤去するんですよね？」

「さあ、知らないね。何しろ数が数だしね。この村の電力会社に勤めるサイ・スミスが、博士の電気の使用量はかなりのものだと言っていたよ。支払いはいいが、口数の少ない人でね。ところで、今日の飛行は終わったんだろ？　あの飛行士は大けがを負ったのかい？」

「いいえ、明日には元気になるでしょう。また操縦すると思いますよ。飛行機の状態もいいですしね。

あの賞は彼が取るはずです。それじゃあ」

男性が立ち去ると、ぼくはケネディを振り返った。「ノートンがまた操縦するって、なぜわかるんだい？」

「わからないさ」とケネディが答えた。「でも、ノートンかハンフリーズかどちらかが操縦するだろう。このラマーって男に、飛行機が飛ぶと思わせたいんだ。ところでウォルター、《スター》の編集部に電話をかけて、記事を書いてもらえないか？『ノートンは軽い怪我を負っただけで、明日も飛べるだろう』という内容で記事にしてほしいんだ。シティニュース協会にも電話すれば、すべての新聞が同じ内容の記事を載せるだろう。手紙を送っても、相手が受け取るかはわからないからね――ラマーは手紙を取りに郵便局に来ないかもしれない。でも新聞は読むはずだ。ノートンへのインタビューという形でまとめてくれ――すべて順調にいくようにするし、迷惑はかけない。こちらの計画を伝えれば、ノートンはのってくるだろう」

《スター》紙には、夕刊の締め切りにぎりぎり間にあわせることができた。他の新聞の一部にも夕刊に間に合わせて記事を送った。もちろん、全紙の朝刊に掲載できることになった。

その晩ノートンはミネオラ病院で安静に過ごした。本人は入院するほどではないと考えていたが、医師から他にも体内の損傷があるかもしれないから大事を取れと言われたのだ。その間ケネディは、破損した飛行機を収めた格納庫で指示を出していた。男たちはすっかり動揺していた。ハンフリーズは現れないし、整備士が二人残ったものの、彼らが残ったのは今日が給料日だったからに違いない。

ケネディは二人の給料を払うために小切手を切ったが、ちゃんと働いてもらうために二日後の日付を記入した。ケネディは記者の振りをするのはやめ、ノートンの許可を得て飛行機修理の指揮を執った。幸いにも飛行機の状態は悪くはなかった。テールスキッドは破損したが、機体の重要な部分は無傷だった。ジャイロスコープも在庫がたくさんあったし、予備の発電機もあった。壊れたシステムを新しいものに取り替えるなど、たいしたことではない。

シンクレアは、終業時間などおかまいなしに遅くまで真剣に働いた。ジョレットも働いてはいたが、真剣というほどではなかった。実のところほとんどの修復作業はシンクレアとケネディが行い、ジョレットは不機嫌そうにフランス語でぶつぶつ小言を言っていた。ぼくはジョレットに反感を覚え、こいつが怪しいなどと考えていた。案の上、ケネディもジョレットにはあまり作業をさせないようにしていた。もっともケネディは、やる気のない人に仕事を頼まない性格だからかもしれないが。

「さてと」十時頃にケネディが大声を上げた。「今夜中に市内へ帰りたければ、そろそろ終わりにしよう。シンクレア、テールスキッドの仕上げは明日の朝にしよう」

格納庫を施錠して、急ぎ足で駅へ向かった。ニューヨークに到着したのはかなり遅い時刻だったが、ケネディはちょっと研究室へ行くと言ってきかなかった。おまけにぼくは《スター》の本社へ行って、朝刊に載せる記事に問題がないことを確認してこいと言われる始末だった。

次にケネディに会ったのは翌朝だった。大型のツーリングカーでやってきたケネディは、ぼくをベッドから引きずり出した。車の後部座席には丁寧に包装された大きな包みがあった。

「昨夜数時間かけてこれを準備したんだよ」ケネディがその包みをポンとたたいた。「これで問題が解明できなかったら、あきらめるさ」

その包みの中身は何だろうかと好奇心をかき立てられた。だがなんとなく気が引けて、ちゃんと休めと注意するにとどめた。

「やれやれ」ケネディは笑みを浮かべた。「たとえ作業をしなかったとしても、どうせあれこれ考えて全然眠れなかっただろうよ」

飛行場に到着すると、すでにノートンが来ていた。頭に包帯を巻いている。顔色が悪そうだが、それ以外は問題なさそうだ。ジョレットは不機嫌そうにしている。だがシンクレアはすでに修理を終えていて、なおかつボルトとワイヤーを検査してまわっていた。ハンフリーズは姿を現さず、代わりに『次の仕事が見つかった』との伝言が届いていていた。

「ハンフリーズを探さないと」ケネディが主張した。「今日は彼に飛んでもらいたいんだ。契約も残っているのに」

「ぼくが飛ぶ」今度はノートンが主張した。「ほら、もう大丈夫だ」

ノートンは体を自由に動かせることを見せようと、両手でワイヤーの端を一本ずつつかみ、前に向かって腕を伸ばしてから二本のワイヤーをそろえてみせた。

「今日の午後は前回よりもうまく飛ぶぞ。そしてあの曲芸を正確に決めてみせる」

ケネディは眉をひそめて首を振ったが、ノートンは譲らなかった。結局はケネディが折れて、ハンフリーズ探しで時間を無駄にするわけにいかないとの結論に達した。その後ケネディが計画を打ち明けたのか、二人でしばらくひそひそと話し合っていた。

「わかったよ」ついにノートンが言った。「要するに、一回目はこの鉛板のカバーを発電機と充電池にかぶせる。で、二回目は、カバーをどけてジャイロスコープを取り外し、これなしで飛べってことだな。それでいいのか?」

「その通り。私は観客席の屋根の上にいるからね。合図するときは、帽子を三回振るよ。きみが気づくまで合図を繰り返す」

　さっさと昼食を済ませると、ぼくたちは例の見晴らしのいい場所へ移動した。その途中で、ケネディはこの飛行大会の警備を任されているピンカートン探偵社の警備責任者に話しかけた。さらには、無線通信員のところにも立ち寄って、昨日と同じような現象が起きたら、使いを寄こして知らせてほしいと頼んだ。

　屋根に上ると、ケネディはポケットから小さな計器を取り出した。計器の針がダイヤルの上を左右にゆれている。飛行時間が迫ってきた。飛行機も着々と準備している。ケネディはのんびりと葉巻をくゆらせながら、針がゆれ動くたびに計器を確認していた。すると、ウィリアムズ号が飛び立った。計器の針は大きく振れた後、左右に小刻みにゆれながら滑走路の方向を指し示した。

「通信員がウィリアムズ号に信号を送ろうとしているな」クレイグが解説してくれた。「この装置は周波計というんだよ。無線通信で使用される電波を感知して、その方向と大きさを測定してくれる」

　五分か十分ほど経過した。ノートンは着々と飛行準備を整えている。ノートンがジャイロスコープと発電機の上に何かをかぶせるのが、双眼鏡ごしに見えた。だが、何をかぶせたのかはわからない。やがて飛行機が、まるで昨日のトラブルを挽回するかのように空へ舞い上がった。白い包帯を頭に巻いたノートンは、英雄さながらに人々の注目を集めた。飛行機が林の上を飛び越えた瞬間、クレイグが大声を上げた。

「針を見ろ、ウォルター！　ノートンが離陸した途端に、針は無線通信所とは正反対の方角を指したんだ。今指しているのは――」

　ぼくたちは針が指す方向を見た。そこにはまさにあの古めかしい納屋があった。

思わず息をのんだ。どういうことだ？　つまりノートンの身に何らかの危険が迫っているということか？――しかも今度こそ命が危ないかもしれない。空で何らかの危険が待ち受けている恐れがあるのに、どうしてケネディはノートンに操縦させたのか？　そうだ、ノートンは無事だろうか。ぼくは慌てて振り返った。ああ、いた。空中で大きくらせんを描きながら、ぐんぐん上昇している。次の瞬間、飛行機は動きを止めて静止したまま飛んでいるように見えた。飛行機は動いていなかった。エンジンは止まり、プロペラもまわっていない。まるで海に浮かぶ船のように、飛行機が大空を漂っている。

少年がはしごを屋根まで駆け上がってきた。ケネディはメモを広げて見た後、ぼくの手に押しつけた。メモはあの通信員からだった。

「またしても無線がおかしくなった。あの野郎め、妨害してやがる。記録を取っておくよ」とだけ書かれてあった。

いぶかしげな表情でケネディを見ると、彼はもはやノートンしか眼中にない様子で、おもむろに懐中時計を見た。

「ウォルター」懐中時計をパチンと閉じると、ケネディは突然ぼくを呼んだ。「プロペラが止まってから七分半が経過した。ブルックス賞の条件は五分だから、ノートンは一・五倍も長く飛んでいることになる。さあ、来たぞ」

ケネディは帽子を手にすると、それを三回振った。少し時間をおいてまた同じ動作を繰り返した。三度目にして、飛行機はようやくエンジンをかけたようだ。プロペラが再び回りはじめ、ノートンは見事に飛行を再開させたのだ。ゆっくりと弧を描きながら、飛行機が降りてきた。着陸地点めがけて、ノートンはエンジンを止めて滑空し、自分の格納庫の前でゆるやかに着地した。

ぼくたちの真下から拍手喝采がわき起こった。みんなの視線はひたすらノートンの複葉機の動きを追っている。ノートンのチームは何か作業をしていた。何の作業かはわからないが、すぐに終わった。男たちは再びプロペラから距離を置いたところへ移動して見守っている。ノートンを乗せた飛行機が再び空に現れた。飛行機が飛行場の上空に来ると、ケネディは周波計をすばやく確認し、全速力ではしごを駆け下りた。ぼくもすぐ後を追った。ケネディは群衆の後ろを駆け抜け、歩道を走って駅のそばのゲートへ向かった。ゲートには、ピンカートン社の警備責任者が二人の警備員と一緒に立っていた。ケネディを待っていたようだ。

「こっちだ」ケネディが叫んだ。

ぼくたち四人は全速力でケネディの後に続いた。ケネディは小道を曲がって、あの黄色い家をめざして走った。なるほど。この道から行けば、納屋から見られることなく裏から近づくことができる。

「ここからは静かに」ケネディが注意を促した。

納屋の入り口にたどりついた。なかからパチパチと鋭く響く奇妙な音が聞こえてくる。ケネディはそっとドアを開けようとしたが、なかはかんぬきがかかっていた。そこで全員がかりでドアに体当たりして、ドアを壊した。

そのなかでぼくの目に飛び込んできたのは、五、六メートルはありそうな火柱だった――人工的に作り出された稲妻の光だ。望遠鏡で窓の向こうをのぞき見ていた一人の男が、目を見開いてこちらを振り返った。

「ラマー」ケネディがピストルを抜きながら叫んだ。「その手を少しでも動かしたら、命はないぞ。

動くな――そこにいろ。現行犯で逮捕する」

ケネディ以外は、室内で大暴れする自然の威力のあまりの恐ろしさに縮み上がっていた。この悪魔がその頭をこちらにもたげるんじゃないか？――ぼくの頭のなかではそんな恐怖が駆け巡った。

ケネディは目の端でぼくたちに気づいた。「大丈夫だ」相手から目をそらさずに口だけを動かした。「前に見たことがある。襲ってくることはない。高圧電流だ。こいつはニコラ・ステラ氏の発明をまねただけだ。こいつを捕まえてくれ。抵抗はしない。私が見張ってるからね」

がっしりした体格の二人が、電気装置の間を用心しながらかいくぐり、またたく間にラマーを捕まえて後ろ手に縛り、戸口のところへ引き立てた。

ことの急激な展開にみんなが呆然とするなか、ケネディが手短に説明してくれた。「ステラの理論はこうだ。通常、空気は電気を通さないが、特定の条件下では別の特性が生じて、膨大な量の電気エネルギーでさえ伝達できるようになるという。私自身もこの部屋で見たのと同じような激しい放電を見たことがある。配線系統のワイヤーが先の方まで溶けそうなほどの強い放電を、腕から胸にかけて流しても怪我一つ負わないんだ。電流の通り道を人間が横切っても、何も感じない。このような放電を加えた重い銅線のコイルを見たことがある。コイルのなかの金属の塊は融点に達するまで高熱を帯びたが、この恐ろしい空気の渦が起きている空間で、私は何度も手や頭を振りかざしたが、何も感じなかったし、後遺症も起きなかった。この方法により、ナイアガラ発電所で発生するエネルギーはすべて、人体を傷つけることなく通り抜けることができるんだ。だが、この男はそれを悪用した。膨大な量のエネルギーをノートンの飛行機に浴びせて、ジャイロスコープに電気を供給する小型発電機のワイヤーを溶かそうとしたんだ。さてと。飛行場へ戻ろう。他にも見せたいものがある」

道を急ぎ足で駆け下りて飛行場に入ってノートンの格納庫に向かうと、大勢の観客が大声で歓声を上げていた。ケネディはノートンに向かって腕を振りまわして降りてくるようにと合図を送った。地上までわずか数百フィートの上空を飛んでいたノートンは、ケネディを見て、その意図を読み取ったようだった。

格納庫の前でノートンを待っていたが、ケネディは待ちきれなくなってしまった。

「ノートンの飛行機が飛ぶたびに無線電信が正常に機能しなくなると聞いたとき、私は無線通信を使った犯行ではないかと考えた」ケネディがラマーに近づきながら、話しかけた。「そしてたまたまあの奇妙な形の無線アンテナが目に入ったんだ。気づいたきっかけは、何かがきらりと光ったからだ。最初は電気花火かと思ったが、おまえはそんなに馬鹿じゃないからな、ラマー。だが、おまえはもっと初歩的なことを見落とした。さすがのおまえも、望遠鏡のレンズが太陽光に反射して光ることは想定していなかったんだろ」

ラマーは黙ったままだ。

「この格納庫におまえの共犯がいなくて良かったよ。最初は共犯者を疑っていたんだ。いずれにせよ、よく一人でやったもんだ――二人の命を奪い、二機の飛行機を墜落させるなんて。ノートンが昨日ジャイロスコープと発電機を取り外して飛んだときは、何事もなく飛べた。だが、二度目の飛行でこれらを積んで飛んだとき、おまえはまんまと発電機のワイヤーを溶かした――ブラウンとへリックについで死者のリストにノートンの名前を付け加えるまで、あと一歩というところだったんだ」

ノートンの飛行機の音が近づいてきた。ノートンが着陸できるよう、人々はスペースを空けた。男たちが飛行機を押さえて安定させると、ノートンがひらりと地上に降り立った。

「ケネディはどこだ?」ノートンが大声で訊ねたが、返事を待たずに勢いよくはじめた。「上空で奇妙なことが起きたんだよ。今日の一回目の飛行と違って、今回は発電機を守る鉛板のシールドを外して飛んだんだよ。上空三十メートルに達しないうちに、発電機がバチバチと嫌な音を立てはじめたんだ。見てくれよ、断絶材が焼けてワイヤーがむきだしになっている。ワイヤーも溶けてくっつきそうだ」

「大破した二機の飛行機も同じ状態だよ」人混みのなかから、ケネディが落ち着いた様子で進み出てきた。「今日の一回目の飛行で使ってくれと言って渡したシールドがなかったら、昨日と同じように墜落していただろう――おそらく命はなかった。この男がきみに向けてフルパワーの高圧電流を無線で送り続けていたんだ」

「そいつは誰だ?」

ピンカートン社の二人がラマーを突き出した。ノートンは顔をしかめて男を見た。「ドゥランヌじゃないか。きさま、ぼくの特許に異議を申し立てたときから悪党だとわかっていたが、まさか殺人に手を染めるような卑怯者だったとはな」

ラマーことドゥランヌが後ずさりした。まるで殴りかからんばかりの勢いで歩み寄るノートンよりも、二人の警備員の方が安全だといわんばかりだ。

「くそっ!」そう言うと、ノートンは突然きびすを返した。「馬鹿らしい! おまえのような悪人は法が裁いてくれるさ。おや。観客が歓声を上げているな。どうしたんだ?」ノートンは自制心を取り戻そうと努力しながら、向こう側を見た。

飛行場内のどこかの格納庫から来た少年が、群衆の背後から甲高い声を張り上げた。「ノートンさん、ブルックス賞の受賞が決まりましたよ」

黒手組

ある晩、ケネディとぼくは〈ルイージ〉でやや遅めの夕食を取っていた。〈ルイージ〉とは、ロウアー・ウェスト・サイドにある小さなイタリアンレストランだ。学生の頃によく通った店で、長くて細いスパゲッティを上品に食べる練習をするために、今も月に一度は通っている。そんなわけで、店の経営者がぼくたちのテーブルに立ち寄って挨拶してきたときも、特に奇妙だとは思わなかった。周囲の客をちらりと見まわした後――ほとんどはイタリア人だ――経営者は身をかがめてケネディに耳打ちした。

「探偵としてご活躍されているとの噂をお聞きましたよ、教授。実は私の友人の件で、ちょっとアドバイスをいただきたいのですが?」

「いいよ、ルイージ。事件というのは?」ケネディは椅子の背にもたれかかった。

ルイージは心配そうにあたりを見まわしたあと、声を低くした。「小声でお願いします。勘定を済ませたら店を出て、ワシントン・スクエアをまわって通用口から入ってください。廊下でお待ちしてます。友人は二階の個室で食事しておりますから」

ぼくたちはしばらくキャンティワインを味わった後、静かに会計を済ませ、店を出た。

約束通り、ルイージは暗い廊下で待っていてくれた。彼は静かにするよう身振りで示した後、ぼくたちを二階へ連れていき、素早くドアを開けた。まあまあ広い個室ダイニングルームだった。なかでは一人の男が落ち着かない様子で歩きまわっていた。テーブルの上には、食事が手つかずで残っている。ドアが開いたとき、男はびくっと驚いたような表情を浮かべた。ほんの一瞬、浅黒い顔が真っ青になった気がした。かの有名なジェンナーロ、話をしたというだけでも自慢の種になるテノール歌手、ジェンナーロが目の前にいるのだ。そのときのぼくたちの驚きときたら。

「ああ、何だ。ルイージか」ジェンナーロが驚いて言った。柔らかくて美しい声で、完璧な英語を話した。「この方たちは?」

ルイージは英語で「友人だ」とだけ答えた後、声をひそめて低音のイタリア語で熱心にしゃべりはじめた。

二人の話が終わるのを待つ間、ケネディがぼくと同じことを考えているのがわかった。三、四日ほど前に新聞が報じていたのだ。ジェンナーロの五歳の一人娘アデリーナが誘拐されて、身代金一万ドルを要求する脅迫状が送られてきたという。脅迫状には、例によって黒手組の署名があった――恐喝で有名な組織だ。

ルイージと簡単なやり取りをした後、ジェンナーロがぼくたちの所へやってきた。自己紹介もそこそこに、ケネディが先に切り出した。「わかってますよ、セニョール。新聞記事を読んですべて知っています。あなたの娘を誘拐した犯人を捕まえてほしいのですね?」

「いや、違う!」ジェンナーロは慌てて否定した。「違うんです。私はまず娘を返してほしいんです。捕まえるなら、娘を取り戻した後にしてください――とはいえ、その仕事を誰かにお願いしたいのは確かです。まずはこれを読んで感想を聞かせてください。髪の毛一本傷つけることなく、娘のアデリーナを取り戻すには、どうすればいいのでしょう?」有名な歌手は大きめの携帯ポーチのなかから、しわくちゃになった汚い手紙を取り出した。その安っぽい紙には文字が走り書きされていた。

ケネディはすぐにそれを英語に訳した。

「前略。娘は無事だ。だが、前回のようにこの手紙を警察に届けようものなら、娘だけでなくおまえの家族もひどい目に遭うだろう。水曜日のような失敗はもうしない。娘を返してほしければ、土曜の夜十二時に〈エンリコ・アルバーノ〉に一人で来い。このことを誰にも話すな。一万ドル分の紙幣を《イル・プログレッソ・イタリアーノ》紙の土曜版で包んで持ってこい。奥の部屋に男が一人でテーブルに着いている。コートに赤い花をつけているはずだ。おまえは「「道化師」はすばらしいオペラです」と言え。男が「ジェンナーロが出ていればな」と言ったら、新聞紙をテーブルに置け。男は新聞紙を取り、代わりに《ボレティノ》紙を置いて出ていく。新聞の三ページ目に娘の居場所が書いてある。すぐにそこへ娘を迎えに行け。だが、〈エンリコ・アルバーノ〉の近くに警察の影がちらつくようなら、その日の晩に娘を棺に入れて送りつける。恐れるな。必ず来い。おまえが公正に取引すれば、こちらも約束を守る。これが最後の警告だ。おまえが忘れないよう、明日もう一度おれたちの力を見せてやろう。

黒手組《ラ・マーノ・ネーラ》」

この不吉な手紙の最後には、頭蓋骨、交差させた二本の骨、短剣が刺さって血を流す心臓、棺の絵が装飾をあしらわれて描かれており、さらにこれらの下には大きな黒い手が描かれていた。この手紙が意味することは明らかだった。我が国の大都市では近年この手の犯罪が増えて、優秀な刑事たちを悩ませていた。

「これは警察には見せていないんですよね？」とケネディが訊ねた。

「もちろんです」

「土曜の夜は行くつもりですか？」

「行くのは怖いけれど、行かないのも怖いのです」との言葉が返ってきた。一シーズンに五〇〇〇ドルを稼ぐテノール歌手の声は、週給五ドルの父親の声と何ら変わりはなかった。人間というものは、階級の上下とは関係なく根っこはみな同じなのだろう。

「『水曜日のような失敗はもうしない』とは、どういう意味ですか？」とクレイグが訊ねた。

ジェンナーロはもう一度携帯ポーチのなかを手探りして、ようやく一通の手紙を見つけ出した。手紙はタイプライターで書かれており、レターヘッドにはレスリー研究所と印刷されていた。

「最初の脅迫状を受け取った後、妻と私はホテルの部屋を引き払って、義父の家に引っ越したのです。義父は五番街に住む銀行家のチェーザレです。脅迫状を警察のイタリア系担当部署に渡したんです。翌朝、義父の執事が牛乳の味がおかしいと気づきました。舌でほんのわずか牛乳をなめただけなのですが、それ以来体調を崩してしまって。それですぐに牛乳を友人のレスリー博士の研究所に送って、分析を依頼しました。この手紙には、うちの家族があやうく飲みかけたものの成分が記載されています」

「ジェンナーロへ」ケネディが手紙を読みはじめた。

「拝啓。十日に検査を依頼された牛乳の件ですが、こちらで慎重に分析した結果、成分が判明しました。分析結果は左の通りです。

摂氏十五度における比重	一・〇三六
水	八四・六〇%
カゼイン	三・四九%
アルブミン	〇・五六%
グロブリン	一・三二%
ラクトース	五・〇八%
灰	〇・七二%
脂肪	三・四二%
リシン	一・一九%

「リシンとはトウゴマの種の殻に含まれる成分で、まだあまり知られていない毒物です。エールリッヒ教授によると、一グラムの純粋なリシンは、百五十万匹のモルモットを殺すほどの猛毒だそうです。つい最近、ドイツのロストク在住のロバート教授によってリシンの単離に成功しましたが、純粋なリシンはごくまれだそうです。また、不純物が混ざっていても猛毒には変わりありません。その毒性は、ストリキニーネや青酸などの一般的な毒物よりも強いのです。ご家族共々難を逃れて幸いでした。もちろん、貴殿の命が狙われたことにつきましては、ご希望通り秘密にしておきますので、ご安心ください。

敬具

C・W・レスリー」

手紙をジェンナーロに返しながら、ケネディは重々しく口を開いた。「警察に調査を依頼したくない気持ちはよくわかりました。通常の警察のやり方では手に負えないでしょう」

「そして明日、彼らはもう一度何かをやらかすと言うのです」ジェンナーロはうめき声を上げると、手つかずの料理を前に椅子に沈み込んだ。

「ホテルを引き払ったとおっしゃいましたか？」

「ええ。妻が、銀行家の義父の家にいる方が安全だろうと言ったものですから。しかし毒を盛られたことで、義父の家も安心できなくなりました。ですから私はこうやってルイージのところへ来たのです。ルイージとは古くからの友人で、私たちのために料理を用意してくれるんです。もうすぐチェーザレ家の車が迎えにきます。車が来たら、料理を妻に届けるんです――お金も手間も何でもありませんよ。妻はすっかり打ちひしがれています。ケネディ教授、娘のアデリーナに万一のことがあれば、妻は生きる気力を失ってしまうでしょう」

「といっても、お金がないわけではないのです。彼らの要求額は、オペラ劇場での一か月分の報酬です。彼らが要求するなら、一万ドル全額だって喜んで払いますよ。監督のシュレッペンシュワ氏との契約からね。だが、警察ときたら！　彼らは悪党を逮捕することしか頭にないんだ。奴らを逮捕しても、娘のアデリーナが冷たくなって戻ってきたらどうするんだ？　アングロサクソン民族が、正義だの法だのと主張するのは構いません。しかし私は――何と言いましょうか？――感情的なラテン民族なのです。娘を返してほしい――何としてでも。悪党は後から捕まえればいい。そうですとも、奴らが二度と私を脅迫できないよう、彼らを捕まえるのに二倍払ってもいい。ですが、まずは娘を取り返さないと」

「で、義理のお父さまは何と？」

「義父はこの国に長く住んでいることもあって、あなた方と同じ価値観を持っています。奴らと闘ってきたのです。銀行内には〈脅迫に払う金はない〉との張り紙が貼られています。でもそんなのはばかげている。アメリカのことは義父ほど詳しくはないけれど、知っていることが一つあります。警察は成功した試しがないことです――警察の知らないうちに身代金が支払われているのに、彼らは自分たちの手柄にするのです。私はまずは身代金を支払います。それから絶対に奴らに仕返ししてやるんです――さらにお金を使ってでも、あの犬どもを裁いてやります。それにはどうすればいいか、教えてください」

「それよりも」とケネディが言った。「包み隠さずに質問に答えてほしいのです、友人として。私はあなたの味方です、どうか信じてください。あなたか奥様かお義父さまの知り合いか親戚か、誰でも結構です。こんなやり方であなたからお金をゆすり取ろうとする人物に心当たりはありますか？　ご存じかと思いますが、地方検事局のこれまでの捜査によると、いわゆる黒手組の事件のほとんどはこの種の犯行だそうです」

「いません」テノール歌手はきっぱりと言い切った。「そのことは知っていますし、その可能性も考えました。でも、心当たりのある人はいません。アメリカ人はよく、黒手組は元々新聞記者が生み出した作り話だと言います。組織としては存在しないのかもしれません。しかしね、ケネディ教授、私にとっては作り話でも何でもないのです。仮に黒手組の正体が、この名前を使って金をゆすり取る犯罪者集団だったら？　それで事態がましになるとでも？　うちの娘が連れ去られたことに変わりないんです！」

「おっしゃる通りです。あなたが直面しているのは理論ではなく、いかんともしがたい冷たい現実です。それは十分認識しております。この〈アルバーノ〉という店はどこにあるのですか？」

ルイージがマルベリー・ストリートの番地を言い、ケネディがそれをメモした。

「賭博場ですよ」とルイージが説明した。「アルバーノはナポリ出身で、現地マフィアのカモラ党に属しています。同郷人にとっては恥さらしですよ、ケネディ教授」

「アルバーノは脅迫状と関わりがあるのでしょうか？」

ルイージは肩をすくめた。

ちょうどそのとき、大きなリムジンが到着する音が外から聞こえてきた。ルイージは部屋の隅に置いてあった大きなかごを手にすると、ジェンナーロ氏の後に続いて階段を駆け下りた。帰り際に、テノール歌手はぼくたちと握手を交わした。

「私に考えがあります」クレイグはぽつりと言った。「今夜詳しく検討してみます。明日はどちらにいますか？」

「午後はオペラ劇場におります。もっと早い時間が良ければ、チェーザレの自宅にいます。それではこの辺で。ありがとうございました、ケネディ教授。ジェイムソンさんも。ルイージがみなさんを信頼しているのですから、私も全面的に信じておりますよ」

ぼくたちがせまいダイニングルームで座っていると、外でリムジンのドアがバタンと閉まり、ギアチェンジの音と共に車が発進する音が聞こえた。

「ルイージ、もう一つ訊きたいことがあるんだ」ドアが開くと、クレイグが訊ねた。「マルベリー・ストリートの〈アルバーノ〉がある界隈には行ったことがないんだ。その付近で店を構えている知り合いはいないかい？」

「うちの従兄が角で薬局を経営しております。通りの同じ側で、〈アルバーノ〉から少し下ったところです」

「上出来だ！　土曜の夜にほんの数分だけ店を借りたいんだが？　もちろん、きみの従兄に危険が及ぶことはない」

「何とかなると思います」

「すばらしい。では明日九時にここに立ち寄るから、みんなできみの従兄に会いにいこう。お休み、ルイージ。それからこの事件を聞いて私を思い出してくれてありがとう。オペラで何度もセニョール・ジェンナーロの歌声を聴いているからね。彼のためなら喜んで手を貸すし、善良なイタリア人のお役に立てるのはうれしい限りだよ――もっとも、私が計画をうまく遂行できたらの話だけどね」

翌朝九時少し前に、ケネディとぼくは再びルイージの元を訪ねた。ケネディは、前夜に研究室から持ってきたスーツケースを手にしていた。ぼくたちを待っていたルイージと合流すると、急いで出発した。

グリニッチビレッジの曲がりくねった古い町並みを通り抜けると、ようやくブリーカー・ストリートに到着。そこからさまざまな人種が入り乱れるニューヨークの下町を通って東へ向かった。マルベリー・ストリートにたどり着く前に、ぼくたちはにぎやかな町の一角に群衆が集まっていることに気づいた。人々が立ち入らないよう非常線が張られ、一メートル八〇センチの長身でぶっきらぼうだが善良なアイルランド系の警官たちが、南欧や北欧からニューヨークに移住してきた身長一メートル五〇センチの苦労多き移民たちに、前に進めと促していた。

ぼくたちが群衆のなかを突き進むにつれて、前方に正面部分が剝がれて崩れ落ちた建物が見えてきた。窓の厚い板ガラスは砕け散り、歩道には緑色のガラスの破片が飛び散っている。上階の窓ガラスはもちろんのこと、通りの両側にある付近の家の窓ガラスも同じように割れていた。かつて窓を守っていた鉄格子も、今はねじれ曲がっている。建物内部の入り口付近の床には大きな穴が空いていて、なかを覗き込むと、燃えた机と椅子の残骸が散乱していた。

「何があったんですか?」ぼくは、新聞記者のバッジを見せながら近くにいた警官に訊ねた。近年、新聞社に対して箝口令が敷かれるなかで、バッジを見せることで何か情報が得られるかもしれないと期待したのだ。

「黒手組による爆破事件だよ」

ぼくはひゅうと口笛を吹いた。「けが人は?」

「奴らはいつも人は殺さないのでは?」返事する代わりに、警官はぼくがこの手の事件に詳しいかを試すかのように問い返してきた。

「確かに。奴らは人間よりも建物を狙う。でも、今回は一人も犠牲者が出なかったんですか? 状況を見る限りでは、弾薬がぎっしり詰まった爆弾が炸裂したようですが」

「かなり危なかったようだ。パイプ爆弾が爆発したとき、銀行はまだ開店後間もなかったんだ。煙が収まる前に見物人が集まってきてしまった。銀行の経営者はけがを負ったが、ひどい状態ではない。

詳しい話が聞きたければ、本部へ行ってくれ。これ以上話すと秘密漏洩で解雇されてしまう。話すなと言われているんだよ」彼はにやりと笑うと、群衆に目を戻した。「さあ進んでください。交通の邪魔です。歩みを止めないでください」

ぼくは振り返ってクレイグとルイージを見た。二人の目は頭上にあった大きな看板に釘付けだった。それはすっかり傾いて壊れかけた金色の看板で、こう書かれていた。

チーロ・ディ・チェーザレ銀行
ニューヨーク、ジェノバ、ナポリ、ローマ、パレルモ

「これは警告だ。ジェンナーロと彼の義父に忘れるなと警告しているんだ」ぼくは息を飲んだ。

「ああ」クレイグはそう言ってその場を離れると、ぼくたちもあとに続いた。「チェーザレもけがを負った。身代金を拒否する趣旨の張り紙を貼っていたからかもしれないが、おそらく違うだろう。奇妙な事件だ――通常は辺りに誰もいない夜に爆弾をしかける。おそらくジェンナーロを脅す以外に何か目的があるんだ。チェーザレも標的となっている気がする。最初に毒を盛り、次はダイナマイトだからね」

群衆を押しのけながら進んでいくと、ようやく活気にあふれたマルベリー・ストリートに到着した。小さな店が並ぶ通りをどんどん下っていく。子どもたちをよけ、何枚も重ねた作業着をバランスよく頭に乗せた女性や、大きな荷物が入ったケープを抱えた女性たちに道を譲った。ここは何万人ものイタリア人が住む小さなイタリア系の移民街に過ぎないが、その数はローマに住むイタリア人の人口を

超えている。ニューヨーカーたちは彼らの生活を知らないし、気にもとめない。

ようやくアルバーノのワイン酒場に到着した。五階建てのいわゆる〈新法〉に準拠した建物の一階に位置する、暗くて嫌なにおいのする不快な場所だった。ケネディはためらうことなく店に入り、ぼくたちも後に続いて、スラム街の見物客の振りをした。まだ時間が早いこともあって、客はごくわずかだ。失業者と無害そうに見える連中が鋭い目つきでこちらを見た。アルバーノは額が小さくて脂ぎっていて、狡猾そうな顔つきの男だった。純粋無垢な男たちの心を恐怖で震え上がらせるこいつの姿は容易に想像できる。両方のこめかみに親指を押しつけた後、その骨張った長い人差し指を喉元で引く仕草をするだけでいい——いわゆる黒手組の合図というやつだ。法廷の場で証言する間に、この合図を見て押し黙った目撃者が大勢いる。

ぼくたちは奥の部屋へと進んだ。天井の低いその部屋には客は誰もおらず、ぼくたちはテーブルに着いた。この店で人気のカリフォルニア産〈赤インク〉のボトルを分け合いながら、ぼくたちは黙って座っていた。ケネディはその場所の特徴を頭のなかでメモしていた。天井の真ん中には、大きな反射板のついたガス灯が一つかかっていた。部屋の奥の壁には横長の窓が一つあった。外側には、窓格子と明かり窓のように開閉できるサッシがついていた。テーブルは汚く、椅子はぐらぐらした。壁には塗装がされておらず、梁も剝き出しのままだ。こんなに感じの悪い場所は見たことがない。

こまかくチェックして満足したのか、ケネディは立ち上がると、経営者に赤ワインについてお世辞を言った。その様子から、ケネディのなかで計画が固まったのだとわかった。

「犯罪とは実にあさましいものだな」通りを歩きながらケネディが口を開いた。「〈アルバーノ〉の店内を見たかい。《スター》紙の警察記者でさえ、あの店の良いところなど見つけられないだろうよ」

次にぼくたちが向かったのは、街角にあるルイージの従兄が経営する小さな薬局だった。ルイージの従兄は仕切りの奥の調剤室へぼくたちを案内すると、椅子を取ってきてくれた。

ルイージの慌ただしい説明を聞いて、薬局の主人の純朴そうな顔がみるみる陰った。店主が自分とそのわずかな財産が恐喝者の目にさらされることに怖じ気づくのを見て、ケネディが口をはさんだ。

「ここに小さな装置を置かせてもらって、今夜数分間使いたいだけです。あなたに危険が及ぶことはありませんよ、ヴィンチェンツォ。こちらも秘密裏に進めたいのです。絶対に誰にも漏らしませんよ」

ヴィンチェンツォがようやく納得すると、クレイグはスーツケースを開けた。中身はわずかで、輪状に巻かれた絶縁線の束が数本、道具箱、包装された包みが数個、二着のつなぎ服しか入っていなかった。すぐにケネディはつなぎ服を着ると、顔や手に泥や油を塗りつけた。彼に指示されて、ぼくも同じようにした。

道具箱、絶縁線、小さい包みを一個手にすると、ぼくたちは一度外へ出た。それから建物のなかの暗くて風通しの悪い廊下に入って、階段を上りはじめた。上る途中で不信感を露わにした一人の女に呼び止められた。

「電話会社です」ケネディは素っ気なく答えた。「建物の所有者の許可証もあります。屋上に電線を引くんです」

ケネディはポケットから古い手紙を取り出したが、たとえ女が読む気になったとしても、暗すぎて判読できなかっただろう。かくしてケネディの思惑通りに、ぼくたちはまんまと切り抜けた。ようやく屋上に到着すると、数軒先の建物の屋上で子どもたちが遊んでいるのが見えた。

ケネディは、二束の絶縁線をヴィンチェンツォの店の裏庭へと垂らした。それから二本の絶縁線を屋上の縁に沿って這わせはじめた。

作業をはじめて間もなく、子どもたちが集まってきた。しかしケネディは黙々と作業を進め、ようやく隣の建物に到着した。

「ウォルター」ケネディが小声でぼくを呼んだ。「一分でいい、子どもたちをどこかへやってくれないか？」

「おーい、きみたち」ぼくは大声で子どもたちに話しかけた。「屋上の縁のそんなギリギリのところにいると落ちてしまうよ。後ろに下がって」

言っても無駄だった。子どもたちは、眼下に張り巡らされた物干しロープに少しもおびえていない。

「じゃあ、この付近にお菓子屋はあるかい？」ぼくはやけになって訊いてみた。

「あるよ」みんなが声をそろえて返事した。

「誰か、下へ行ってジンジャーエールを一本買ってきてくれないか？」

その質問に、たくさんの声ときらきらした目が返ってきた。全員が行きたがった。ぼくはポケットから五十セント硬貨を取り出すと、年長の少年に渡した。

「よし、急いで行ってこい。おつりはみんなで分けるんだぞ」

子どもたちは大急ぎで駆けだし、ぼくたちだけが残った。ケネディはようやく〈アルバーノ〉の建物に到達したが、最後の子どもの頭が屋上から消えた途端に、ヴィンチェンツォの建物でやったときと同じように、二本の長い絶縁線を裏庭に向けて垂らした。

ぼくが戻ろうとすると、ケネディが止めた。

「まだだめだ。絶縁線がここで終わっていることに子どもたちが気づいてしまう。もう数軒先まで作業を続けないと。あとは、絶縁線が下に垂れていることに子どもたちが気づかないことを祈るだけだ」

騒がしい声と共に子どもたちが戻ってきたとき、ぼくたちは数件先の建物を作業していた。子どもたちは安物のキャンディで手はべたべた、〈イーストサイド〉のチョコレートで口のまわりが茶色く染まっている。疑われないよう、ぼくたちはジンジャーエールの栓を開けて無理矢理飲んだ。数分後に建物の階段を降りて、〈アルバーノ〉の真上に出た。

ケネディはどうやって、疑われることなくもう一度〈アルバーノ〉に入るつもりだろうか？　そんなぼくの不安をよそに、ケネディは巧妙に解決策を出してきた。

「さてと、ウォルター。〈アルバーノ〉の〈赤インク〉をもう一杯飲めそうかい」

ぼくは、科学と正義のためならねと答えた。

「きみの顔はかなり汚れている。作業着も着ているから、先日店を訪れたときとは別人のように見えるよ。店主も客も、同じ人物だと気づかないだろう。私もうまく化けているかな？」

「失業中の石炭運搬人みたいに見える。まったくきみには感服するよ」

「わかったよ。この小さいガラス瓶を持っていってくれ。奥の部屋に行って、その外見に見合った安い飲み物を注文しろ。部屋に誰もいなくなったときを見計らって、ボトルを割るんだ。なかには液化ガスが入っている。次に何をすべきかは鼻が教えてくれるよ。隣のブロックにガス会社の車が止まっていたと店主に伝えて、ここに私を呼びにきてくれ」

ぼくが店に入ると、いかにも悪知恵を働かせそうな人相の悪い男がテーブルに着いて何かを書いていた。書きながら葉巻を吸う男を見るうちに、顔に傷跡があることに気づいた。耳たぶから口元まで深いくぼみが走っている。カモラ党員の印だ。ぼくは椅子に座ったまま、煙草を吸ったり、ちびちび飲んだりして何分間かつぶした。心のなかでは、男のいかにも犯罪者らしい顔つきよりも、部屋から出ていかないことに舌打ちしていた。ようやく男は部屋を出ていき、切手はないかと店主に訊ねた。

ぼくはすぐさま忍び足で室内の隅へ移動して、かかとで小瓶を踏みつぶすと席に戻った。室内にむかつくようなにおいが充満した。

顔に傷のある人相の悪い男が戻ってきて、鼻をくんくん鳴らした。ぼくも鼻を鳴らした。次に店主がやってきて、やはり鼻を鳴らした。

「ちょっと」ぼくはできるだけ強そうな声を出した。「ガス漏れじゃないか。ああ、そうだ。ここに来る途中、隣のブロックでガス会社のワゴンを見かけたんだ。業者を呼んでくる」

ぼくは慌てて外へ出ると、ケネディがいる場所へ走った。ケネディはいらいらしながら待っていた。そして道具箱をカタカタ言わせながら、いかにも面倒そうな様子でぼくの後についてきた。

ワイン酒場に入ると、ケネディは鼻を鳴らし、いかにもガス会社の作業員らしい様子で言った。

「どこで漏れてんだ?」

「場所を突き止めるのがおまえの仕事だろうが」アルバーノが不平を言った。「給料をもらってるんだろ?　おまえの仕事をおれにやらせようってのか?」

「おまえらみんな、とりあえずここから出ろ。こんなところで葉巻や煙草をくわえやがって。吹き飛ばされたいのか?　さっさと出ろ」とケネディは怒鳴った。

みんなが慌てて出ていくと、クレイグは急いで道具箱を開けた。

「急げ、ウォルター。ドアを閉めて押さえててくれ」そう叫ぶと、クレイグは手早く作業に取りかかった。小さな包みを開いて、平らなディスク状になった黒い加硫ゴムを取り出し、テーブルの上に飛び乗って、ガス灯の上の反射板の上に取り付けた。

「下からこれが見えるかい？」ケネディが小声で訊いた。

「いや。そこにあるとわかってても気づかないよ」

次に、その物体にワイヤーを何本かつなぎ、梁の陰などで隠しながら天井から窓に向かってはわせた。窓までくると、屋上から垂らしている二本の絶縁線にワイヤーをつなげ、見えないように外に押し出した。

「誰も気づかないことを祈るしかないな。この短時間でできる最善のことをやった。いずれにしても、こんなに殺風景な部屋は見たことがない。人に見られずにあれを取り付けられる場所は、他にはないからね」

ぼくたちは液化ガスが入っていた小瓶の残骸を集めると、ドアを開けた。

「もう大丈夫だ！」酒場の前の道を歩きまわりながらケネディが言った。「次に問題を見つけたら、会社に電話してくれ。おれは上からの命令なしで勝手に動けないんだ。わかったか？」

間もなく、ぼくもあの不愉快な雰囲気から出られることを喜びながら店を出た。そしてヴィンチェンツォの薬局の裏側へ戻ると、ケネディはまたもや作業をしていた。だが、今度は裏窓がなかったため、裏庭に垂れ下がっていた絶縁線を苦労しながら側面の窓まで引っ張ってなかに入れた。誰にも疑われることなく完成したと思いきや、ケネディは絶縁線を古びたオーク材の長方形の箱と、特別仕様の一対の乾電池につなげた。

作業でついた汚れを洗い落とし、作業着をスーツケースにしまっていると、ケネディが口を開いた。

「さてと。これで十分だろう。安心して黒手組に会いに行けと、ジェンナーロの背中を押してやれる」

ヴィンチェンツォの薬局を出て、センターストリートまで歩いたところで、レストランに戻るルイージと別れた。別れ際に、夜七時半にヴィンチェンツォの薬局に来てくれと伝えた。

ぼくとケネディは新しい中央警察署へ向かった。署内の長い廊下を突っ切って、イタリア人課へ向かった。ケネディが名刺を出して、担当者であるジュゼッペ警部補を呼び出すと、すぐに通してもらえた。警部補は丸顔で背が低くて肉づきの良いイタリア人だった。髪の色はやや明るめで、目は一見鈍そうに見えるが、そうではない。実際には、目に入るものすべてを吸収し記憶に焼き付けていることをカムフラージュしているのだとわかった。

「ジェンナーロの事件についてお話ししたいのです」クレイグが口火を切った。「一言付け加えておくと、私は数々の事件で本部のオコーナー警視と緊密に協力しております。あなた方とも信頼し合えるのではないかと思います。あなたが把握している情報を教えていただけませんか？　私が知っていることをお話しすると約束しますから」

警部補は椅子にもたれて、さり気なくケネディを値踏みした。「私は去年、イタリアに行きましてね」警部補がようやく口を開いた。「カモラ党の容疑者たちの洗い出しに尽力しました。実は彼らの経歴を調べるうえで密告がありましてね――出所を言う必要はないと思いますが、的確な情報でした。容疑者たちを現在ヴィテルボで行われている裁判にかけられたのは、私がイタリア警察に提出した証拠のおかげでもあります――その情報は、元々は私がアメリカで入手したものです。出所は先ほど申し上げた情報源ですが、隠す必要はなさそうですね。最初に密告してくれたのは、ニューヨークのある銀行家だったのです」

「察しはつきます」ケネディがうなずいた。

「ならご存じかと思いますが、この銀行家は大した闘士でしてね。黒手組からイタリア系移民を救おうと、白手組という組織を立ち上げたんです。この組織には、ニューヨークやシカゴなどの都市に住む黒手組のギャングに関する情報だけでなく、ナポリのカモラ党やシチリア島の前マフィア党員たちの情報もたくさんあります。ご存じのように、その銀行家のチェーザレは、ジェンナーロの義理の父親なのです」

「ナポリにいたとき、数年前に殺人を犯した犯人の記録を調べていたんです。殺されたのは、人に迷惑をかけることなく静かに暮らす老いた音楽家でした。しかし、その音楽家はチェーザレから援助を受けていて、かなりの大金を受け取っていたことがわかりました。お察しかもしれませんが、この老人はジェンナーロの最初の音楽教師、彼の才能を見いだした人物なのです。この老人にどうして敵がいるのかと戸惑うかもしれませんが、彼のささやかな財産を狙った者がいたのです。ある日、老人は刺されて金品を奪われました。犯人は、老人が殺されてるぞと叫びながら通りに走り出てきました。昼間の出来事だったこともあり、すぐに人が集まってきました。しかしけがを負った老人が、自分を刺した人物の名前を告げる前に、犯人は逃げて古いナポリの複雑な町並みのなかに消えてしまいました。ナポリならかくまってくれる友人の住処もよくわかってますからね。その殺人犯、フランチェスコ・パオリはニューヨークへ逃走しました。今、私たちは奴を追っているのです。頭が良くて、平均的な人よりもはるかに頭が切れる。ナポリから数キロ離れた町に住む医者を父に持ち、大学も行きましたが、何か悪さをして放校されたのです――要するに一家の厄介者ですよ。お坊ちゃん育ちなので、この国に来ても鉄道での作業や溝掘りはできない。かといって、それ以外の仕事に就けるほどの教養もない。ですから、奴は熱心に働く同郷人を食い物にしているんです——要するに、確たる生活手段がないまま、知恵だけで生きる男の典型例ですよ」

「極秘情報ですが、あなたにはお教えしましょう」と警部補は続けた。「私が思うに、チェーザレはこの国でパオリを見かけたのでしょう。パオリがかつての音楽教師の殺人犯として追われていることを知っていたチェーザレは、私に彼の過去の記録を調べろと内報してきたのです。いずれにせよ、私がイタリアから帰国して間もなく、パオリの行方がわからなくなりました。今もわからないままです。おそらくパオリは、自分のことを内報したのが白手組だと知ったのでしょう。イタリアにいた頃にカモラ党員だった彼は、アメリカでも情報はいくらでも手に入るでしょうから」

そこでいったん口をつぐむと、警部補は手のなかの一枚の厚紙を取り出した。

「この事件に関する私の推測が正しければ、パオリの居場所を突き止められれば、アデリーナ・ジェンナーロの誘拐事件もすぐに解決できるでしょう。これがパオリの写真です」

ケネディとぼくは、身を乗り出して写真を見た。驚いたことに、写真に写っていたのは、ほほに傷跡があるあの人相の悪い男だった。

「なるほどね」クレイグは、そっと警部補に写真を返した。「この男が犯人かどうかはともかく、今夜どこへ行けば誘拐犯を捕まえられるかは知ってますよ、警部補」

今度は、ジュゼッペ警部補が驚く番だった。

「あなたのご協力があれば、この男とギャング一味を捕まえられます」そう言うと、クレイグは計画をざっと説明したが、肝心な情報は黙っておいた。警部補が手柄ほしさに早まって介入して計画をつぶされては困るからだ。

　最終的に次のように手はずが整った。警察から選ばれた精鋭チームの四人は、ヴィンチェンツォの薬局の向かいにある空き店舗で隠れて待つ。誰にも目撃されないよう、夕方の早い時間から待機する。薬局のショーウィンドウに飾ってある色つき瓶の後ろの照明が消えたら、それを合図に突撃する。同じ頃、中央警察署でも三人の精鋭警察官がタクシーに乗って待機し、電話で連絡が来次第、所定の住所に向けて出発することになった。

　オペラ劇場では、ジェンナーロが不安でいてもたってもいられない様子でぼくたちを待っていた。チェーザレの銀行を襲った爆発事件のせいで度を失っていた。ジェンナーロはすでに銀行から手の切れそうな千ドル札を十枚引き出して、《イル・プログレッソ》紙にはさんで持っていた。

「ケネディさん。私は今夜奴らに会います。殺されるかもしれませんがね。見てください、拳銃を用意しました。かわいいアデリーナを救うためなら私も闘いますよ。でも奴らの目的がお金だけなら、くれてやっても構わない」

「一つだけ言わせてください」とケネディが言った。

「いいえ、ノーです、ノー！」テノール歌手は大声を上げた。「私は行きますからね。止めても無駄です」

「止めはしませんよ」とクレイグが請け合った。「ですが一つだけ、私の言うとおりにしてほしいのです。そうすれば娘さんは髪一本たりとも傷つけられずに、恐喝者も捕まえられます。約束しますよ」

「どうやって？」ジェンナーロが身を乗り出した。「私はどうすればいいんですか？」

「簡単です。約束の時間に〈アルバーノ〉へ行ってください。奥の部屋で席に着いて、奴らと会話をしてください。ここからですよ、セニョール。《ボレティノ》紙を手に入れたら、すぐに三ページ目を開き、住所が読めない振りをして、男に読んでくれと頼んでください。男の後に、その住所をあなたも復唱してください。それからうれしくてたまらない振りをして、客みんなにワインをおごるのです。ほんの数分で結構ですよ。これであなたは明日にはニューヨークで一番幸せな男になれますよ」

ジェンナーロは、目に涙をためながらケネディの手を握った。「警察に任せるよりもずっと頼りになりそうだ。絶対に忘れませんよ、絶対に」

劇場を出ると、ケネディが話しはじめた。「事件を解決できないからといって、警察を責めることはできないよ。アメリカは、警察をイタリアに派遣して重罪の容疑者たちの経歴を調べる。その警官は命を落とし、別の警官が任務を引き受ける。そしてアメリカに帰国すると、今度は事務作業にまわされて記録をせっせと訳させられる。降格される者もいる。その結果はどうだ？　犯罪者を三年以内に国外追放しないと、時効で何百件もの記録が無駄になる。皮肉なものだろう？　私の予想では、七百人のイタリア人容疑者のうちの約五十人は今も逃亡中で、しかもほとんどはこの街に隠れている。そして善良なイタリア系移民を守ってくれるのは十数名程度の警察チームだ。まったく。黒手組がはびこるのは私たちのせいでもあるんだ」

ぼくたちはブロードウェイの一角に立って、バスを待っていた。

「さてと、ウォルター。十一時半に地下鉄ブリーカー・ストリート駅で待ち合わせよう。私は大学に行くよ。リン光性の塩類に関する重要な実験を今日中にやってしまわないと」

「それが事件とどう関わりがあるんだい？」ぼくにはさっぱり見当がつかない。

「何も」とケネディは答えた。「関わりがあるとは言ってない。十一時半だ、忘れるなよ。それにしてもパオリめ、相当頭のいい奴だな、リシンを知っているなんて。私ですら最近まで知らなかったのに。ああ、バスが来た。じゃあまた」

クレイグは、アムステルダム・アベニュー行きのバスに飛び乗った。ぼくはというと、《スター》紙からもらったせっかくの平日休暇を、やきもきしながら八時間もつぶさなければならなかった。

時間はのろのろと過ぎていき、約束の時間ちょうどにケネディと落ち合った。ケネディはどうかわからないが、ぼくは興奮を抑えながらヴィンチェンツォの薬局へ向かった。ニューヨークのこの界隈は、夜になると妖しい雰囲気が漂う。オリーブオイルや果物などを売る店の照明が一軒ずつ消えてゆく一方で、あちこちのワイン酒場から音楽が流れてくるし、街角にたむろする小さな集団からは楽しそうな声が聞こえてくる。ぼくたちは〈アルバーノ〉とは反対側の道を歩きつつ、なるべくじろじろ見ないよう注意した。というのも、店の近くには何人かの男たちがうろうろしていたからだ――おそらく見張り役だ。何か怪しい動きがあれば、彼らは即座に秘密の合図を送り、それがあっという間に仲間たちに伝わるのだろう。

角で道を渡るとき、ヴィンチェンツォの薬局のショーウィンドウをちらりと見て、そのついでに通りの向こうにある暗い空き店舗を盗み見た。なかには警官が隠れているはずだ。それから薬局に入ると、無造作に歩きながら仕切りの奥へ向かった。奥には既にルイージがいた。店内にはまだ客が数人いたため、ヴィンチェンツォが最後の処方箋を手早く用意するまで、ぼくたちは椅子に座って静かに待った。

ようやくドアが施錠され、照明が落とされた――もちろん、ショーウィンドウのなかの合図に使う照明はついたままだが。

「十二時十分前」そう言いながら、ケネディはテーブルに長方形の箱を置いた。「もうすぐジェンナーロが来る。この装置が作動するか試してみよう。もしも今朝取り付けたワイヤーが切断されていたら、ジェンナーロは運を天に任せるしかない」

ケネディは腕を伸ばして、人差し指を軽く動かしてスイッチを押した。

間もなく、店内にがやがやする話し声が広がった。みんなが一斉に早口でしゃべっているようだ。あちこちから会話の断片、単語、言葉の端々が聞こえてきて、ときには文全体が聞こえてくることもある。グラスをカチンと鳴らす音。むきだしのテーブルにさいころを振る音とののしり声。コルク栓を抜く音。誰かがマッチを擦る音。

ぼくたちは当惑し、説明を求めてケネディを見た。

「〈アルバーノ〉の奥の部屋のテーブルに座っていると想像してみてほしい。そうすればこんな音が聞こえてくるはずだ。これは私の〈電気の耳〉だよ――ディクトグラフ（盗聴器の一種）と呼ばれていて、アメリカの諜報機関でも使われているそうだ。さてと。そろそろジェンナーロが来る頃だ。ルイージとヴィンチェンツォは、耳にした会話を通訳してください。私のイタリア語はすっかりさびついているので」

「こちらの会話も向こうに筒抜けなんですか？」ルイージはおっかなびっくりといった様子でささやいた。

クレイグが声を立てて笑った。「いいえ、その機能はまだできません。でも、もう一つのスイッチを押せば、ベルシャザルの壁に文字が現れたときのように（旧約聖書のエピソード。ベルシャザル王の宮殿で宴の最中に、人間の手の指が現れて壁に文字を書いた）人々は大騒ぎするでしょう——もっとも私の場合は、字を書くのではなく声を出すのですが」

「彼らは誰かを待っているようです」とヴィンチェンツォが言った。「『もうすぐ奴が来る。さあ、出て行け』という声が聞こえました」

部屋から男たちが出ていき、騒々しい話し声がやや収まった。今は一、二人しか残っていない。

「一人が『子どもは元気だ。裏庭に残してきた』と言ってます」ルイージが訳した。

「どこの裏庭だ？　場所を言ったかい？」ケネディが訊ねた。

「いいえ。『裏庭』としか言いませんでした」とルイージ。

「ジェイムソン。店の電話室へ行き、中央警察署に電話してくれ。車と警官の準備ができているか確認してきてくれ」

ぼくが電話をかけると、中央警察から準備万端だとの返事が返ってきた。

「じゃあ、本部に回線を空けておいてくれと伝えてくれ——一刻を争う事態なんだ。ジェイムソン、きみは電話室で待機だ。ヴィンチェンツォ、きみはショーウィンドウで作業している振りをしてくれ。くれぐれも目立たないように。通りでは見張りが注意深く辺りを伺っているからね。ルイージ、向こうはどうなってる？」

「ジェンナーロが来たようです。一人が『奴が来た』と言ったのが聞こえました」

電話ブースにいるぼくにも、ディクトグラフから流れてくる、通りの先にある〈アルバーノ〉の薄暗い奥の部屋でのやり取りが聞こえた。

「奴が赤ワインのボトルを注文している」ルイージが興奮で体をバタバタさせながら小声で言った。

ヴィンチェンツォは緊張のあまり、ショーウィンドウにある瓶を一本倒した。ぼく自身も、警察のオペレーターから準備ができたかと何度も訊かれるものだから、心臓が高鳴る音が電話越しに警察に聞こえているに違いないと思った。

「さあ、来たぞ、合図だ」とクレイグが声を上げた。「『「道化師」はすばらしいオペラです』さあ、答えを聞こう」

一瞬間を置いて、「ジェンナーロが出ていればな」とぶっきらぼうな声がイタリア語で言うのが、ディクトグラフ越しに聞こえた。

沈黙が続いた。緊張感が漂う。

「おい、待ってくれ。」ジェンナーロとすぐにわかる声が聞こえてきた。「読めないんだ。何と書いてある？　プリンス・ストリートの二十二番地か？」

「違う。三十三番地だ。娘はその裏庭にいる」と男が答えた。

「ジェイムソン。プリンス・ストリート三十三番地に向かえと、警察に伝えてくれ。少女は裏庭にいる。黒手組が約束を破る前に、急げ」

ぼくは叫ばんばかりの大声で警察署に指示を出した。「出発しました」とのオペレーターの声を聞いてから、ぼくは受話器を置いた。

「何だって？」クレイグがルイージに訊ねた。「聞き取れなかった。何って言った？」

「男がジェンナーロに『これを数えるから、座れ』と言ったんです」

「しっ。また何か言ったぞ」

「一ペンスでも足りなかったら、または紙幣に印がついていたら、エンリコに電話して、またおまえの娘を誘拐させるからな」とルイージが通訳した。

「ああ、今度はジェンナーロがしゃべっている」とクレイグ。「いいぞ。時間を稼いでくれている。頼もしい人だ。これなら大丈夫そうだな。だみ声の男に『ワインをもう一本どうか』と訊いている。『もらおう』と男が答えた。よし。警察はもうプリンス・ストリートに着いているはずだ。だがもう数分やろう。それ以上はだめだ。向こうからすぐに〈アルバーノ〉に連絡が入るかもしれない。そうなったらジェンナーロが殺されてしまう。ああ、彼らがまた飲みはじめた。ルイージ、何だって？『金は全部ある』って男が言ったのか？　よし、ヴィンチェンツォ。明かりを消してくれ！」

通りの向かいのドアがバタンと開き、四人の巨体の影が〈アルバーノ〉に向かって突進した。ケネディは、装置のもう一つのスイッチを押して大声を上げた。「ジェンナーロ、ケネディです！逃げて！　警察《ポリツィア》だ！、警察《ポリツィア》だ！」

続いて取っ組み合いをする音や叫び声が聞こえてきた。バーで別の声が叫ぶのが聞こえた。「電気を消せ！　電気を消せ！」

バン！と拳銃の発射音がした。続いてもう一発。

先ほどまで騒々しい音を立てていたディクトグラフは、今では葉巻箱のように静まりかえっている。「どうしたんだ？」ケネディが走ってぼくの横を通り過ぎる際に、ぼくは訊ねた。

「奴らが銃でランプを撃ったんだ。ぼくの受信装置も壊れてしまった。来い、ジェイムソン。ヴィンチェンツォ、人前に出たくなければ、あなたはここで待っていてください」

ぼくの横を小柄な男が駆け抜けた。ぼくよりも足が速そうだと思いきや、忠誠心の強いルイージだった。

〈アルバーノ〉の前では、激しい格闘が繰り広げられていた。暗闇のなかでやみくもに銃が発射され、あちこちの建物の窓から頭が覗いている。ケネディとぼくが人混みに飛び込むと、ジェンナーロの姿がちらりと見えた。怪我をした肩から血が流れている。ジェンナーロは警察官と取っ組み合いをしていて、ルイージがその間に割って入ろうとしている。その警官に向かって、別の警官に取り押さえられている男がせき立てた。

「そいつが犯人だ。誘拐犯だ。おれが捕まえたんだ」

ケネディはその背後に駆け寄った。「パオリ。それは嘘だ。おまえが誘拐犯だ。こいつを捕まえてくれ――身代金も持っている。あの男はジェンナーロだ」

警官はテノール歌手を離し、二人がかりでパオリを押さえつけた。他の警官は店のドアを叩いていたが、連中は内側に立てこもっていた。

ちょうどそのとき、タクシーが止まった。なかから三人の男が飛び出してくると、〈アルバーノ〉のバリケードを壊そうとする警官たちに加勢した。

ジェンナーロは悲鳴を上げてタクシーに飛びついた。彼の肩越しに、カールした焦げ茶色の髪の塊が見えた。続いてあどけない声がたどたどしく言った。「何で来てくれなかったの、パパ？　悪い人たちが言ったんだよ。裏庭で待っていればパパが迎えに来てくれるって。でも、あたしが大声を出したら、銃で撃つって言われたの。だからずっと待ってたんだよ、ずっと」

「よしよし、リーナ。パパと一緒にママの待つおうちに帰ろう」

ドアが蹴破られ、すさまじい音が鳴り響いた。かくして悪名高いパオリの一味は警察の手に落ちた。

架空の楽園

ある晩ぼくは、ケネディにビッグニュースを伝えようと急いで帰宅した。確かあれは、中央アメリカの小国、ヴェスプクシア共和国の情勢が危うくなり、アメリカ人投資家の間に不安が広がっていたときのことだ。

実を言うと、ゴムへの投資ブームが起きたときに、ケネディはヴェスプクシア共和国のゴム会社の株を買った。ところが、輪ゴムが伸びきったところで手を離すみたいに、ゴム会社の株価が突然暴落。その反動でケネディは大損する恐れがあり、株価がある額に達したら損を覚悟で株を売却するよう、ブローカーに注文していたのだった。ぼくのニュースはその暗黒に一筋の光をもたらすものだったため、「売り注文をキャンセルしろ、値上がりするまで待て」とケネディにアドバイスしようと思っていた。

かくしてぼくは慌ただしくアパートに駆け込み、ドアを閉じる間ももどかしく、大声で話しかけた。「聞いたか、クレイグ? 革命派が政府から五十万ドルを盗んで送金——」そこでぼくは口をつぐんだ。まさかケネディに来客があるとは思わなかったのだ。しかもそれは若い女性だった。

慌てて小声で謝罪して口をつぐむと、自分の部屋へ向かった。といっても急いで部屋へ向かったわけではない。ケネディの客は若かっただけなく、実に美しい女性だとわかったからだ。ぼくが急にドアを開けて革命のことを言ったとき、彼女はいかにも関心ありそうな表情で振り返ったのだ。ラテンアメリカ系の女性だった。ラテンアメリカ系で美人といえば、少なくともぼくには魅力的だった。ぼくは後ろ髪を引かれる思いでリビングを後にした。

が、ぼくの願いが伝わったのか、ケネディが立ち上がった。「ゲレーロさん。ジェイムソンくんを紹介します。難しい事件を解決するときに、彼に何度も助けてもらったんですよ。ウォルター、ゲレーロさんのお父さんはプランテーションの経営者だそうだ。しかも私が関心を持つ会社に収穫物を卸しているんだよ」

彼女は優雅に会釈したものの、やや落ち着きのない様子だったため、ケネディは機転を利かせた。

「ゲレーロさん、あなたの事件の捜査にはジェイムソンくんの助けが必要になるでしょう。お父さまが不自然な形で失踪したという先ほどの話を、彼に手短に話してやってくれませんか？　話すついでに、何かを思い出すかもしれない――ささいに思えることが、実は重要な鍵だったりしますからね」

彼女はうなずくと、耳に心地よい低音の声を震わせながら事件の一部始終を話した。

「私たち、つまり父と私はヴェスプクシア北部の出身です――母は私がまだ幼かった頃に亡くなりました。海外の資本家たちが新しいゴム工場を設立しようとしている場所です。一人っ子の私は、ポニーに乗れるようになってからずっと父と一緒に過ごしてきました。農場の見まわりにいくときはもちろん、ヨーロッパやアメリカに出張する際にも父についていきました」

「最初に言っておきましょう。ジェイムソンさん、父は広い土地を所有する地主なのですが、政治的にはリベラルな立場を取り、今ヴェスプクシアで起きている革命を強く支持しています。実際、内乱が起きてすぐに私たちは国外へ出ざるを得なくなりました。父は近隣の国々よりも、ニューヨークで必要とされていると思ったから、ここへ来たのです。ですから革命が失敗に終わると、父の農園は没収されて一文無しになるでしょう。父は――あなた方に言わせると革命組織《フンタ》の構成員となるでしょうが——代理人として、このニューヨークで活動していました」

「武器や弾薬を調達してるんだよ」彼女が間を置くと、ケネディが補足した。「そして、その貨物が〈農業用機械〉としてニューオーリンズまで無事に届くよう手配するんだ。ニューオーリンズでは、他のエージェントが貨物を受け取って、今度はその貨物が無事にメキシコ湾を渡るよう手配するんだ」

彼女はうなずき、少し考えた後に続けた。「ニューヨークにはヴェスプクシア系移民の小さな居住地があるんです。そこには革命派の支持者と政府派の支持者の両方が住んでいます。一見平和に見えるこの街でどんな陰謀が企まれているか考えたこともないかもしれません。でも、実はいろいろとあるのです——私が知らないものもありますし。このところ父の行動がおかしかったんです。メンデス夫人という女性の自宅で頻繁に集うグループがあって——もちろん革命派のグループです。私は参加していません。みんな私よりもずっと年上なので。夫人はよく知っていますが、私が好んでお付き合いするタイプの人ではないのです。私の友人たちは急進的でずっと若く、ヴェスプクシアの未来を本気で心配する人たちなんです」

「この何週間か、父はメンデス夫人にすっかり感化されていました。以前とは別人のようです。実際に、夫人とはあまり交流がない何人かの革命組織メンバーも、父に同じ印象を抱いていました。ふさぎ込みがちでたまにしか仕事をせず、まったく働かないときもあるのです。父はよく目を閉じたまま黙って座り、大義を達成することなど気にも留めなくなりました——達成できなければ、うちの土地は取り戻せないのに」

「先日、武器が入った積荷がなくなったんです。サウス・ストリートの倉庫から運び出して、ニューオーリンズ行きの汽船に乗せる途中で、シークレットサービスに押収されたんです。同じことは前にも一度起きました——父が隠蔽工作の要領がまだわかっていなかった頃のことです。父は取り乱し、落ち着きを取り戻すまでに一週間かかりました。でも今回は気にしていないようなんです。ああ、みなさん」彼女は声を落としてささやいた。「何か裏切り行為があるような気がしてなりません」

「裏切り行為？」とぼくが訊ねた。「密告者に心当たりがあるんですか？」

彼女はためらった。「私の疑いをお話しした方が良さそうですね。私は、メンデス夫人の影響力が何らかの形で関与している気がするのです。夫人が政府に雇われているのではないかとすら思っています——彼女を信じきっている集団の秘密を売って生きる毒婦ではないかと。私はすべてを、そしてみんなを疑っています——夫人が父の心を毒しているのではないか、『私の言うことをきけば、恩赦を受けて土地を取り戻せる』と父の耳に吹き込んでいるのではないかと。かわいそうなお父さん——いざとなったら、父に理性を取り戻してもらわなければ。議論しても無駄です。父は夫人は才能も教養もある女性だと答えるだけですし、『夫人に注意して』と言っても、うつろに笑うのです。あんな女、私は嫌いです」

夫人への激しい敵意に満ちた彼女の黒い瞳を見て、ぼくは不吉な予感がした。が次の瞬間、ふとこんな考えがよぎった。おそらく夫人は裏切り者ではなく、大地主の心を射止めようと画策しているのではないか。革命が成功して、彼が土地を取り戻せば、夫人は大農場の経営者の妻になれるのだから。

「それにもう一つあるんです」彼女はけなげにも涙をこらえている。「昨夜父が、すぐに戻ると行ってアパートを出たんです。それから二十四時間が経過したのに、父から何の連絡もないんです。父がこんなに長く家を留守にしたことはありません」

「どこへ行ったのか、心当たりはありませんか?」とクレイグが訊ねた。

「革命組織メンバーの一人、トレオンさんの話しか。今朝トレオンさんに聞いた話では、昨日の夜十時頃に父と一緒にメンデス夫人の家を出たと言うのです。トレオンさんは別の地域に住んでいるため、二人は地下鉄の駅で別れたそうです。ケネディ教授」そう言うと、彼女は立ち上がって、ケネディの手を強く握りしめた。「あなたなら父を見つける方法をご存じのはず。全面的に信頼していますから――警察に通報してもかまいません。もっとも、警察からは距離を置くに越したことはありませんが。どうか父を見つけてください。父と再会できれば、あなたは陰謀と危険に囲まれた奇妙な街で孤独な娘と友だちになったことを後悔することはないでしょう」ぼくたちの前で、彼女は目に涙をためて体を震わせた。

電話の呼び鈴が鳴り、張り詰めていた空気が途切れた。ケネディはすぐに受話器を取った。

「メイドからだ。あなたと話したいそうだ」そう言うと、ケネディは受話器を彼女に渡した。

彼女の顔が輝いた。どんな絶望的なときでも、人間の心には一筋の希望が宿るものだ。「メイドに伝えておいたんです。連絡が来たら、ここに連絡をくれって」と彼女が説明した。「もしもしファニータ、どうしたの?――私あてのメッセージ?」

ぼくのスペイン語はたいしたことがなかったため、彼女の低音の言葉は所々しか聞き取れなかった。とはいえ彼女の美しい顔に広がった失望の色から、明るいニュースではないことがわかった。

「まあ。なんてひどい――ひどいわ! どうすればいいの? 何のためにここに来たのよ。信じないわよ。絶対に信じない」

「何を信じないのですか、ゲレーロさん?」ケネディがやさしく話しかけた。「話してください」

「父がお金を盗んだというのです――ああ、何と言えばいいのか。父を探さないでください――私がここに来たことも忘れてください。でも、私はそんなこと信じるものですか」

「何のお金ですか？」この件を忘れてくれと言われたことなどお構いなしに、ケネディが訊ねた。

「後で警察に知られるよりも、私たちが先に把握しておいた方がいいのではないですか。秘密は守りますから」

「数日前に革命組織に連絡がきました。政府から大金――五十万ドル相当の銀貨――を強奪し、その金をニューヨークに送ったとのことでした。財務省分局で溶解して銀塊にする計画だったのです」彼女は心ここにあらずといった様子で電話で聞いた話を語った。「ジェイムソンさんが帰宅したときに、その噂のことを言ってましたよね。私はその噂がヴェスプクシアにも伝わっていることを知らず、それで驚いたんです。革命組織はお金がなくなったと発表しました。今朝、船がブルックリンに到着するやいなや、父の委任状を持った一人の代理人が現れたそうです。男は護衛と一緒にお金を持っていったとのことです。それ以後のことはわかりません――父からの連絡もありません」

状況が飲み込めてきたのか、彼女の顔が青ざめた。彼女はここで父を追跡してくれと依頼している。革命組織の他のメンバーが潔白だと証明されたら、父親は一体どうなるのか。

「あなたは――あなたはまさか思ってませんよね、父がお金を盗んだなどとは？」彼女は弱々しく口ごもった。「思わないと言ってください」

「私にはまだ何もわかりません」ケネディの声はいたって冷静だった。「まずはお父さんを見つけましょう――革命組織の密偵に見つかる前にね」

ケネディが彼女のそばに立って、その手を両手ではさみ、彼女の顔を覗き込んだとき、彼女のオリーブ色の頰がぱっと赤らんだ。正直に言うと、それを見てぼくの胸は嫉妬でずきりと痛んだ。

「ゲレーロさん」ケネディが口を開いた。「私を全面的に信じてください。お父さんが生きているのであれば、あらゆる手段を講じて探しますから。万事うまくいくよう、私に探させてください。それに——」そこでケネディはぼくを振り返った。「ジェイムソンくんも同じ意見だと思いますよ」

ぼくはどっちつかずの状態だった。ゲレーロ嬢を信じてはいたが、銀貨が奪われて父親が逃亡したとあっては——というか、ほとんど痕跡を残さずにニューヨークから消えたというべきか——父親は限りなくクロに見えた。しかし、彼女がその小さな手を震わせながらぼくの手を握ってさよならと言ったとき、彼女は自分のために闘ってくれるナイトをもう一人獲得した。それにしても、我ながらこんなに感化されやすい人間だったとは。

ゲレーロ嬢が帰ると、ぼくは絶望的なまなざしでケネディを見た。四百万人が住む大都市で、警察の協力なしでどうやって行方不明の男を見つけるのか？——しかも警察よりも先に見つけ出さなければならないなんて。

ケネディは、不安がうずまくぼくの心を読み取ったようだった。「まずはトレオン氏を見つけよう。最初に情報を提供してくれた人物だからね」アパートを出発しながらケネディが言った。「ゲレーロさんによると、ブロンクスの薄暗い共同宿舎に行けばトレオン氏が見つかるとのことだ。宿舎には革命組織のメンバーも住んでいるらしい。とりあえず行ってみよう」

幸運にも、ゲレーロ嬢からもらった住所に行ったところ、トレオンが見つかった。トレオンはぼくたちから逃げようとはしなかったものの、どうにも好感が持てない男だった——背が低くてやや太りすぎの男で、話している最中にこちらと目を合わせようともしない。隠しごとがあるからなのか、ぼくたちをアメリカのシークレットサービスのまわし者だと疑っているのか。あるいは最初おそろしく意思疎通がうまくいかなかったのをみると、英語がうまく話せないのかもしれない。トレオンは不機嫌そうな様子で、ゲレーロ氏が失踪する直前のことを話してくれたが、それは既に聞いた内容と同じだった。

「では、地下鉄に乗る前に別れの言葉を交わしただけで、それがゲレーロ氏を見た最後だったんですね？」とケネディが念を押した。

「はい」

「ゲレーロ氏は悩んでいる様子か、何かを考え込んでいる様子か、あるいは妙な行動を取っていませんでしたか？」とケネディが食い下がった。

「いいえ」と単語だけの返事が返ってきた。だが、トレオンがややためらうそぶりを見せたため、ぼくはボンド事件（「金庫破りの技法」を参照）で使った、質問してから回答するまでにかかった時間を計る装置があればいいのにと思った。ケネディも彼のためらいに気づいたのか、トレオンの警戒を解くために、尋問口調を抑えた。

「ゲレーロ氏は、サウス・ストリートの本部へも連絡を寄越さないそうですね？」

「ええ」

「で、昨夜ゲレーロ氏と別れた後、彼がどこへ行ったのか心当たりはないと？」

「ないよ、セニョール」

その返事は不自然なほど速かったように、ぼくには感じられた。

「となると、メンデス夫人がかくまっていると思いませんか？」

するとこの小柄な男は立ち上がって目をぎらつかせた。「思わんね」と歯を剥き出しにしたかと思うと、あわてて取り繕った。

「となると――」ケネディはゆっくりと立ち上がった。「警察に連絡して、捜査してもらうしかないですね」

トレオンの目から炎が消えた。「いや、待ってくれ、セニョール。せめてあと一日待とうじゃないか。現れるかもしれない。ひょっとしたら、武器と弾薬を見にブリッジポートに行っただけかもしれないし――その可能性はあるだろ？　とにかく警察には電話するな。お願いだ、待ってくれ。おれも探してみるから。伝言か、手がかりが見つかるかもしれないだろ。何か見つかったら、すぐにゲレーロさんに知らせるから」

ケネディは突然振り返り、すかさず「トレオン」とぴしゃりと言った。「五十万ドルの硬貨が入った積荷を盗んだのは誰だと思う？　埠頭を出た後どこへ運ばれたんだ？」

トレオンは驚くほど落ち着き払っていた。そして肩をすくめながら、表情豊かな顔に謎めいた笑みを浮かべた。「ははーん。ってことは、おまえは金が紛失したことを知ってるのか？　やっぱりゲレーロはブリッジポートには行ってないだろうよ！」

「警察にはまだ通報しない代わりに、メンデス夫人のところへ連れていってくれないか？　夫人から知っていることを聞き出したいんだ」

トレオンは窮地に陥った。座ったまま、神経質に爪をかんだり、椅子の上で尻をもぞもぞさせたりした。「頼みを聞いてやろう」トレオンはようやくうなずいた。

「私たちは、おまえの友だちとして行く。わかってるな？　こちらから好きに質問をさせてもらうから、おまえは決して――」

「ああ、わかったよ。でも待ってくれ。今から行くと夫人に知らせないと」そう言うと、トレオンは受話器をつかんだ。

「だめだ」ケネディがさえぎった。「夫人には何も知らせずに行きたいんだ。受話器を置け。さもなければ警察本部に電話をかけて、友人のオコーナー警視と一緒に行くとしよう」

トレオンはぞんざいに受話器を戻し、ケネディを振り返った。そのときに、顔にふと憎しみと疑り深い表情が浮かぶのをぼくは見逃さなかった。トレオンは、この訪問を企画したのは自分だといわんばかりの愛想のいい態度を取った。

「あんたがそう望むのならな」そう言うと、トレオンは街を縦断する路面電車へと向かった。

メンデス夫人は丁重にぼくたちを迎えると、アパートのなかの音楽室へと案内してくれた。室内には先客が何人かいて、あちこちに置いてある安楽椅子に座っていた。

音楽室に入ったとき、女性がピアノを弾いていた。変わった曲で、リズミカルでありながら、その中心には独特の単調なメロディが一貫して流れていた。

演奏が終わると、みんなの目がぼくたちに向けられた。ケネディはトレオンのそばを離れなかった。トレオンが夫人に耳打ちできないようにするためだ。

メンデス夫人がトレオンの友人としてケネディとぼくを紹介すると、客たちは立ち上がって丁寧にお辞儀した。次にぼくたちはアルバルド夫妻、ゴンザレス氏、レイエス嬢、それからピアノを演奏していたバリオス夫人に紹介された。

奇妙な雰囲気だった。ぼくは何かしゃべろうとして、部屋に入ったときに聞こえた奇妙な曲について感想を言った。

夫人が笑みを浮かべて何かを言おうとしたとき、メイドが部屋に入ってきた。お盆の上には熱い液体の入った小さなカップがたくさん載っている。銀の皿も載っていて、その上には茶色で丸い円盤状の奇妙なボタンの形をしたものが入っていた。大きさは直径二・五センチぐらい、厚みは六ミリといったところか。トレオンは慌ててメイドに下がるよう身振りで示したが、ケネディの方が一足早かった。トレオンの前に立ちふさがると、ケネディはメイドのために道をあけた。

「先ほど音楽の話をされてましたね」メンデス夫人がよく響く声でぼくに話しかけてきた。「本当に、実に不思議な音色でしょう。ニューメキシコ州のインディアン、カイオワ族の音楽なのですよ。バリオス夫人が曲をつけてくれたおかげで、ピアノで弾けるようになったのよ。バリオス夫人と私は、ヴェスプクシアで革命が始まった頃にメキシコへ逃げたわ。でも、政治活動のせいでメキシコ政府から国外追放を言い渡されたために、国境を越えてアメリカのニューメキシコ州に逃れた。そしてそこでこの不思議な音楽と出会った。あなたの耳に届いた単調なリズムは、インディアンがメスカルの儀式を行う最中に叩く太鼓の音色を再現しているのよ。私たちはちょうどメスカルの夕べを開催していたところなの。祖国ヴェスプクシアから離れて暮らす時間を偲ぶためにね」

「メスカル?」ぼくは最初、ぼんやりと言葉を繰り返した。するとケネディにそっと肘で突かれたので、慌てて言い足した。「ああ、わかった。聞いたことがあります。メキシコの飲み物ですよね? 残念ながらぼくは飲んだことがないんですよ。他の飲み物、プルケもまだです――プルカイでしたっけ? この発音で合ってますか?」

ケネディがまたもや肘で突いてきた。突き方がさっきよりも強いことから、ぼくはさらに墓穴を掘ってしまったようだ。「ジェイムソンくんは」ケネディが慌ててフォローした。「インディアンのメスカルと、メキシコにある同じ名前の飲み物を混同してるんですよ」

「あら」夫人が笑ったのを見て、ぼくはほっとした。「でも、このメスカルはまったくの別物なのよ。メキシコのメスカルはリュウゼツランから作られる恐ろしい蒸留酒で、それを飲んだ労働者たちは理性を失い、凶暴になるのよ。でもこのメスカルは、小さな低木から作られていて、神や儀式に関係する宗教的な意味合いの強いものなのよ」

「ええ」ケネディがうなずいた。「確かカイオワ族が見つけたんですよね？」

「おそらくね」夫人は同意しつつも、さり気なく非難するかのように美しい肩をそびやかせた。「メスカルの儀式は、ニューメキシコ州と一部のアリゾナ州のネイティブ・アメリカンの間にも広まっていました。カイオワ族がネイティブ・アメリカンの居住地へ移住させた結果、他の部族にも受け継がれたのです――私が聞いたところでは、北はカナダとの国境まで広まったとのことです」

「本当ですか？」ケネディが首をかしげた。「アメリカ政府は確か、メスカルの原料となる木の輸入を禁止すると共に、ネイティブ・アメリカンに販売した者に厳罰を科しているはずですが」

「その通りです」そう言って、アルバルドが会話に加わった。「しかしそれでも、メスカル信奉はひそかに広まっているんですよ。ぼくに言わせれば、当局は違法に売られているウィスキーやビールを取り締まるべきだと思いますがね。ジェイムソンさん」アルバルドがぼくを振り返った。「あなたも少し飲んでみませんか、この架空の楽園を？――この表現を使ったのは、確かイギリス人作家のハヴロック・エリスだったかな？」

メンデス夫人が銀の皿から小さなボタンのようなものを一つ手にしたとき、ぼくは助けを求めてケネディをちらりと見た。夫人はそのボタンの上に生えているけば立った房を慎重に取り除くと——サボテンの先端のようだと思ったが、実際にその通りだった——それを丸めて、口のなかに入れてガムのようにゆっくり噛んだ。

「私と同じようにすればいい。私を見ていろ」誰も注意を払っていない隙を狙って、ケネディが小声でささやいた。

お盆を手にしたメイドがぼくたちに近づいてきた。

「メスカルという植物は」そう言うと、アルバルドは小さな円盤状のものを指さした。「この小さなボタンとまったく同じような形に成長します。サボテンの一種で、地上からわずか一センチほどの高さにしかなりません。茎の周りにはふっくらした葉が連なってボタンのような形になります。そのてっぺんには、サボテンと同じような糸状の房がつきます。メキシコのハリスコ州の岩地でよく生えていますが、科学の分野で知られるようになったのはつい最近です。ネイティブ・インディアンはこれを採集すると、地面からのぞく先端を切り落として乾燥させ、自分で使いたい分を取っておいて、残りは売ります。かなりの額になるそうです。ボタンの部分を噛む人もいます。最近ではこれを煎じたり、お茶にしたりする人もまれにいるようです。初心者には煎じることをお勧めしますね」

苦くて胸がむかつきそうな煎じ汁をほんの少し口に含んだ途端に、心臓の反応が鈍くなり、脈拍が激しく打つのを感じた。ベラドンナを服用したみたいに、ぼくの瞳孔が開いた。というか、ケネディの瞳孔が開いているのだから、ぼくのも同じだろうと予測した。

心が高揚してきて優越感に浸りはじめた——この調査を主導しているのはケネディではなく、ぼくだと錯覚するほどに。その後、この種の高揚感はメスカルの服用者に見られる現象だとわかったが。

おまけに体と脳にみなぎるエネルギーは消耗してゆき、最後には気持ちよく安楽椅子にもたれかかる自分がいた。他の人たちも同じ格好で静かにくつろいでいる。

とはいえ、その後数時間にわたって目の前に広がったFめくるめく光景ときたら、その輝くような美しさを言葉で表現するのはほぼ不可能に思える。

テーブルの上の本を手に取ってみた。目の前のページには淡い青紫色の陰が漂い、その後に何とも表現できない色の残像が残った。今度は本を置いて目を閉じてみた。目の前にさまざまなイメージと色が混ざり合い、万華鏡のように展開していく。最初はぼんやりしていたが、目を閉じたままじっと見つめていると、だんだんはっきりしてきた。金色の宝石と赤の宝石と緑の宝石が目の前で暴れまわっているようだ。どんな工芸ガラス職人も生み出したことがない美の饗宴のなかに両手を浸した。嫌なことはすべて消えた。まったく眠くならなかったし、むしろ神経がおそろしく敏感になっていた。ぼくはやっとのことで目を開けると、いろんな形と色が展開する美しい光景から自分を引き離した。

ようやく目を開くと、シャンデリアのガス灯がゆらめく様子をじっと見つめた。ガス灯は波を放っているように見えた。色の波が広がったり縮まったりしている。部屋の陰は高度に色づけされていて、光が変わるたびに陰の色も変わった。

バリオス夫人があのカイオワ族の歌をそっとピアノで弾きはじめた。太鼓を表現する音を強調しながら弾いている。奇妙なことに、その音楽は自ら音を純色へと変換していく。そして時を刻むリズミカルな音が、それを後押ししているように見える。無学なインディアンたちがたき火のゆれる炎を囲んで座っている姿を思い描いた。その傍らでは他の人たちがトムトムを叩きながら、奇妙な歌を歌っている。赤い民族はメスカルボタンを嚙みながらどんな光景を目にしたのか？　ヒコリ、すなわちサボテンの神に〈美しい酔い〉をもたらすようにと祈る祈禱師には何が見えたのか？
シャンデリアのガス灯の下にぶら下がっているいくつもの電球が、部屋中を煌々と照らしていた。ぼくは電球に目をやり、じっと見つめた。電球の房はやがて太陽になり、ぼくは思わず顔を背けて目を閉じた。それでもその残像は残った——ぼくに見えたのはニューポートの黄金の砂浜だ。本物のダイヤモンドダストのようにきらきらと輝いている。それから波も見える。比類のないほど青い波が海岸へ打ち寄せる。空気中にかすかに芳香が漂ってきた。ぼくはめくるめく光景のまっただ中にいた。だが一度も感傷的な気持ちにはならなかった。むしろ高揚感であふれていた。

後で聞いたところでは、ケネディの体験も同じようなものだったらしい。といっても、もっと変化に富んでいて面白かったようだが。ケネディの前には動物の光景が広がったのだという——最初はチェシャ猫だ——「不思議の国のアリス」に出てくる、にやりと笑って姿をくらますあの猫だ。チェシャ猫は、オオヤマネコに変貌して消えたという。次に鼻が短くて耳がピンと立った見たことのない動物が現れ、それから亀とモルモットも見えたという。まったく関係のない生き物が続いたわけだ。ピアノの演奏が始まると、目の前の美しい光景が次々に変わった——曲の単調なリズムは光景の美しさを際立たせ、景色に変化をもたらした——それをケネディは、映写機《キネトスコープ》から映しだされる実に摩訶不思議な映像のようだったと表現した。

実際に、このドラッグによるスリリングな効果を正しく表現できるのは、トマス・ド・クインシー（イギリスの評論家。著書に『阿片常用者の告白』など）、ベイヤード・テイラー（アメリカの詩人、紀行作家）、エドガー・アラン・ポーぐらいのものだ。といっても、そばに書記が控えて彼らの描写を書き取ってくれなければ、彼らにも不可能だろうが。というのも、ドラッグの作用によってどんどん変化する光景は、ほんの断片だけを記憶にとどめるのがやっとだからだ。実のところ、ぼくは幻影を目で追ううちに、すっかり夢中になり、ここに来た理由をうっかり忘れるところだった。演奏は止んだが、幻覚は続いた。

メンデス夫人がぼくらのところに来た。編み目模様のドレスについたスパンコールのおかげで、妖精のように見えた。まるで虹のかかった空に漂うふわふわした光り輝く白い雲のように、彼女はカーペットの上に浮かんでいた。

だが、ケネディは一瞬たりともここに来た目的を忘れていなかったらしい。注意を怠らない彼を見て、こちらも我に返った。彼を見習って努力してみたところ、いつも以上に理性的に考え話せることがわかった。もっとも、ぼくの視界と心のなかには野蛮ないたずら者が暴れまわっていたが。ケネディは相手の不意を突いて真実を吐かせようと、単刀直入に質問をした。

「昨夜、ゲレーロ氏は何時にここを出ましたか?」

質問があまりに唐突だったために、夫人は事実を取り繕うにはどう返事をすればいいか考える時間はなかった。

「十時頃だったかしら」そう答えた後、すぐに警戒心を露わにした。というのもトレオンが目配せしたからだ。

「どこへ行ったのか、心当たりはありませんか?」

「ええ。自宅以外はさっぱり」と夫人は慎重に答えた。

トレオンの目配せに対して夫人が素早く対応したが、ぼくにはその意味がよくわからなかった。ケネディと違って、トレオンの顔に笑みが広がったことにも気づかなかった。再び演奏が始まると、ぼくは色の饗宴に我を忘れてしまった。

またもやメイドが部屋に入ってきた。メイドは光と色が満ちあふれた光のドレスをまとい、ドレスの折り目からは繊細な色彩が光を放っている。だがそこには官能もみだらなものも一切何もなかった。ぼくの感覚はすでに人間的なものを超越していた。男も女ももはや違いはない——どちらも神々しい生き物で、ぼくもその一人だった。快く感覚に訴えてくるが、性的な快楽ではなかった。ぼくは自分の服装を見た。毎日着ているスーツがまさに理想の一着に見える。手のひらの周りには赤い炎が光り輝き、これは神の手に違いないと思えた。そう思ったのは、ぼくが手を伸ばして小さいカップを取ろうとしたときのことだ。

　ぼくのと同じような手が目の前を泳いでいった。その手がぼくの腕をつかみ、誰かがぼくの耳元でやさしく歌った。

「だめだ、ウォルター。もう十分だ。さあ帰ろう。これは他の一般的なドラッグとは違うんだ——よく知られているハッシッシ、つまり大麻とも違う。失礼がないうちにさっさと帰ろう。知りたいことはわかった。ゲレーロはここにはいない」

　まもなくぼくたちは立ち上がって、おいとますることにした。トレオン以外のメンバーは、それは残念ですと言いながら、はじめて会ったときと同じようにぼくたちに丁重にお辞儀をした。

　家を出た途端に現実が戻ってきた。それは、昼の公演《マチネ》を見た後に通りで群衆を目にした時の感覚に似ていた。一瞬、あの体験——芝居の話ではない——は夢ではないかと思った。奇妙なことに、メスカルで酔った後に気分が落ち込むことはないらしい。

「メスカルの何があんな現象を引き起こすんだい？」とぼくが訊ねた。

「アルカロイドだ」そうケネディが答え、ぼくたちは歩くペースをゆるめた。「アメリカ民族学局によって雇われた探検隊がきっかけで、科学者の注目がメスカルに集まるようになった。それ以後、ウィアー・ミッチェル博士とハーヴェイ・ワイリー博士、それから数人のドイツ人科学者たちが調査しはじめたんだ。メスカルには六種類のアルカロイドと、まだ性質がよくわかっていない変わった樹脂が含まれている。今すぐには名前を思い出せないが、研究室にある」

新鮮な空気を吸ってメスカルの効果が薄れてくると、いろんな疑問がわき起こってきた。今回の訪問の収穫は何だったのか？　トレオンとメンデス夫人がゲレーロ氏の行方について何かを隠しているように見えたが、冷静になった今は彼らの態度が気になった。夫人はスパイなのか？　五十万ドルの紛失について何か知っているのか？

一つだけ確かなことがある。トレオンはあの美しい夫人に心酔する崇拝者だ。その熱意はゲレーロ氏に引けを取らないだろう。トレオンは嫉妬深い男で、ライバルのゲレーロ氏に腹を立てていたのかもしれない。そして邪魔者がいなくなった今、彼は喜んでいるのでは？　では、ゲレーロ氏はどこへ行ったのか？　その答えはまだわからない。

そんなことを夢中で考えている間に、ケネディが急いでどこかへ向かっていることに気づいた。だが、さまざまな疑問に対するもっともな答えは見つからないし、捜査のこの段階でケネディに訊いても仕方がないため、ぼくは自分たちが向かう先が気にならなくなった。ケネディについていくだけだ。

通りに面した立派なアパートに入ると、エレベーターで上階へ向かった。ドアが開いたと思いきや、目の前にあのゲレーロ嬢が立っていた。その物問いたげな表情を見たぼくは、捜査の目的と行方不明のままだという現実を思い出した。報告することなどほとんどないのに、どうしてケネディはここへ来たのか？

「何かわかりましたか?」ゲレーロ嬢が身を乗り出した。

「はっきりしたことは何も」とケネディが答えた。「でも手がかりはあります。トレオンはお父様の居場所を知っていて、間もなく公表するでしょう。金が紛失したというスキャンダルが広まる前に、自分の嫌疑を晴らす方が身のためだからです。お父様の机を調べても構いませんか?」

しばらくの間、ケネディは何も言わずに引き出しや整理棚のなかをくまなく調べた。

「革命組織はどこに武器を保管してますか?——サウス・ストリートの集会所ではないはず」

「正確には違います。あそこは危険過ぎますからね。オフィスの上のロフトを誰か別の名前を使って借りて、階下の事務所とは無関係を装っていると思います。鍵を持っているのは父とトレオンさんだけです。なぜそんな質問を?」

「お訊きしたのは、昨夜サウス・ストリートで何かがあって、それでゲレーロ氏がそこへ向かったのではないかと思ったからです。市外へ行ったのでなければ、そんな遅い時間にゲレーロ氏が向かう場所は他に思いつきません。トレオンから連絡がない場合は、武器の倉庫に行ってみようと思います。ん、何だこれは?」

ケネディは小さい銀の箱を取り出すと、ふたを開けた。なかにはメスカルボタンが十個ほど入っていた。

ケネディとぼくはすぐにゲレーロ嬢を見たが、彼女は明らかにメスカルを知らないようだった。

ゲレーロ嬢がケネディにそれは何かと質問しようとしたとき、電話が鳴った。そしてメイドがゲレーロ嬢にトレオン氏から電話だと知らせにきた。

ケネディは満足そうな笑みを浮かべると、ぼくの耳元に顔を寄せて耳打ちした。「トレオンのやつ、自分の潔白を証明しようと躍起だな。賭けてもいいが、奴は私たちが帰った後、慌てて策を練ったに違いない」

「ようやく父に関する情報が手に入ったんだわ」ゲレーロ嬢は小声でつぶやくと、そわそわしながら電話に駆け寄って受話器を取った。「ええ、ゲレーロです、セニョール・トレオン。革命組織のオフィスにいらっしゃるんですか？　まあ、父から伝言が届いたんですか――それで今夜銃が運び込まれるものと思って、そちらに向かったんですね？――で、上階のロフトに父がいたんですね――病気ですって？――意識不明？」

ゲレーロ嬢の顔が瞬く間にゆがんで青ざめた。力の抜けたその指から受話器が落ち、フローリングの床で大きな音を立てた。

「死んだ！」ゲレーロ嬢は苦しそうにあえいで後ろによろめき、それをぼくが受け止めた。力なく意識を失った彼女を、ケネディと一緒に部屋の反対側へ運び、ゆったりした肘掛け椅子に座らせた。彼女のそばに立っていたものの、ぼくはどうすることもできず、生気を失ったその美しい顔をただぼんやりと眺めるしかなかった。

「水を持ってきてくれ、ファニータ。速く！」ショックから立ち直ると、ぼくはすぐに大声でメイドを呼んだ。「気付け薬か何かないか？　少量のブランデーでもいい。急いでくれ」

ぼくたちが彼女を介抱している間、電話は鳴り続けた。

「もしもし、ケネディだ」ファニータが慌てて水と着つけ薬とブランデーを持ってきたとき、ケネディがそう答えるのが聞こえた。「ばかやろう、気を失ったじゃないか。どうしてもっとやんわりと伝えられないんだ？　サウス・ストリートのどこだ？　ゲレーロ氏を見つけたのは、ロフトにある革命組織の集会所か？　ああ、わかった。おまえはそこで何をしていた？　武器が搬入されると思って行ったら、上階の照明がついていたのか。なるほど——で、何かがおかしいと思って警察と一緒に踏み込んだ、と。そこで上階からゲレーロ氏が動いて倒れる音が聞こえたんだな？　わかった。すぐに誰かを送る。救命救急医があらゆる手立てを尽くしたって？　心臓も呼吸も止まっているのか？　ああ、わかった。私が到着するまで遺体を動かさないでくれ。おっと、待った。ゲレーロ氏が倒れたのはいつのことだ？　十五分前だな？　わかった。じゃあ」

ぼくたちは気付けに効くものを適切に使ってみた。ようやくゲレーロ嬢のまぶたがぴくぴくと動いた。と思いきや、彼女は慌てて辺りを見まわした。

「父さんが死んだ」彼女が悲しげに言った。「殺されたのよ。間違いないわ。父さんが死んだ」彼女は繰り返すばかりだ。「死んだ。もう二度と会えないのよ」

ぼくは彼女を慰めようとしたが、無駄だった。そもそもどう言えばいいのか？　事実を受け入れるしかない。ぼくたちがメンデス夫人の家を出た後、トレオンは直接現場に向かったに違いない。そしてロフトに明かりが灯っているのを見て、警官と一緒になかに入った——電話でクレイグにこの警官も目撃したと語っている——それからゲレーロ氏が倒れる音を聞いて、救急車を呼んだという。トレオンは、ゲレーロ氏がいつからそこにいたのかは知らなかった。というのも、革命組織のメンバーは階下のオフィスには一日中出入りするものの、鍵のかかったロフトには誰も行かなかったからだ。

ケネディは涙もなく取り乱す一方のゲレーロ嬢をたくみに落ち着かせた。今やゲレーロ嬢は静かに涙を流しながら、興奮状態から立ち直りつつあった。二人の女性、すなわち女主人とメイドが泣くにまかせ、ぼくたちは静かに出発した。

「クレイグ」通りへ出ると、ぼくは口を開いた。「この件をどう思う？　急がなくては。メンデス夫人が逃げる前に捕まえよう」

「そんなに急ぐこともないさ、ウォルター」タクシーで移動中に、ケネディが冷静に言った。「この事件の犯人はまだ決まったわけじゃないのだから」

「でも、ゲレーロ氏は圧倒的に不利だよ。死人は我が身の潔白を証明することすらできないんだから」

「とにかく今はスピードが最優先だ」

ほんの数ブロック行くと、大学に到着した。ぼくが運転手にお金を払う間に、クレイグは走って研究室へ向かった。彼はすぐに大きい箱を腕に抱えて戻ってきた。ぼくたちは建物から最寄りの地下鉄まで全力で走った。幸いにも、ぼくたちが階段を駆け下りたときに、ちょうど急行が駅に到着した。

サウス・ストリートのことを、かつては栄えたが今は廃れてしまった海岸地域にすぎないと思っている人にとっては、ここは時代遅れの鉄道馬車がゆっくりと住宅街を走り、トラックや手押し車が一日中混雑する地域であり、昼間はとりたてておもしろみはなく、夜は人気が少なくて治安の悪い場所でしかない。しかし、サウス・ストリートにはもう一つの魅力的な顔がある。おそらくラテンアメリカの革命のなかで、この通りと無関係の革命は一つもないだろう。何百人もの革命の運動家たちはここを出発していったからだ。独裁者を倒そうという気運が高まるとき、またはカリブ海に住むチョコレート色の肌の将軍が金の織物の量に不満を覚えたとき、サウス・ストリートの武器商人は悲劇——あるいは喜劇というべきか——のシナリオを提案することができた。戦争——あるいは喜劇——はこの口のかたい市民にとってはもうけ話でしかないのだ。

ぼくたちが到着したのは、今にも倒れそうな建物だった。かつてこの通りが世界中からやってくる船で賑わっていた頃、すなわちアメリカの商船が地の果てまで行き来していた頃を思い出させた。一階はごくありふれた中古品店だったが、実はここは革命組織の集会所だった。外階段を上がればロフトにたどり着くが、秘密が隠されている入り口の窓は何十年も積もったほこりでくすんでいた。

ドアのところでトレオンと警官と会った。二人ともかなりショックを受けているようだ。トレオンは説明にもならない言い訳を延々と繰り返している。冗長で訳のわからないしゃべりを聞きながらも、ぼくにわかったことがある。それは革命組織のメンバーに何が起ころうが、トレオンは何としてでも自分の嫌疑を晴らそうとする輩だということだ。トレオンと警官が階上でゲレーロ氏を見つけたのはほんの少し前のことだ。トレオンの知る限りでは、ゲレーロ氏は何時間も前か、おそらく一日中ロフトにいた。だがその間、他のメンバーたちはみな階下にいた。明かりが灯っていなかったら、いまだに見つかっていなかっただろう。トレオンはゲレーロ氏が倒れる音を聞いたと言うが、警官の記憶は確かではなかった。

ケネディはじれったそうに聞いた後、上階へ駆け上って警官に指示を出した。「フェリー乗り場へ行って、電気自動車のタクシーを捕まえてきてくれ。ガソリン車じゃない。電気自動車だ」

ごく平穏な中古品店を装いながら、実際には兵器と弾薬が格納された建物のロフトで、被害者は積み上げられた帆布の上に横たえられていた。ほこりっぽくて蜘蛛の巣が張りめぐらされた場所に、武器一式、テント、梱包された制服、マキシム機関銃、山砲《さんぽう》、二十世紀の革命を実行するための装備がすべて所せましと保管されていた。

現場には若い救命救急医がまだ残っていた。ぼくたちはそれだけ速く市街地に駆けつけたということとだ。往診鞄の上に広げたリネンには胃洗浄器、皮下注射器、嘔吐剤、いろんな種類のチューブが乗っている。ケネディはすぐに、医師にどんな処置を施したのか訊ねた。

「最初はただの失神だと思ったんです」と医師は答えた。「でも、私が到着する数分前に亡くなったのでしょう。舌を繰り返し牽引して、人工呼吸、気付け薬、心臓マッサージなど、何でもやりましたが、どれも効果がありませんでした」

「死因は何だと思いますか？」クレイグは医師に訊ねながら、持ってきた装置の電源コードを電球のソケットに繋げた――加減抵抗器、変わった形の誘導コイル、それから電流断続器から成る装置だ。

「何らかの毒物――アルカロイドでしょう。彼らの話によると、階段を上ってくる途中にこの男性が倒れる音を聞き、見つけたときには彼はすでに青ざめていたそうです、私が到着したときも、今と同じぐらい顔が青かった。アルカロイドの作用によって心臓と肺の両方が停止して、窒息死したのです」

外で電気タクシーが到着を知らせる合図の音を鳴らした。クレイグは二本のワイヤーを持って窓に駆け寄って外に投げ出すと、急いで階下へ降りて、ワイヤーをタクシーの充電池につなげた。

そしてすぐに戻ってきた。

「先生、私はこれからこの男性に難しい実験を行います。こちらがソケットから取った交流電流で、こっちは下のタクシーの蓄電池から取った直流電流です。先生、男性の口を開いておいてください。それから、鉗子《かんし》はお持ちですか？　よし。それで男性の舌先をつまんでいただけますか？　そこです。指示通りにしてください。この陰極を男性の背面の皮膚、首の後ろの下側に当て、陽極を腰部の脊椎の付け根に当てます――食塩水に浸した脱脂綿で金属の電極部を覆いました。これで体に電流が流れやすくなるはずです」

　ぼくはすっかり心を奪われた。ぞっとしながらも、目をそらせない。トレオンはぽかんと見入って立っている。クレイグは、まるで毎日死体で実験しているかのように落ち着いている。

　ケネディは、陽極と陰極をゆっくり動かしながら電流を流した。ぼくは、死んだばかりのカエルの神経に電流を流す実験は何度も見たことがある。はるか前にガルバーニが発見した通り、電流が流れるとカエルの筋肉はピクピクと動く。だが人体実験となると、こちらの心の準備ができていない。トレオンは何かをぶつぶつ言って十字を切った。

　ゲレーロ氏の両腕は半分ほど持ち上がった――と思いきや、すぐに下に落ちて再びだらんとなった。すーっという呼吸のような、気持ち悪い音がした。

「肺が反応した」ケネディがつぶやいた。「だが心臓はまだだ。電圧を上げなければ」

　そうして再び電極を押しつけた。

　顔の青白さが変化したように見えた。

「おいケネディ」ぼくは大声を出した。「ぼくはまだメスカルで酔ってるんだろうか？　青色が、青い物がすべてぼくの目には変に見えるんだ。なぁ、あの顔、彼の顔の青色は変わっているのか？　変わったのがわかるか？　それともぼくの妄想か？」

「血中酸素が低下した」ちぐはぐな答えが返ってきた。「酸素が足りないんだ」

「でもケネディ」ぼくは食い下がった。「さっきまでどす黒い顔をしてたじゃないか。まさか、信じられない。今や自然な青白さじゃないか。これは妄想か？　それとも現実か？」

　ケネディは作業に没頭するあまり、返事どころではなかった。電極を巧みに動かすたびに聞こえてくる、呼吸させられているかのようなゆっくりした音以外は、彼の耳には入っていなかったのだ。

「先生」ようやくケネディが興奮した声で言った。「心臓を確認してください」

若き救命救急医は、前屈みになって冷たい胸に耳を押し当てた。医師が目を上げた先には、たまたまケネディの手があった。その手からは電極が力なくぶら下がっている。医師の顔には、今までに見たことがないほどの驚きが浮かんでいた。「ほ、ほぼ正常です」

「二、三日安静にして牛乳を飲ませれば、ゲレーロ氏の容態は安定するでしょう、ごく正常にね」

「何てことだ。でも彼は死んでたんだ！」医師が大声で言い張った。「確認したんだ。心臓が止まって、肺虚脱が起きていた」

「どう見ても彼は死んでましたよ。これ以上はないというぐらいにね。私がある医師から借りたこの特別製誘導コイルのことを思い出さなかったら、彼は今も死んだままだったでしょう。その医師は、ナント医科大学のステファン・リュドュック教授が開発した電気蘇生法のプロセスを詳しく研究しているのです。私の知る限り、記録には今回と同じような症例が一件だけあります——パリで蘇生された少女の症例です。その子は慢性的なモルヒネ中毒者で、四十分間〈死んで〉たんですよ」

ぼくは凍ったみたいに突っ立っていた。今夜は次々にびっくりすることが起きたため、もはや理解不能に陥っていたのだ。トレオンに至っては何一つ理解できないようだ。

ケネディとぼくがのぞき込むと、ゲレーロ氏の目が開いた。だが、何も見えていないようだ。片手がぴくりと動き、口が開いた。男が酸素を求めてあえぐ間、ケネディは素早く彼のポケットを次々に調べた。そして大きなポケットから、小さな銀のケースを見つけ出した。自宅の机のなかにあったのと同じだ。それを開くと、なかからメスカルボタンが一つ転がり出てきて、ケネディの手のなかに収まった。ケネディはそれをじっくりと観察した。

「どうやら幻覚剤の信奉者がもう一人いるようだな。こんな体験をしたからには、もう二度とドラッグはやらないだろうが」ケネディはそう言って、目の前の男を意味ありげに見た。

「ゲレーロ」ケネディは大声で名前を呼ぶと、男の耳元に口を近づけた。次に彼は小声で言ったので、その言葉を聞き取ったのはぼくだけだった。「ゲレーロ、金はどこだ?」

生き返った男の唇が再び弱々しく動いたが、ぼくには聞き取れなかった。

ケネディは立ち上がると、電球のソケットに接続したコードを取り外そうと、トレオンの背後にまわった。

「畜生!」誰かが叫ぶ声が聞こえて、ぼくは振り返った。

クレイグが、トレオンの両手を後ろ手にしてしっかりと押さえつけた。警官が慌てて加勢した。

「大丈夫だ、オフィサー。ウォルター、こいつの内ポケットを調べろ」

紙の束を見つけたぼくは、それをひっくり返した。

「それは何だ?」とケネディ。ぼくは封筒のなかの丁寧に折られた書類を取り出した。

その書類を開いた。ゲレーロからトレオンに宛てた委任状だ。

「メスカルをほしがる人に与えても犯罪にはならないだろう――おそらく刑法には引っかからない」

ケネディがぴしゃりと言った。「だがおまえたちは、ゲレーロをメスカルで酔わせて委任状を書かせ、彼に託された財産を思い通りにしようと目論んだ。マヌエル・トレオン、万事休すだ。おまえとメンデス夫人は自分たちの役割はうまく果たした。だが、おまえは負けたんだ。おまえはゲレーロが死んだと思われる頃まで待って、警官を連れてきて、自分の無実を証明する目撃者に仕立てようとした。

だが秘密はまだ死んでいない。ウォルター、書類のなかに他に手がかりはないか？　ある？　今日付の船荷証券だと？　ニューヨークからボストンまで、くず鉄十箱を送ったというのか——貴重な『くず』をそんな遠くまで送るのか、セニョール。だが、おまえは何としてでも金をニューヨークの外へ移したかったに違いない」

「メンデス夫人は？」とぼくが訊ねた。無意識のうちに、心は住宅街のあの照明の明るい部屋に戻っていた。「ゲレーロ氏を標的とした陰謀のなかで、夫人の役割は何だったんだ？」

トレオンは不機嫌そうに押し黙っている。ケネディはトレオンの他のポケットを探り、メスカルボタンの入った小さな銀のケースを取り出した。銀のケースを三つならべ、まったく同じだと確認すると、それをぼくたちに見せながらケネディが口を開いた。「トレオンは、被害者にメスカルを与えて酔わせることに反対ではなかったようだな。『愛と革命は手段を選ばない』などと煽って、ゲレーロにメスカルを飲ませたに違いない。私が思うに、トレオンは昨夜メスカルで酔ったゲレーロをここに連れてきて、委任状を入手し、彼をここに放置してメスカル中毒で死ぬのを待った。単にメスカルが効き過ぎたのが原因だと片付けようとした。ゲレーロにとって架空の楽園の誘惑には抗いがたいものがあった。トレオンはそれにつけこんで五十万ドルを手に入れ、私腹を肥やそうとしたのだ」

ぼくの理解力を超えていて、すぐには飲み込めない。何しろあり得ないことが起きたのだ。死人が生き返って、犯罪者が墓に葬ったはずの秘密が暴き出された。

ケネディは、ぼくが当惑していることを表情から読み取ったに違いない。〈ウォルター〉装置をしまいながら、ケネディはさり気なく言った。「ビリケン像じゃあるまいし、そんなところに呆然と突っ立ってないで。この事件での私たちの仕事は終わった——というか、私の仕事はね。だが、何度かきみを観察した限りでは、おそらくきみは本物の楽園をしばし拝みたいんじゃないか。階下に電話があった。ゲレーロ嬢に電話して、お父さんは生きている、無実だと教えてやってくれ」

難攻不落のドア

それは、ぼくたちの大学時代に〈フットボール日和〉と呼ばれていたようなカラリと晴れた日のことだった。秋の午後の光を浴びて、脳や体の血がうずいた。通りを散歩していたケネディとぼくは、ハドソン川の向こうに沈む赤い夕日にうっとりしたり、大通りを家路へと急ぐ車を眺めたりしていた。突然、大型の黒い幌付き自動車が猛スピードで通り過ぎた。車の側面には、「P・D・N・Y」と大きく書かれていた。

「またしても市の車で無謀運転だよ」とぼくはあきれた。「この間の警察署の組織改革で禁止になったと思ってたのに」

「おそらくね。誰が車に乗っていたか見たかい?」

「いや。でも、あの車がUターンして戻ってくるぞ」

「乗っていたのは警視――いや、オコーナー副本部長と言うべきか。ここを弾丸のように通り過ぎたときに、ぼくたちに気づいたと思ったが、やはりそうか――やあ、オコーナー。おめでとう! 副本部長に昇格したことは聞いていたんだが、今までおめでとうと言う機会がなくて。本当は市警警察本部長がふさわしいと思うけどね」

「何もおめでたくはないさ」とオコーナーが答えた。「扱う事件が変わるだけだ――もうすぐ選挙があるから、市長は改革が進んでいることを示さなければならない。で、警察署から着手して、私が副本部長になったという訳だ。ところでケネディ」オコーナーは声を落とした。「一つ、派手な形で幕引きをはかりたい仕事があるんだ。昇進したてだから、いい仕事をして目立ちたいんだ。わかるよな？　この仕事のせいで、無一文になって職探しすることになるかもしれないが、構うもんか。やってみようと思う。率直に言ってこれは大きい仕事だ、ケネディ。そしてやらねばならん。うまくいくよう手伝ってくれないか？」

「どんな仕事なんだ？」そう訊ねながら、ケネディはオコーナーの在職期間を思いやって、目をしばたたいた。

オコーナーは車から離れて、ぼくたちを石の手すりの所へ連れていった。鉄道と川を眼下に一望できる。ここなら警察の運転手にも聞こえないだろう。「ヴェスパークラブを手入れしたいんだ」真剣な表情でそうささやくと、彼はぼくたちの顔をじっと見つめた。

「何だって」ぼくは思わず大声を上げた。「だってダンフィールド上院議員が──」

「ジェイムソン」オコーナーが厳しい口調でぼくを遮った。「ついさっき『率直に言う』と言っただろ。私は本気だ。ダンフィールド上院議員は──私がやらなくても、州検察官がダウリング法を武器に締め上げるだろう。だから私が先手を打つ。それだけだ。いずれにせよ、ヴェスパークラブで大金を失う者が後を絶たない。いかさまゲームはやめろと懲らしめても、ダンフィールドの痛手にはならんさ。私は賭け事などやらんとは言わない。私もひそかに馬に賭けることがあるからな。だがダンフィールドのビジネスは道理に反する。あそこはこの街でもっとも悪質な賭博場だ──賭けに負けた連中の話から推測する限りだがな。おまけに腐敗した貴族のたまり場だ。これを読んでみろ」

オコーナーは、ケネディの手に一通の手紙を押しつけた。便箋に小さなモノグラムが施されている。中身は女性らしい字で書かれ、ほのかに香水の匂いがする。警察には年に千通ほどこのような手紙が届くが、社交界のエリートから届くことは滅多にない。

「拝啓。

今朝新聞を読んだところ、貴殿が副本部長に昇格されて、ニューヨークの賭博の取り締まり担当に任命されたことを知りました。お母様への変わらぬ愛情を思い出して、どうか一人息子を案じて止まない一人の母親の話を聞いてください。そしてこの大都市に正義なり公正なりが存在するのなら、有望な若者たちを破滅に追いやる賭博場を閉鎖してください。私の一族のことをご存じかと思います――ニューヨークでデロング家を知らない方はおりますまいから。おそらく息子のパーシヴァルが、ヴェスパークラブで散財していることもお聞きかもしれません。一族の間でもすぐに噂は広まりました。社会的な地位はあるものの、私は決して裕福ではありません。しかし私も人間です。人間であり母親でもあるのです。ですから何らかの方法がありましたら、うちのわずかな財産を奪い、一人息子を破滅させ、白髪まじりの未亡人の寿命を縮める、あの道楽者のたまり場を閉鎖してください。貧しい母親たちと同じように、私も助けを求めています。どうかあの怪しげな賭博場、あの低俗な店を閉鎖してください。

敬具

ジュリア・M・デロング

追伸。このことはくれぐれもご内密にお願いします――息子のパーシヴァルには特に」

「なるほどね」そう言うと、ケネディは手紙を返した。「オコーナー、本気でやるのなら、私はこれまでに言った警察制度の批判をすべて撤回するよ。パーシヴァル・デロングは、大学時代に私の授業も取っていたんだよ。ひどいわるふざけをして退学になったがね。周りの評価は低かったが、あの青年には光るものがあった。良家の子息のなかであれほど破天荒な者には会ったことがないがね。で、どうやって手入れするつもりなんだ？　天窓から飛び降りるのか、それとも地下室から忍び込むのか？」

「ケネディ」オコーナーは、ぼくに注意したときと同じ非難するような口調で言った。「まじめに話せよ。こっちは本気なんだ。ご存じの通り、ヴェスパークラブの防御はナショナル・シティ銀行なみに堅い。一般的な賭博場の冷蔵庫のドアみたいなやわな守りとは違うんだ。今までの道具では通用しない。斧や大ハンマーでは傷すらつかんだろうよ」

「確か、警察は以前強固な場所を手入れしたときに、油圧ジャッキでドアを破ったんじゃなかったか」

「残念ながら、ヴェスパークラブは油圧ジャッキでも歯が立たない」オコーナーはじれったそうに言った。「なにしろあそこは爆弾にも耐えられるんだ、爆弾だぞ。この間〈ギャンブラー抗争〉ってのがあっただろ。どこかのライバル店が階段を爆破した事件だ。その結果、クラブでなく、隣の家のドアが壊れたぐらいだ。しかし、たとえ頑丈でも外側のドアは突破できると思う。だがきみも知っているだろうが、内側にはかの有名なスチールドアがある。厚さ約八センチの装甲板でできている。あのドアから素早くなかに入らなければ、努力が無駄になってしまう。階下の合法的な社交クラブの証拠しか押収できないからね。二階には窓のない部屋があり、その部屋のドアの向こうに賭博場がある。

賭博場は有名だから、きみも聞いたことがあるだろう。換気装置と電気照明が完備されていて、実に明るい。昼間のライバル店の明るさが夜中かと思うほどだ。それから、ドアの向こう側には戦略的に入ればいいなんて言うなよ。そっちも完璧に対策されている。警戒システムは非の打ち所がない。力を行使しなければならないものの、人間や建物を壊すほどの破壊力では困るんだ――まったく。車で乗り込んで、銃でドアを穴だらけにしてやりたいぐらいだ」

「ふうむ」ケネディィは物思いにふけりながら葉巻の灰を振り落とし、眼下のレールを通り過ぎる貨物列車を眺めた。「あの貨物列車には何トンもの鉄くずが積まれている。つまりきみは私に、厚さ八センチのスチールドアを鉄くずにしてほしいんだな？」

「ケネディィ、うちがその鉄くずを買い取ろうじゃないか――金《きん》に負けない相場でな。実を言うと、私には機密費がたんまりあるんだよ。前の長官が申請したが、使わなかった資金だ。だから、個人顧客なみにきみの報酬をはずむよ。きみは最近かなりの報酬を得ていると聞いたからね。ドアを何とかしてくれるだけでいい」

「それは違う」ケネディィがやや不機嫌そうに言った。「私の目的は金じゃない。あなたが本気かどうか確かめたかっただけだ。カーテンをくぐるみたいに、そのドアを簡単に通る方法がある」

今度はオコーナーが耳を疑う番だった。だがケネディィがいたってまじめな様子だったので、簡潔に質問することにした。「で、やってくれるのか？」

「こちらは今夜でも大丈夫だ。きみはどうだい？」

返事する代わりに、オコーナーは約束を取り付けるかのように、ケネディィの手をぐいと握った。

「了解。じゃあ。幌付きの大型馬車を手配してくれ――倉庫業者が使うような幌で覆われた馬車だ。

それを七時までに私の研究室に寄こしてほしい。手入れには何人出動させるんだい？　十二人？　幌馬車は全員が乗っても余裕はあるかな？　なかに機材を持ち込むけど、そんなに場所は取らないと思う」

「ああ、スペースは問題ないだろう」

「よし、同時刻に部下たちを一人ずつ私の研究室に寄こしてくれ。住宅街なので、怪しまれないよう気をつけてほしい。暗いから大丈夫だと思うが。それからオコーナー、きみは御者に扮装してはどうだろうか——いずれにせよ、御者には絶対に信頼できる人を頼む。で、幌馬車をブロードウェイの角、クラブの下手まで乗り付けてくれ。劇場の客が引ける頃を見計らってゆっくり来てほしい。あとは私に任せてくれ。しかるべき時が来たら、きみか御者に指示する」

オコーナーはケネディに礼を言った後、真顔になった。「ケネディ、さっきの本部長の話だが、き、きみこそふさわしいんじゃないか」

「依頼を遂行するまで待ってくれ」ケネディは淡々と言った。「私が失敗したら、きみは何も手に入らないだけでなく、不法侵入か不当な弾圧による建物損壊で裁判沙汰になるかもしれないんだから」

「きみの成功に賭けるよ」そう言うと、オコーナーは車に飛び乗って行き先を指示した。「本部へ。急げ」

車の姿が見えなくなると、ケネディはその場を離れるのを残念がるかのように深呼吸した。「散歩は終わりだな、ウォルター」

それから、辺りを見まわして笑い出した。

「ダンフィールドのヴェスパークラブの手入れを画策するなんて！　子守でも子どもたちに夕食を食

べさせて寝かしつけるのは大変なんだ。無謀だよ。さてと。研究室へ行って、幌馬車に男たちと一緒に乗せる道具を準備しなければ。ウォルター、七時半に部屋で待ち合わせしよう、一張羅を着てくるんだ。今夜はカフェ・リヴィエラで豪華な夕食だ。ああ、ところで、きみは顔が広い。私たちをヴェスパークラブに紹介してくれそうな人を知ってるんじゃないか。責任はすべて私が取るし、うまくいけばきみの手柄になる。誰かに当たってみてくれ。忘れるなよ、七時半だ。夕食にはちょっと遅いけど、気にすまい。クラブに行くには早いぐらいなんだから」

ケネディから任されたこともあって、ぼくも何人か当たってみた。その結果、今夜九時にぼくたちをヴェスパークラブへ連れていってくれる友人が見つかった。しかもパーシヴァル・デロングも今夜は確実に来ることがわかった。

ぼくは急いでアパートに戻り、完璧な遊び人に変身しようと奮闘していたとき、ケネディが上機嫌で帰ってきた。だが、忙しかったぼくはほとんど注意を払わず、気づいたときにはケネディはほぼ身支度を済ませていた。その姿を見て、ぼくは息を飲んだ。

とがった口ひげとあごひげをつけたケネディが、満足そうな笑みを浮かべて立っていた。見るからにパリ仕立てとわかる夜会服を着ている――この服は海外で身につけて持ち帰ったものだが、私が知る限り、帰国後はおそらく一度も着ていない。椅子の上にはシルクハットが載っていたが、「シルクハット」と正確に発音できるのはヨーロッパの人ぐらいのものだ。アメリカでは、ブロードウェイの興行主以外は誰も知らない。

ケネディは、フランス人の仕草をまねて肩をすくめてみせた。

「想像してみてくれよ、ムッシュ。私は偉大なケネディだ、アメリカ人探偵《ディテクティブ・アメリカン》だ。――我が国の言葉で言うならば、そんな私が普段の服装と素顔のままでヴェスパークラブへ行ったら、誰かに気づかれてしまう。最初からつまずけと《アン・フォ・パ》？　冗談《ジャメ》じゃない！」

そう言われては、同意せざるを得ない。ぼくたちをスチールドアの向こうに案内してくれる友人に、この道連れについてほとんど話しておかなくて良かったと胸をなで下ろした。

リヴィエラで友人と落ち合い、豪勢な夕食を取った。幸いにも、彼は私の友人ムッシュ・ケイ――とっさにケネディのイニシャルを使った偽名を思いついたのだが、これで何とかしのげそうだ――にいたく感銘を受けたようだった。ぼくたちは楽しく談笑しながら牡蠣とスープから始まって、コーヒー、葉巻、アルコールでくつろいだ。ケネディはモンテカルロやオステンデやアスコットでの体験を語り、ぼくは笑いをこらえるのに必死だった。おそらくケネディはそれらの話をどこかで聞いて、このような機会のために取っておいたのだろう。しかも彼は完璧な英語を使って、所々フランス語のアクセントを交えながらもっともらしく話すのだった。

ようやくヴェスパークラブへ向かう時間になった。今から出れば、早く到着し過ぎることはない。劇場を後にする人はまだいなかったが、友人が言うには、クラブではショーが始まったところで、盛り上がるとのことだった。

ブロードウェイの街角から少し離れた建物に到着して、アーク灯の黄色い明かりに照らされた階段を上っていると、何やら邪悪な気配を感じた。友人が慣れた手つきで合図すると、鉄格子がついた重いドアが開いた。その奥の薄暗い入り口で、黒人の召使いが恭しくお辞儀して、友人の名前を呼んだ。入り口には、マホガニー製のドアと緑色がかった大理石の柱があり、美しい装飾が施されている。簡単な会話を交わしたあと、ぼくたちはなかへ通された。友人の紹介のおかげで、店側はぼくたちを通しても大丈夫だと判断したようだ。

一階は合法的に営業していることがわかっていたため、素通りしてすぐに階段に向かった。広い階段の上がり口でケネディは立ち止まると、見事な彫刻を調べる振りをして、ぼくを肘でついた。ぼくは振り返った。階段は強化コンクリートの壁で囲われていた。かの有名なスチールドアは、人目に触れにくくするためにめいっぱい開いてあった。盗難防止の金庫の扉のようなドアだ。

あからさまに好奇心を丸出しにするわけにはいかないが、ある程度の関心を示すほうが自然だろう。

友人は階段の途中で立ち止まると、こっちに戻ってきた。

「きみたちは安全だよ」彼は笑みを浮かべ、そのドアをステッキで頼もしげにコツコツと叩いた。「警察は当分この壁を破れないだろう。見張り番が警告を発した瞬間に、ドアがしまってボルトで固定されるんだ。でも、今までに問題が生じたことはない。警察もこの先には行けないことを知っているし。それに」彼はぼくにウィンクして言い足した。「このドアにかすり傷がつくだけでも、ダンフィールド上院議員はお気に召さないだろう。さあ行こう。上からデロングの声が聞こえた。デロングはご存じですか、ムッシュ？　彼のツキが変わってきたらしいんですよ。早く確認しないと」

彼に続いて見事な階段を急いで上ると、そこには上質の家具が備え付けられた豪華な大広間があった。床には分厚いカーペットがくまなく敷かれていて、それを足で踏みしめるたびに、ぜいたくな気分を味わった。

ぼくたちが入った部屋には窓が一つもなかった。この部屋は、この建物の一室のなかに二重に作られた部屋だったのだ。二階には通りを見渡せる窓があるが、それはこの部屋の窓ではないということだ。明かりは、美しいステンドグラス越しに室内を照らす頭上の照明だけだ。照明はうまく配置されていて、卵形の電球が人目に触れることなく、ややくもった日光のような雰囲気を醸し出している。後で聞いた話によると、窓がない代わりに換気装置が完備されているそうだ。おかげでみんなが煙草や葉巻を吸っていても、神経質な人ですら煙草の臭いはほとんど気にならないのだという。

もちろん、最初はこれらにはまったく気づかなかった。ぼくが気づいたのは、賭けトランプのファロの台とサイコロゲームのハザードの台だった。だがどちらの台にも人がいなかったため、すぐにぼくは部屋の真ん中に置かれたルーレットテーブルへと視線を移した。夜会服に身をつつんだ十人ぐらいの男たちが集まって、ぐるぐるまわる回転盤《ホイール》に見入っている。テーブルの上には金はなく、あるのはさまざまな種類のチップの山だけだった。それ以外にぼくを驚かせたのは真剣な表情のプレーヤーたちだ。ぼくの予想に反して、彼らはやせて目をぎらぎらさせた輩ではなかった。むしろ栄養状態が良くて身なりもきちんとしていて、羽振りの良いニューヨーカーたちだ。その服装と肉づきの良さは、人生なんて楽勝だと言わんばかりだ。ほとんどが裕福な上流階級に属している。そこには悲劇的要素はなかった――悲劇は、職場や家庭や裁判所などどこかよそにはあっても、このクラブには存在しなかった。ここではすべてが生き生きとして明るく、笑いにあふれていた。

ヨーロッパの賭博場では、テーブルのうえで金貨がちりんと音を立てたり、胴元が勝つと木製の熊手で音をたてながらコインをかき集めたりするという。そのことを何かで読んで知っていたぼくは、アメリカ式賭博の静けさに目を見張った。

さらに先に進むと、ボールがカタカタ鳴る音、チップのカチッとする音、ホイールが回転する単調な音しか耳に入らなくなった。「黒の二十三、赤の八、黒の十七」その光景は、株式仲買人のオフィスで、若者たちが株式相場が書かれた紙テープを大声で読み上げて、黒板に印をつけるさまに似ていた。

　他の客など眼中にあらずといった様子で前のめりになっていたのは、パーシヴァル・デロングだった。細身で背の高いハンサムな若者だ。少年のようなその顔にくっきりと浮かぶ不摂生の跡が、何とも不釣り合いだ。こんな若者がホイールの上をまわる小さなプラチナボールを凝視しているなんて。むしろ食堂で夕食を取った後、屋内競技場でサッカーの練習をする方が似合うのに、などとぼくは考えていた。

「畜生！」と彼が大声を上げた。再び〈十七〉が出たのだ。

　ヘブライ人の銀行家が、チップの山を〈十七〉に置いた。この番号に賭けるのはこれが三度目だ。辺りでは人々が小声で彼の勇気を賞賛していた。デロングはためらっていた。「十七が二回出た。ということは、次にまた十七が出る確率はかなり低い。出れば大もうけだがな」などと考えているのだろう。彼は別の番号に賭けた。

「今夜彼はロスリン卿の方法を使って賭けをしているね」と友人がささやいた。

　ホイールが回転して、ボールが転がって、胴元が再び同じ番号を呼んだ。「黒の十七」群衆は興奮で色めき立った。珍しいことがあるものだ。

　デロングは低い声で悪態をつきながら、椅子の背にもたれてテーブルに集まった顔をさっと見まわした。

「おまけに、すでに〈十七〉は三回出たが、次の賭け《ベット》で再びこの番号が出る確率は今までと変わらないんだよ」と言う声が、ぼくのすぐ傍らから聞こえてきた。

　ケネディだった。ルーレットテーブルでは、おもしろい数字が出た場合に自己紹介する必要はなかった。誰もが友だちなのだ。

「ハイラム・マキシムの理論ですね。でも、真のギャンブラーは信じませんよ、ムッシュ。少なくともあえて賭ける人はいない」そう言うと、友人は別の用事があるからと言って、残念そうに会場をあとにした。みんなの目がケネディに向けられた。ケネディは、彼の意見は正しいが……と言わんばかりに、丁重に否定するような身振りをした。それから平然とした様子で〈十七〉にチップを置いた。

「〈十七〉が連続して四回出る確率は、何百万分の一です。しかし、既に三回出たと言っても、もう一度出る確率は変わらないのです。大抵の場合、連続して出た数字は避けるものです。というのも、他の数字の方が出る確率が高いとの仮説があるからです。しかしその仮説が当てはまるのは、赤い玉と黒い玉がたくさん入った袋のなかから、玉を取り出す場合です——赤い玉を取り出す回数が多いほど、赤い玉が出る確率は小さくなるからです。しかし、一度取り出した玉を再び袋に戻す場合は、三回連続して赤い球を引いた後に再び赤い玉を引く確率はこれまでと同じになります。コイン投げもそうです。表が十二回出ても、十三回目のコイン投げには影響しません——次も表が出る確率は五分五分なのです。ですからもし今夜〈十七〉が五回出たとしても、それまでに出た結果とは関係なく、六回目も〈十七〉が出る可能性があるのです。にもかかわらず結果が出る前は、同じ数字が六回連続で出る確率は、約二十四億九千六百万分の一と計算されます。ほとんどの必勝法には、直前に出た数字はその後に出る数字に影響するとの古い思い込みがありますが、物理的な根拠はないのです。もし二十回連続で黒が出た場合、二十一回目は赤に賭けるのが常套手段です。ですが、二十一回目も黒が出る確率は一回目の賭けと同じなのです。ここで混乱するのは、黒が二十回連続で出る確率は、百万四万八千五百七十六分の一だからです。しかしその回数を賭けるだけで十年かかるでしょうし、その回数をこなす間に二十回連続で同じ色が出る可能性が一回以上あります。ゲームを果てしなくやり続けるのであれば、数学的な確率を当てにできるでしょう。しかしこのゲームは永遠に続くわけではありません。ですからどんなことも起こりうるのです。必勝法はゲームが無限に続くことを前提にしていますが、私たちがゲームをする時間には限りがあるからです」

「大学時代のぼくの教授みたいな話し方だな」クレイグが理論的には正しいとされる必勝法の落とし穴を指摘し終えると、デロングは侮蔑的な態度で言い放った。そしてまたしても慎重を期して〈十七〉も黒も避けることにした。

再びホイールが回転し、その上をボールが走った。テーブルのまわりを囲む見物人たちが固唾を呑んで見守っている。

十七が出た！

ケネディは勝利に酔いしれる様子もなく、冷ややかな態度で山のようなチップをかき集めた。するとぼくの背後にいた男が小声でささやいた。「あの外国人貴族には必勝法があるらしい――見ろよ」

「ノン、ムッシュ」その声が聞こえたのか、ケネディは素早く反応した。「これは必勝法ではありません。もっとも、私は必勝法を一つ知っていますが」

「それは何だい？」デロングが目を輝かせた。

ケネディは大量のチップを赤に賭けた。だが黒が出て、チップを回収された。ケネディはチップを倍賭けしたが、再び負けた。驚くほど冷静な態度で、ケネディは倍賭けを続けた。

「マーティンゲールの確率論だ」ぼくの後ろの男が小声で言った。「要するに、倍賭けしろ、さもなくば止めろってことだ」

今やケネディは数百ドルを賭けていた。彼にとってはかなりの大金だ。彼は前向きな様子で再び赤に倍賭けし、今回は赤が出た。ケネディはチップを集めると立ち上がった。

「これが私が知っている唯一の方法です」

「おいおい、続けろよ、なあ」テーブルを囲む人々から声が上がった。

「いいえ」ケネディはいたって穏やかな様子だ。「掛け金を回収して少し儲けが出たら止める——これも必勝法の一つなんですよ」

「はんっ！」デロングがあきれたような口調で言った。「あんたが何千ドルと賭けていたら、止めないだろうよ。いずれにせよ、本物の賭博師ならやめないぜ！」

ケネディは、青二才など相手にしないと言わんばかりに、このあからさまな侮蔑を穏やかに聞き流した。

「賭けを続けても、長い目で見ればゲームに勝つことは不可能です。数学的に不可能だからです。考えてみてください。仮に私たちが大富豪だとします——どんな組み合わせが出ても勝てるよう、プレーヤーを雇うとします。それでどうなりますか？〈0〉や〈00〉が出なければ、ベットをするたびに持ち金はスタート時点と同じ状態になります——自分の金を仲間内でまわすだけだからです。損もしなければ得もしない。だが〈0〉か〈00〉が出ると、しばしば胴元がチップを総取りします（0と00は緑であり、ベットの方法によっては胴元の総取りとなる）。だから自分たちの間でお金をまわした後、〈0〉か〈00〉が出て胴元にチップが流れるのは時間の問題なんです。胴元が勝つと決まっているのです——正確には数学的なゲームなのです——単なる数学の問題なんですよ、わかりませんか？」

「かもしれない。でもそれだけでは、今夜はみんなが勝ってるのにぼくだけが負けている理由にならない」

「誰も勝ってませんよ。食事が済んだら、負ける方法をお見せします――ベットを続けるだけですがね」そう言うと、ケネディはカフェへ向かった。

デロングは賭けに夢中になるあまり、席を立って軽食を取りに行こうともしなかった。そのため彼は何度か給仕に合図して、強いウィスキーを持ってこさせた。彼に運がまわってきたときもあったが、間もなく元に戻って負け続けた。何らかの理由で、彼の〈必勝法〉はまったく機能していないようだ。

「まったく、救いようがないな」軽い食事を取りながら、ケネディが考え込んだ。「とはいえ、あらゆる賭け事のなかでも、ルーレットは勝率が高いんだよ――たとえば競馬よりもずっと高い。だが、一般的にルーレットは禁止されるが、競馬は合法化されている。要するに有利な賭け事を禁止して、不利な賭け事には目をつぶるというわけだ。といっても以前よりはましか。今は両方とも取り締まっているからね。もちろん、ルーレットの勝率が高いというのは、ゲームで不正を行わない場合に限るけどね――残念ながら、デロングは何をしたって負けるだろうね」

ぼくは目を見開き、慌ててケネディに耳打ちした。「どういう意味だい？　ホイールに仕掛けがあるとでも？」

「おそらくね」ケネディが小声で答えた。「〈十七〉が連続して出ることは確かに可能だ。だが、本当とは思えないんだ。彼らが私に勝たせたのは、私が新しい顧客だからだ――最初は新しい客に勝たせるんだよ。おなじみの手口だが、騙し手はさも自然な現象であるかのように見せる。私がもう一度やりたいと思うまで勝たせた後、負けさせて私の賞金をすべて巻き上げるんだ。ウォルター、何らかの不正があると私が確信したら、ちょっとした実験をやりたい。私が何をやっているか他人に見られないよう、私の側に立っていてくれないか？　私の指示通りにね」

賭博場は、劇場帰りの客であっという間にいっぱいになった。デロングのテーブルは盛り上がっていたため、人々の注目も集まっていた。デロングの若き仲間たちは彼の不運を哀れみ、熟年の道楽者みたいに垢抜けた口調で議論していた。デロングはまだ自分の必勝法にこだわっていた。

ケネディとぼくは彼に近づいた。

「おやおや、異国の哲学者様のお出ましだ」デロングがケネディに気づいて大声を上げた。「独自の攻略法を披露して、ルーレットの勝ち方を授けてくださるかもしれないぞ」

「その反対に《オ・コントレール》、ムッシュ。負け方を披露しましょう」そう言うと、クレイグはにこりと笑った。すると、いかにも外国人らしい黒い口ひげの下からきれいに並んだ歯がのぞいた。

ケネディはベットして負け、次のベットでも負けた。それから勝ったが、負けの方が多かった。一度大きく負けた後にケネディの手がぼくの手にかかり、自分に引き寄せるのがわかった。ケネディが負けているのを見て、デロングは意地悪そうに笑みを浮かべた。デロングは前半賭け、すなわち「一～十八」のところに大量のチップを置いた——前回のベットまで、十八～三十六の数字が五回連続で出ていたからだ。そのとき、クレイグがふと手を止めるのがわかった。一体何をしているのか気になって、ぼくは慎重に下を見た。みんなの目はホイールに釘付けになっている。ケネディの手のなかには、ごく普通のコンパスが握られていた。コンパスの針はぼくを指していた。ぼくはたまたまケネディの北側の位置に立っていたからだ。

ホイールが回転した。すると突然針が振れて北と南の中間辺りを指し、そこで一瞬震えて止まり、それからまた北へ戻った。

ぼくはすぐにその意味を理解した。針がテーブルを指し、そしてデロングは再び負けた。どうやら何らかの電気装置を使っているようだ。

ケネディとぼくは目配せしあった。ケネディはすぐにぼくの手にコンパスを押しつけて小声で言った。「私がベットする間、見ていてくれ、ウォルター」

ケネディと同じように注意深くコンパスを隠しながら、できるだけテーブルに近づけた。何をやっているかばれないよう注意しつつ、針の動きと賭けの両方を同時に目で追った。ぼくが気づいた限りでは、すべてのベットで何かが起きていた。すべてを正確に言い当てることができないため、はっきりとは断定できないが、ある番号に大金が賭けられるたびに、コンパスの針は反対を指した。一度、針がまったく動かなかったときに、ケネディが勝った。次のベットで、彼は勝ち取った金をすべて確率の高そうな番号に賭けた。すると、ホイールが回転してボールが投げられる前から針が振れた。銀のボールがホイールの枠に収まると、ケネディは立ち上がった。負けたのだ。

「何てざまだ」デロングは大声を上げると、ケネディの腕をつかんだ。「でも、おれが取り返してやるよ。あんたの負けっぷりはいいね。おれもあんたみたいに往生際が良ければな。残念ながら、おれは夢中になる質でね。ここにはすでに山のような借金があるんだ」

ちょうどその時、ダンフィールド上院議員が店の様子を見にきた。肉づきの良い健康そうな男で、彼に食い物にされている者たちが、彼に敬意を払う様子は一見の価値があった。ダンフィールドはデロングの愚痴を聞いていても表情一つ変えなかった。上院議員は一文無しになった人間にはこれっぽっちも同情しないと聞いていたので、彼が何を考えているのか想像できた――賭け事ならではの友情と思いやりに他ならない。

ここでケネディが意外なことを言った。「おや、ＤＬ。あなたの運気が変わりそうですよ」――デロングはここでは「ＤＬ」と呼ばれていた。賭博場では人々は本名を敬遠し、イニシャルで呼ばれたがるからだ。「もうすぐあなたの運気は変わるでしょう。その必勝法を続けてください。止めないのであれば、今夜はそれが最善の方法ですよ」

「止めるもんか」若者はぶつぶつと言った。

ケネディとぼくは、外へ向かう途中で立ち止まって意見を交換した。ぼくがコンパスの動きについて報告すると、ケネディの推測が当たっていたことがわかった。

階段に体を向けると、賭博場を見渡すことができた。プレーヤーたちがトランプゲームで使う賭け金だけで、一時間おきにダンフィールドは新しい幌付きの自動車が買えそうだ。別のグループがサイコロ賭博の台で大騒ぎしていたが、一人として自分たちの勝率を合理的に説明できる者はいないに違いない。二つのルーレットテーブルは大盛り上がりの真っ最中だったが、デロングのテーブルの方がたくさん人が集まっていた。人々の話し声が所々聞こえてきて、ぼくはこんな話も聞き取った。「デロングは今週だけですでに十万ドル以上賭けてるんじゃないか。かわいそうに。そろそろ無一文になる頃だろう」

「実に悲惨な話だ」ぼくは小声で耳打ちしたが、ケネディは聞いていなかった。

帽子を粋な角度で傾け、コートを腕に掛けると、ケネディは最後にもう一度だけ観察しようと室内を歩きまわった。

「まだ運はめぐってきませんか？」

「畜生。まだだ」青年が言い返した。

「私のアドバイスを聞いて、気づきましたか？　これは、モンテカルロから上海まで各地で高度な賭けを目にした人からのアドバイスなんですよ」

「何だって？」

「たとえ明日までかかろうとも、運気が変わるまで続けるんですよ」

小耳にはさんだのか、ダンフィールド上院議員の顔に尊大な笑みが浮かんだ。

「そのつもりさ」そう言うと、やつれたデロングは再びテーブルに向かい、ぼくたちのことなど忘れてしまった。

「いいかげんにしろよ、ケネディ」階段を下っているとき、ぼくは声を荒げた。「あんなアドバイスをして一体どういうつもりだ？　なあ？」

「そんなに大声を出すなよ、ウォルター。どっちにしても彼はベットを続けるだろうよ。とにかく、彼には続けてほしいんだ。これはパーシヴァル・デロングとその母親にとって、生死を分ける問題だからね。さあ、店を出よう」

ぼくたちは頑丈そうなスチールドアを通り抜けて、通りに出た。外は観劇の後に食事を済ませた人たちで賑わっていた。長年警察の追及をかわし続けている有名な賭博場でちょっと賭け事をやってみたいのだろう。

ケネディはいたって快活な様子で、ブロードウェイを進んでいく。街角で足を緩めたかと思うと、辺りを見まわし、次のブロックの中間地点に止まっている幌付きの大型馬車を見つけた。御者は馬の引き具を強く引っ張って調整しているようだ。ぼくたちはそっちへ歩いていくと、幌馬車のすぐ脇で足を止めた。

「ヴェスパークラブの真ん前までゆっくりと進んでくれ」御者に扮したオコーナーが顔を上げると、ケネディが話しかけた。

幌馬車はがたがたと音を立てて進み、ぼくたちは何気ない様子でついていった。馬車は角で曲がり、ぼくたちも後に続いた。その瞬間が近づくにつれて、心臓の鼓動が大きくなる。頭もくらくらする。通りを見下ろすあの暗い窓の背後にいるあの道楽者たち。彼らは、これから自分たちの身に起ころうとしていることを知ったらどう思うだろうか？

まるでトロイアの木馬のように、幌馬車は店へ近づいていった。一人の男がヴェスパークラブへ向かった。ドアのところではあの黒人の男が、近づいてくる幌馬車をいぶかしそうに見た。外側のドアがぴしゃりと閉じた。

次の瞬間、ケネディは変装をかなぐり捨てると、幌馬車の後ろにダッシュしてドアを開けた。斧と大ハンマーを手にした十人ほどの男たちが馬車から飛び降りて、クラブの階段を上った。

「オコーナー、応援部隊を呼べ。屋根と裏庭を見張れ」

幌馬車の御者は、応援を呼びに急いで走っていった。

真鍮で縁取られたオーク材の外扉に、大ハンマーと斧が何度も振り下ろされる音が響き渡った。ドアの内側では慌てて走りまわる足音がしたかと思うと、鉄格子の音と、内側のスチールドアが大きなきしり音を立てながら閉まる音が聞こえた。

「手入れだ！　ヴェスパークラブに手入れだ！」気づいた通行人が大声を張り上げた。ブロードウェイからどんどん人が集まり、人だかりができた。深夜というよりも真っ昼間の光景のようだ。

激しく打ち付ける音と、ばりばりと引き裂く音がした後、外側のドアがゆっくりとこじ開けられた。

ドアが蹴破られると、警告ベルが何度か鳴らされた。ここぞというタイミングで応援部隊が現れた。通常は手入れがある前に誰かがクラブに密告するのだが、今回は密告するには遅すぎた。

背後の大騒ぎなどお構いなしに、ぼくは警察官たちと一緒にドアの残骸を飛び越えた。冷たく青いスチールドアが、そびえるように立ちはだかって行く手を阻んでいた。この頑丈な最後の障害をどうやって乗り越えるのか？

ぼくが振り返ったとき、ケネディとオコーナーが大きなタンクを持って階段を上ってきた。タンクはボイラーのようにあちこちにボルトが留められている。続いて、二人の男たちが二つ目のタンクを運んできた。

「そこに」とケネディが指示した。「酸素はそこにセットしてくれ」そう言うと、自分が運んできたタンクをその反対側に置いた。

タンクからは太くて強そうな管が伸びていて、管の先にはバルブと計器がついている。ケネディは腕に抱えていたケースから、大きなフックのような奇妙な形の装置を取り出した。くびれ部分が大きくカーブし、先端がとがっている。よく見ると、二本の金属管でできていて、それがノズルの上のシリンダー、つまり混合室まで伸びていた。これらと平行するように三本目の管が別個で伸びていて、その先端には別のノズルがついている。ケネディはタンクから伸びる管の先端を金属製のフックにつないだ。すなわち酸素タンクを二本の管から成るフックに接続し、二番目のタンクをもう一つのフックに接続した。それからケネディはマッチをつけて、慎重にノズルに近づけた。すぐにシューという音がしてバチバチと鳴ったかと思うと。目もくらむような火柱が立った。

「さあ、酸素アセチレントーチの出番だ」スチールドアに前進しながら、ケネディが大声を上げた。

「さっさと片付けてしまおう」

そう言った瞬間、吹管《トーチ》の真下にあったスチールが光り輝いた。

試しにケネディは、厚さ二センチ程度のスチール製リベットの頭部に噴射したが、ほんの二十秒ほどで切断できた。だがリベットをすべて切断したからといって、ドアを弱体化できるとは限らない。それでも彼らは高圧アセチレントーチの先端をドアに当てて、炎を吹き出した。

見応えのある光景だった。一番目のノズルから噴出する高熱のせいで、トーチの下の金属は、平炉で熱せられたみたいに真っ赤になった。酸素が吹き出す二番目のノズルの下では、熱くなったドアの金属がすっかり抵抗力を失っていた。圧縮酸素とアセチレンが織りなす炎の威力によって、分解された金属の細かい粒子が飛び散った。といっても大きな穴が空いたわけではない――幅〇・五センチにも満たない。それでも厚さ八センチの白いマツ材の厚板を丸鋸で切ったみたいに、鋭い切り口だった。

ケネディは筋肉を隆起させて強力な破壊兵器を構えていたが、まるで軽い鉛筆を操るかのように自在に動かした。ぼくたちが距離を保ちながらケネディを取り囲むなか、彼は誰よりも落ち着いていた。

「きみも知っていると思うが」ケネディは一瞬たりとも手を休めることなく、急いで説明した。「アセチレンは炭素と水素の化合物だ。ノズルの先端で燃焼させると、アセチレンは炭素と水素に分解される――炭素は高温を発し、水素は炎心を形成し、その炎心のおかげでトーチの先端が燃えずに済むんだ」

「でも危険じゃないのか?」トーチを見事に操るケネディの様子に目を見張りながら、ぼくは訊ねた。

「そうでもないよ、使い方さえ知っていればね。あのタンクは多孔性アスベストでできていて、なかはアセトンが高圧下で封入されている。アセトンにアセチレンが溶けているから爆発する恐れはほとんどない。だからこうして爆発せず安全に運べるんだよ。アセチレンと酸素は、トーチの取っ手近くにある混合室で混ざるが、ここも逆引火しないよう設計されている。このトーチのデザインの良いところは、運搬に便利なことと、今回みたいな使い方もできることだ」

ケネディはいったん作業を中断して、ドアをチェックした。ドアの反対側は静まりかえっている。ドアそれ自体の強度も変わっていないようだ。

「ふん！」ぼくの背後にいた刑事がこれ見よがしに声を上げた。「その新型のやつじゃなくてもこいつは壊せるさ。おれに主導権があれば、ダイナマイトであのドアをぶち破るのに」

「ついでに建物もつぶして、死人も出すつもりか」ケネディに対する皮肉に腹を立てたぼくは、振返ってぴしゃりと言った。ケネディは聞いていなかったのか、まったく意に介さない。

「この二番目の噴射口から出る酸素を閉じると、トーチはスチールを熱するだけになる」ケネディは何も聞かなかったかのように解説を続けた。「温度は摂氏三千五百度ぐらいになる。炎の圧力は一平方センチ当たり四キログラいだ」

「それはすごい！」部下の言葉を聞いていなかったのか、オコーナーが感嘆の声を発して、賞賛の目でことの成り行きを見ている。「ケネディ、一体どうやってそれを思いついたんだ？」

「溶接で使われているじゃないか」あたりの興奮が高まるなかで、彼は落ち着いて作業を続けた。「最初に見たのは、自動車のシリンダーに入ったひびをこれで修理しているところだ。シリンダーを一度も取り外さずに修理していた。それから、ギアに新しい歯車を溶接したり、古いすり切れた歯車を溶接して新品同様に強くしたりするのも見たことがある」

ケネディは手を止めて、炎の下の高温に熱せられた金属を見せてくれた。

「道端で手入れの話をしたときのことを覚えているかい、オコーナー？　ぼくたちの眼下を、鉄くずを積んだ貨物列車が通っていった。鉄はよくこのトーチを使って切断されるんだよ。それでこのアイデアを思いついたんだ。見てごらん。二番目のノズルから酸素を出す。するとトーチは鉄を溶接できなくなり、鉄を分断する装置になる。酸素の入った瓶のなかでぜんまいが燃えるのを見たことがあるかい？　スチールも同じように燃えるんだよ。つまり軟鋼、硬鋼、鍛鋼《たんこう》、焼き鈍《なま》した鉄鋼、クロム鋼、ハーヴェイ鋼など、鋼鉄はすべて簡単に短時間で燃えるんだよ。おまけにお金もかからない。今回の手入れも、このトーチに関しては数ドルしかかからない――ドアを吹っ飛ばすと何千ドルもの損失がかかるだろうから、大違いだよ」

最後のセリフは、先ほどの嫌みを言った刑事に向けられたものだ。彼は何も言い返せなかった。トーチの炎はドアの縁をなぞりながらゆっくりと着実に移動してゆき、ぼくたちはそれを畏敬の目で見つめた。

ゆっくりと時間をかけながら、トーチはドアの縁の上から下まで垂直に分断していった。ぼくには何時間も経過したように思えた。ケネディはドア全体を切り裂いて、ドアを蹴り倒すつもりだろうか？

いや、待て。ケネディはざっとドアを調べたときに、スチールドアに留めてあるボルトの位置をしっかり把握していたではないか。彼はまるで特殊なナイフを扱うかのように、ボルトを一つ一つ着実に切断していった。

ドアの内側はどうなっているだろうか？　ギャンブラーたちが自分で仕掛けた罠に自らかかったときの驚きたるや、ぼくには想像もつかない。

アセチレンと酸素の噴射が突然止まった。最後のボルトを切断したのだ。かつて難攻不落と呼ばれていたドアに、ケネディが手を置いてそっと押すと、何とかバランスを保っていた蝶番が飛んだ。まるで「開け、ごま!」と呪文を唱えたかのように、泥棒のアジトが眼前に開けた。

ぼくたちは急いで階段を駆け上った。先頭がケネディ、続いてオコーナー、やや遅れてぼく、そのすぐ後にオコーナーの部下たちが続いた。

相手が捨て身になって反撃してくる恐れがあるため、おそらく誰もが銃撃戦に備えていた。そのため、相手が素手で反撃してきたときは、ぼく自身が拍子抜けした。相手は間もなくねじ伏せられた。賭博場では金持ちたちが混乱するなか、オコーナーが片手で逮捕状を振りまわし、もう片方の手でピストルを構えながら大声で叫んだ。「おまえたち全員を逮捕する。抵抗する者は容赦しない」

華やかな装いをしたギャンブラーたちは、今や部屋の片隅に集まり、驚きのあまり口もきけずにいた。ダンフィールド上院議員の姿もあった。彼らは抜け目なく騙すチャンスを伺っていたものの、警察の手入れは予想もしていなかったのだ。デロングはうつろな目で突っ立ったまま、目の前のルーレットホイールを一心不乱にまわしていた。その青白い顔はまるで幽霊のようだ。

ケネディは刑事が持っていた斧をつかむと、ルーレットテーブルに歩み寄った。そして狙いを定めて斧を振り下ろして、精巧なホイールを叩き壊した。

「デロング。私は、きみの大学時代の教授のように説教するつもりはない。きみがさっき知り合ったフランス人のように必勝法の話もしない。これが、きみの対戦相手の正体だ。見ろ」

ケネディは目の前の壊れたホイールを指さした。かつては精巧だったが、今やねじれて曲がった何本もの細いワイヤーと電磁石が剝き出しになっている。繊細な刷子《さっし》を通って電流がホイールに流れる仕掛けだ。ケネディがもう一度斧を振り下ろすと、テーブルの脚から床、そしてカーペットの下へと伸びるワイヤーが剥き出しになった。ワイヤーは操作ボタンにつながっていて、男が意のままにゲームを操っていたのだ。

「これは一体どういうことだ?」デロングが呆然として言った。

「つまり、不正のないルーレットだったら、きみが勝つ見込みはわずかながらあったということだ。ご存じのように勝率は胴元が断然有利だが、このホイールでは公正にゲームが進められたことはまれだったんだよ。ゲームは電気で制御されていたんだ。他のゲームにも何らかの仕掛けや装置が使われているはずだ。きみが勝つことは不可能なんだ。これらのワイヤーと磁石を使えば、胴元が望むところに玉を入れられる。すべてのコンパートメントには小さな電磁石がついている。赤いコンパートメントに設置されている磁石は、カーペットの下にあるボタンと電池に接続している。黒いコンパートメントに設置されている磁石は、別のボタンと電池に接続している。この玉は本物のプラチナではない。プラチナは磁気で制御できないからね。これはなかが空洞になっている軟鉄の玉にプラチナめっきを施したものだ。どちらかの電磁石に電流が流れれば、玉はそちらに引きつけられる。そしてこのシンプルな仕掛けのおかげで、胴元は赤でも黒でも、望むところに玉を入れられるんだ。同じような仕掛けを使えば、偶数と奇数をコントロールし、別のボタンを押せば他の数字を選べる。〈十七〉を連続で出すときには、特別な仕掛けを使ったんだ。ここにあるギャンブル台には公正なものなど一つもない――おそらくニューヨークのどこにもないだろう。すべては最初から最後まで不正が成されているんだよ――人間も、テーブルも、それから――。あのテーブルには仕掛けがあって、〈十七〉を何回でも連続で出せるし、赤も黒も、偶数も奇数も、十八以上の数も、十八以下の数も何でも出せる。

そしてそれでぼくを負かしてたってことかい？」

「その通りだ、デロング」

「ぼくに勝ち目はなかった」デロングはその言葉を繰り返しながら、ぼんやりと指でワイヤーをいじった。「今夜ぼくは破産したんだぞ、ダンフィールド」デロングは振り返ると、呆然とした目で群衆のなかからかつての友人を探し出した。それからポケットに手を突っ込むと、取っ手に象牙があしらわれた小型のピストルを取り出した。「ダンフィールドめ、思い知らせてやる。おれを破滅させやがって」

ケネディはこうなることを予期していたに違いない。まるで子どもを相手にするかのように若者の腕をつかみ、ねじって無力化すると、ピストルの銃口を上に向けた。

部屋の反対側の角でまぶしい閃光が走ったかと思うと、大きな煙が上がった。ぼくが理性を取り戻す前に、その反対側の隅もまぶしく光って煙が上がった。部屋中が黒い煙で覆われた。

ぼくの足下には二人の男がつかみ合いをしていた。うち一人はケネディだった。すぐにケネディを助けようと膝をつくと、相手はダンフィールドだとわかった。乱闘のおかげでその顔にはあざができている。

「皆さん、落ち着いてください」オコーナーが大声を張り上げるのが聞こえた。「爆発ではありません。警察所属のカメラマンがフラッシュを焚いただけです。これで証拠はそろった。皆さん、静かに階段を降りて、下の護送車に乗ってください。二人ずつ。何か言いたいことがあれば、夜間裁判所の治安判事に言ってください」

「こいつの腕を押さえていてくれ」ケネディがあえぎながら言った。

ぼくは言うとおりにした。ケネディはスリのような素早さでダンフィールドのポケットに手を突っ込み、書類を引っ張り出した。

煙が晴れてみんなが冷静になる前に、クレイグが大声で言った。「こいつを立たせろ、ウォルター。ほら、デロング。きみの借用書だ。破り捨ててしまえ。こんなものは無効だ」

訳者あとがき

本書は、一九一〇年代に「アメリカのホームズ」として全米で人気を博し、〈クイーンの定員〉にも選ばれたクレイグ・ケネディの傑作短編集『無音の弾丸』の完訳版である。

クレイグ・ケネディ教授は、アメリカの作家アーサー・B・リーヴ（一八八〇～一九三六年）によって生み出された科学探偵だ。著者のリーヴは元ジャーナリスト。一度は弁護士を志して法律学校に通ったものの、競争が激しかったため弁護士をあきらめ、科学書を読んで新しい発明を調査しながらケネディ教授シリーズを書いたという。処女作『無音の弾丸』は、方々の出版社に断られたあげくに、ようやく一九一〇年十二月号の「コスモポリタン」誌上に発表された。以後、同誌にはケネディものの短編小説が連続掲載されたが、そのうちの十二編をまとめたものが『無音の弾丸』と題されて、一九一二年ドット・ミード社から出版された。

『無音の弾丸』は、発売されるやいなや、アメリカ版シャーロック・ホームズとしてアメリカの読者に熱狂的に受け入れられた。一九一四年にリーヴは、ケネディとジェイムソンが活躍する長編『The Exploits of Elaine』（邦題は『拳骨』）を発表。この本は、翌一九一五年にはリーヴ自身が脚本を執筆して映画化されている。『拳骨』は無声映画時代の日本でも公開され、一世を風靡したという。クレイグ・ケネディものの長編は十冊以上、短編集は十二冊以上刊行されている。リーヴはそのうちの何作品かを映画脚本にまとめ、映画化に協力している。

さて、『無音の弾丸』の解説に移ろう。十二編の短編小説はそれぞれ別個の事件を扱っているものの、二人の主要な登場人物、すなわち事件を解決するホームズ役のクレイグ・ケネディと、ワトソン役のウォルター・ジェイムソンは毎回登場する。ケネディはコロンビア大学の教授で専門は化学。ジェイムソンはタブロイド紙《スター》紙の記者で、情報の収集力に長けている。二人は同じアパートで共同生活を送る友人同士だ。

短編の多くは、彼らのアパートに依頼人が訪れて、事件を解決してほしいと懇願するところから始まる。その後二人は現場に赴いて一通り調査を行ない、最後にケネディが自分の研究室で犯行手口と犯人をあばくという筋立てだ。クライマックスでもある推理場面では、ケネディが科学者としての知見を駆使し、当時の最新機器や自分で開発した装置などを使って犯罪方法を暴くのだが、その際に彼が持ち出してくる装置や道具が奇想天外でおもしろい。たとえば、地震計、マイクロフォン、血液採取、筆跡鑑定、ディクトグラフ（盗聴器の一種）、セレン光電池などが登場する。残念ながら、刊行から百年以上経過していることもあって、どの道具も今となってはありふれたものばかりで、目新しさはない。クレイグ・ケネディ・シリーズが当時絶大な人気を博したにもかかわらず、今ではすっかり忘れ去られてしまったのは、科学技術の発達により、この科学的側面が目新しさを失ったからかもしれない。

肝である推理手段がいくぶん古さを感じさせるものの、どの短編も中身が濃くて読み応えがある。特に、人体自然発火現象の謎を追う「自然発火」、誘拐された有名歌手の子どもを取り返すまでの経緯がスリル満点でハラハラさせられる「黒手組」などは、現代でも通用する傑作だと思う。また個人的には、テーブルを取り囲んで死者とのコミュニケーションをはかる交霊会の描写（「地震計をめぐる冒険」）や、砂糖炭からダイヤモンドを合成できるとうたった投資詐欺の話（「ダイヤモンドの合成術」）は、当時の時代を感じさせて興味深いと感じた。

『無音の弾丸』は高く評価されながらも、日本では二編しか訳されていない。『シャーロック・ホームズのライヴァルたち』（早川書房、一九八四年）に収録された「地震計の冒険」と、『名探偵登場（二）』（早川書房、一九五六年）に収録された「黒手組」だ。本書の出版によって、この短編集の全容が明らかになり、リーヴのおもしろさが見直されることを期待したい。本書を読んでクレイグ・ケネディに興味を持った読者には、『エレインの災難：クレイグ・ケネディ教授の冒険』（平山雄一訳、アマゾンKindle版）も是非読んでいただきたい。電子書籍しかないのが残念だが、この本は前述した『拳骨』の新訳版である。

なお、訳出にあたっては、Hodder & Stoughton社から刊行された『The Silent Bullet』を底本とした。ただしこの版には「The Azure Ring（瑠璃の指輪）」が収録されていなかったため、この短編だけはWhite Press社から刊行された『The Azure Ring』を底本とした。

最後になりますが、邦訳出版にあたっては、多くの方々にお世話になりました。とりわけ、やや古風で時に難解な英語表現について、訳者の質問に的確に答えてくださった日英翻訳者のジム・ハバート氏。訳稿を読んで有益なアドバイスをくださった翻訳家の鎌田三平氏。その他関係者のみなさんに、この場をお借りして心よりお礼申し上げます。

理系ミステリの先駆的作品

廣澤吉泰（探偵小説研究会）

休戦が署名されたときは、アーサー・B・リーヴはまだアメリカ探偵作家界の王者とされていた。

これはハワード・ヘイクラフト『娯楽としての殺人――探偵小説・成長とその時代』の第八章「アメリカ・一九一八－一九三〇年　―黄金時代―」の一節である。ミステリ史におけるリーヴの立場を端的に表しているので冒頭に引用した。ヘイクラフトは同書でアーサー・B・リーヴ（一八八〇－一九三六）について、このように述べている。

一時は『アメリカのシャーロック・ホームズ』ともてはやされたクレイグ・ケネディを創造した。古い読者にはケネディの名前はなおなつかしい愉快な思い出をさそうだろう。だが若い世代にはそれは何ものでもない。一時これほど高い地位にいて、こうも完全にがらくたのなかに投げこまれてしまった小説探偵はほかに考えられない。

九鬼紫郎『探偵小説百科』にも同様の記述がある。

現在の読者はアーサー・B・リーヴを知らず、その作品を読むことも難しいが、かつて〈アメリカのシャーロック・ホームズ〉と言われた科学探偵、クレイグ・ケネディーを創始したリーヴの存在を、老いたる探偵小説ファンたちは忘れない。

『娯楽としての殺人』は一九四一年、『探偵小説百科』は一九七五年の刊行物である。両者には三十年近くの差があるが、どちらの書でもリーヴは「古い読者」あるいは「老いたる探偵小説ファン」に懐旧の念を抱かせる作家として位置づけられている。本書の読者に「古い読者」あるいは「老いたる探偵小説ファン」は少なかろうから（全くゼロではないと思うが）、虚心坦懐にケネディの活躍を読み進めていただければと思う。

そうはいうものの作者リーヴの人となりや探偵小説史における位置づけ、ケネディ探偵の身上書は頭に入れておいても邪魔にならないだろう。リーヴの略歴は『娯楽としての殺人』をベースに『探偵小説百科』、中島河太郎『推理小説展望』等を参照した。ケネディ探偵については中島河太郎＋押川曠編『名探偵読本5　シャーロック・ホームズのライヴァルたち』をもとに本書収録作のデータを付加した。なお、リーヴやケネディについては、探偵小説家の松本泰も評論「探偵小説通」（一九三〇年）で言及している。「探偵小説通」は論創ミステリ叢書107『松本泰探偵小説選Ⅲ』に収録されている。ご興味のある向きはご参照願いたい。

アーサー・ベンジャミン・リーヴ（Arthur Benjamin Reeve）は、一八八〇年十月十五日ニューヨーク州ロングアイランド、パッチョーグで生まれた。プリンストン大学では科学と哲学を学び、卒業後「パブリック・オピニオン」誌に入社。科学記事を担当するかたわら、百編近くの小説を発表したが注目されなかった。また、ニューヨーク法律学校に通うが、過当競争を嫌って、弁護士志願は放棄した。一九一〇年から科学探偵クレイグ・ケネディの活躍する作品を発表し、これに一流雑誌「コスモポリタン」誌が注目したことが転機となる。やがて本書『無音の弾丸』（一九一二年）にはじまる二十冊以上のケネディ本が出版された。

ケネディ譚は、大学教授の素人探偵であるケネディが、科学的知識を活かして、不可解な事件を解き明かすというもの。東野圭吾が創造した〈探偵ガリレオ〉シリーズの湯川学の先駆者的存在である。ケネディが挑む不可能状況は、消音拳銃やマイクロフォンといった新しい発明品によって構成されたものであったが、こうした科学的探偵譚は読者の喝采を博し、ケネディは〈アメリカのシャーロック・ホームズ〉との賛辞を受けるようになる。

ちなみに、九鬼紫郎は『探偵小説百科』でケネディが人気を博したのは「一九〇七年にイギリスでオースチン・フリーマンが、ソーンダイク博士のシリーズを発表し、その作品がアメリカに新鮮なショックを与えた」ことが影響したのではとの持論を展開している。

ここでクレイグ・ケネディとその仲間たちを紹介しておこう。

クレイグ・ケネディ（Craig Kennedy）は、一八八〇年十月十二日ニューヨーク州ブルックリンで生まれた。プリンストン大学卒業後、ベルリン大学に留学し、コロンビア大学化学教授となる。一八八〇年十月生まれで、プリンストン大学卒業という点は、産みの親であるリーヴと全く同じである。リーヴとしては、自分の分身のような思いでケネディを創造したのであろうか。

専攻以外でも最新の動向を追っているので、ケネディは心理試験で容疑者を追及したり、細菌にも一家言を持っていたりと、幅広い知識を持っている。事件や実験に夢中になると食事や睡眠を忘れてしまったり、確信を得るまでは意見を述べないなどキャラクター的にはホームズと似たところもある。「犯罪捜査には科学が役に立つはずだ」という信条から、現場に出てゆく行動派だ。ヘイクラフトによると、ニューヨーク地方検事の医学顧問オットー・H・シュルツェ博士をモデルにしたとも言われている。なお、本書ではあまり登場しないが「変装と拳銃の名人」でもあるようだ。

ワトソン役のウォルター・ジェイムソンは、プリンストン大学の後輩で《スター》紙の記者である。二人は大学時代から「金欠も含めて何でも共有」する共同生活を行ってきており、現在は大学からさほど遠くない、小ぎれいな独身用アパートで一緒に暮らしている。他社に抜かれていないか確認するため、新聞を四、五紙抱えて帰宅するのがジェイムソンの日課である。

警察とは対立しがちな素人探偵があるなか、ケネディは「警察は邪魔にはならない。しかも、なくてはならない存在だ」と、その組織力と手を組むべきだと考えている。その相棒となるのがニューヨーク市警察本部に勤務するアイルランド系のバーニー・オコーナー警視である。

ケネディの登場から約十年間、リーヴはアメリカの最も有名な探偵作家の一人になった。

代表的長編とされる“The Exploits of Elaine”（一九一五）は「拳骨」の邦題で無声映画時代に日本でも公開された。「拳骨」は、拳骨団による富豪の連続殺人事件をケネディが富豪の娘・イレーンとともに解決する、という活劇映画である。中島河太郎によれば「一世を風靡した」という。こうした作品の映画化などもあり、リーヴの全盛時代が築き上げられた。

「だが、第一次世界大戦後の流行の変化と新鮮な血液とともに（冗談ではなく！）ケネディの人気は失われ」（『娯楽としての殺人』）、リーヴは犯罪予防の方向に転向し、専門家として、新聞への寄稿や連続ラジオ放送の演出に携わるなどした。一九三六年八月九日、五十六歳のときに心臓病のためニュー・ジャージー州の自宅で亡くなった。

ケネディの凋落に関しては、ヘイクラフトは次の通り分析している。

彼（引用者注・リーヴ）の「科学」は大部分「日曜付録」のつまらないえせ科学だった。そしてリーヴはもっとも控えめなときでさえ、当時流行した不思議な機械力という驚異に大芝居をうたせているのだ。このことが小説にジャーナリスティックという一時的な様相を与えていることは、否定できない。そして、これがかつての人気の理由であった。だが、さすがにこの売れっ子作家でさえ、アセチレン燈や電話拡声器やマキシム消音銃などのもの珍しさだけで、長いあいだ興味をつないでいくことはできなかった。

九鬼紫郎も『探偵小説百科』で同様の評価を行っており「第一次大戦が終ると科学は進歩し、彼の旧作は古兵器をかかえ、読むに耐えないものとな」ったとしている。

作中のトリックの核となる、科学的な素材が古びたがゆえに、忘れ去られることとなった――というのが両者の指摘なのだが、本叢書の読者にとっては、リーヴが旧いことなど百も承知のことだろう。だから、それを踏まえたうえで、冒頭にも述べたが、虚心坦懐に読み進めていっていただければ幸いである。

ここからは本書収録の各短編を解説してゆく。トリックなどの内容に言及するため、作品をお読みになったうえで眼を通していただきたい。

無音の弾丸

投資家カー・パーカーが、会議中に突然死亡した。解剖の結果、首から三十二口径の銃弾が発見され、死因は射殺だと判明。しかし、目撃者の誰ひとりとして、銃声を聞いておらず、硝煙も見なかった、という不可能状況にケネディが挑む。

犯人は、拳銃にサイレンサーを装着して被害者を射殺した。発射時の閃光は、衣類をかぶせることで隠蔽し、弾丸が空気を切り裂く音などはオフィスのタイプライターの音などに紛れてしまったのだ。ケネディは容疑者を一堂に会させ、心理的に追い詰めて、その感情の動きを測定することで犯人を突き止めた。これで事件は解決したのだが、ケネディは手柄を警察本部に譲ったため、その後オコーナー警視と友好的な関係を築くことができたのであった。

ちなみに、サイレンサーのパテントが最初に取得されたのは一九〇八年。今でこそ、一般的になった銃器への減音装置だが、当時の読者には目新しい発明品だったのだ。

金庫破りの技法

鉄鋼王フレッチャー老が急死し、金庫から遺言状が奪われるという事件が発生した。鉄鋼王の甥で友人でもある細菌学教授のジャック・フレッチャーから依頼を受けたケネディは、電気の使用状況から、電気ドリルでダイヤル錠を破壊し、金梃で扉をこじ開けた、という金庫破りの手口を見抜く。そして、さらに自動車のタイヤ痕で容疑者を絞り込むと、連想法の心理試験によって犯人を特定するのである。フレッチャーを愛するがゆえに、単身金庫破りを行ったボンド嬢の肖像は読者に鮮烈な印象を残すことだろう。

作中に「きみが前に一度指紋の話をしていたことを思い出してね」といった発言が出てくるが、当時は指紋も最先端の科学知識だったのである（例えば、英国で指紋を用いた犯罪捜査が始まったのは一九〇一年である）。

探偵、細菌の謎に挑む

石油王ジム・ビズビーが腸チフスで急死した。相続人の少女イーヴリンは、死の恐怖に怯えてケネディに助けを求めてきた。医学者ならぬケネディは、細菌という見えざる敵と戦う破目になったわけだが、見事に腸チフス菌を体内に保有しているにも関わらず、本人は発症しないチフス菌の「保菌者《キャリア》」を悪用した犯罪計画を暴く。作中ケネディが陸軍駐屯地に赴いて、腸チフスの予防接種を受ける場面があるが、これなどは読者に対する啓蒙活動も兼ねているのであろう。

なお、本編中でイーヴリンが言及する「カー・パーカーの事件」は「無音の弾丸」であり、ケネディのことを教えた「フレッチャー夫人」とは「金庫破りの技法」に登場するフレッチャー老の孫娘へレン・ボンドのことだろう（フレッチャー教授と結婚したようだ）。作中人物に他の事件について言及させて、作品世界に連続感を出す、というのはホームズ譚をはじめ様々なシリーズ物で行われているが、リーヴもそうしたテクニックを駆使しているわけである。

死を招く試験管

社交界の華、クロース夫人がX線治療過誤により傷を負ったとの記事が出た。ケネディは、友人のグレゴリー博士の冤を雪ぐために調査に乗り出す。当時は、X線（要するに放射線）を用いて、しみ等の治療を行っていたようである。

ケネディは、夫人の寝室にラジウムが仕込まれていることを発見し、それを携帯型の掃除機で収集する。最後には、犯人たちの密談をマイクロフォンで聞き取り、その内容を速記させて、証拠として突きつけるのであった。また、ケネディは、真相究明に協力した夫人のメイド・マリーが解雇されると、必ず再就職先を見つけると言って男気を見せている。

地震計は語る

ヴァンダム夫人の死は、病死か、自殺か、あるいは他殺なのか？　オコーナー警視の勧めもあって検視医のハンソン医師がケネディのもとを訪れた。そして、夫であるヴァンダム氏が心酔している霊媒師ホッパー夫人は、この怪死に関わっているのか？

ケネディは、処方箋に残されたインクの成分の分析や、容疑者たちが歩いたときの振動を地震計により測定することで、犯人を特定する。

ダイヤモンドの合成術

ケネディは、生命保険会社から、宝石商モロウィッチの死因と、同日に発生した宝石店の金庫強盗の解明を依頼される。ダイヤモンドドリルでも刃こぼれするクロム鋼の金庫の上には大きな穴が空いていたのだ。

金庫の穴はテルミット反応により開けられたものであった。ケネディはモロウィッチの怪死も青酸ガスによるものと見抜いて、ダイヤモンドの合成に絡んだ詐欺を暴く。

瑠璃の指輪

「この事件には際立った特徴がある――だから簡単に謎が解けそうなのに、まさにそのせいで解決が困難に思えるんだ」とケネディを辛吟させるのが、ウェインライト＝テンプルトン事件であった。

婚約中の男女が、女性の自宅で窒息死した、というものだが、事故か、心中か、無理心中か、あるいは他殺か、ケネディも含めて誰にも見当がつかない難事件であった。

結論としては、当時はあまり知られていなかった毒物・クラーレが用いられたというものだが、何より驚かされるのは、ケネディがこの未知の毒物の致死量を見極めるため、自分に毒物を注射していたということだろう（自ら「愚かな実験」と反省している）。

自然発火

人体自然発火現象としか思えない事件が発生。教え子トム・ラングリーの電報を受けて、ケネディは現場へと駆けつける。
チャールズ・ディケンズ『荒涼館』にも登場する、人体自然発火現象については、当時は「炭水化物など体内にたまったガスが原因」としたり「アルコールが原因で発火する」などと説明されていたようだ。しかし、ケネディは自然発火に関する妄説を喝破して、現場に残されていた血痕から犯人を特定する。トムに対して「人間の知性でこの謎が解けるのならば、私が解こう」と宣言するケネディは格好いい。

殺意の空
航空コンテストで連続して発生した二件の飛行機事故に不審を覚えたケネディは会場に足を運ぶ。そこでケネディは、事故の背景には、飛行機用のジャイロコンパスの特許をめぐるトラブルがあると気づく。
登場する飛行機が複葉機であることや、「時速百十二キロ」の状態を「高速で飛行」と表現している点などに、この頃は航空機が発展途上であったことを実感させられる。なお、本編でケネディは飛行機修理の指揮を執っている。専攻は化学だが、航空工学にも通じているようだ。

黒手組
なじみのイタリアレストランの店主ルイージから、ケネディは相談を受ける。それは「黒手組」に誘拐された人気テノール歌手ジェンナーロの一人娘を救って欲しいという難題であった。
ケネディは、電話会社の作業員に変装すると、取引予定場所にディクトグラフ（盗聴器の一種）を仕掛ける。そうした準備を終えると、取引まで時間があるからと「リン光性の塩類に関する重要な実験」のために一旦大学に戻ってしまう。こうした奇抜な行動を取るあたりに、ケネディの名探偵らしさを感じる。もちろん、ケネディの仕掛けが功を奏して「黒手組」は一網打尽となったことはいうまでもない。

架空の楽園

ラテンアメリカ系の美女・ゲレーロ嬢の依頼は、父親に降りかかった裏切り者の汚名を晴らして欲しいというものだった。ケネディたちは、中央アフリカの小国ヴェスプクシア共和国の革命に絡んだ事件に巻き込まれることとなる。

物語の終盤、意識を失ったゲレーロ氏に対して、ケネディは電気自動車の蓄電池から取った電流でショックを与えて蘇生させる。現代のＡＥＤで行うような救命措置を講じたわけである。

ちなみに、電気自動車は、ガソリンエンジン車よりも五年前に市場に登場していた。ただし、広大な国土を持つアメリカでは航続距離の短さがネックとなり、ガソリン車をはじめとする内燃機関自動車に主役の座を譲ることとなる。ところが、今や電気自動車は、水素自動車等とともに内燃機関自動車に代わる次世代の乗り物として注目されている。こうした逆転劇は非常に面白い。

難攻不落のドア

オコーナーは警察本部の副本部長に昇格し、ニューヨークの賭博取締担当となった。オコーナーは上流階級夫人からの嘆願の手紙を受けて、上院議員が元締めのカジノ「ヴェスパークラブ」への手入れを計画し、ケネディに助力を求める。手入れを成功させるには、厚さ八センチの装甲板でできたスチールドアを突破しなければならない。ケネディが、そのために作り上げた秘密兵器とは……。

本編では、「黒手組」に続いて、ケネディの変装が見られる。とがった口ひげとあごひげをつけて、フランス人ムッシュ・ケイとしてカジノに潜入する。また、確率論を交えてゲームの必勝法を語るあたりは、実に科学者らしい振る舞いである。

最後に、本解説執筆にあたっては、論創社編集部の林威一郎氏、黒田明氏からは資料提供をはじめ、様々なご助力をいただいた（特に、林氏には、なかなか完成しない本稿を、じっくりとお待ちいただいた）。両氏への謝辞をもって結びとしたい。ありがとうございました。

〔著者〕
アーサー・B・リーヴ
本名アーサー・ベンジャミン・リーヴ。1880年、ニューヨーク州ロングアイランド、パッチョーグ生まれ。プリンストン大学卒。1910年、シリーズ探偵クレイグ・ケネディ教授が活躍する短編を発表。12年に短編集「無音の弾丸」を刊行。この作品が〈クイーンの定員〉第49席に選出され、探偵小説史に名を残す。36年死去。

〔訳者〕
福井久美子（ふくい・くみこ）
英グラスゴー大学大学院英文学専攻修士課程修了。英会話講師、社内翻訳者を経て、現在はフリーランス翻訳者。主な訳書に『ハーバードの“正しい”疑問を持つ技術』（CCCメディアハウス）、『パリジェンヌ流　デュカン・ダイエット』（講談社）、『最強スパイの仕事術』（ディスカヴァー・トゥエンティワン）、『墓地の謎を追え』（論創社）など。

無音《むおん》の弾丸《だんがん》
――論創海外ミステリ 201

2017年12月20日　初版第1刷印刷
2017年12月30日　初版第1刷発行

著　者　アーサー・B・リーヴ
訳　者　福井久美子
装　丁　奥定泰之
発行人　森下紀夫
発行所　論 創 社
〒101-0051 東京都千代田区神田神保町2-23 北井ビル
電話 03-3264-5254　振替口座 00160-1-155266

印刷・製本　中央精版印刷
組版　フレックスアート

ISBN978-4-8460-1646-3
落丁・乱丁本はお取り替えいたします